筑摩郡
安曇郡
信濃國
伊那郡
深志
林城
中原城

和田峠
小県郡
諏訪郡
東山道
海野
長窪城
芦田
望月
雁峰城
佐久甲州街道
前山城
下畑城
府中
海尻城
岩村田
医王寺城
追分
躑躅ヶ崎城
大井城
甲斐國
海ノ口城
佐久郡
内山城

翔る合戦屋

序章

天文十八年（一五四九年）といえば戦国期の前期が終わり、後期に入ろうとする時期であった。応仁の乱以来麻のように乱れていた世も、七十数年を経てようやく各地域ごとに有力な戦国大名によって統一されつつあり、これからはさらにそうした戦国大名同士の生き残りをかけた死闘が、始まろうとしていた。

甲斐（現・山梨県）では武田信虎が国内を統一し、後を継いだ晴信（後の武田信玄）はさらに信濃をうかがう気配を見せ、東海では駿河（現・静岡県東部）を本拠とする今川義元が遠江（現・静岡県西部）から三河（現・愛知県東部）までを併呑する勢いを示している。

美濃（現・岐阜県）では長井新九郎利政（後の斎藤道三）が、主君の土岐氏を追放して美濃国主に成り上がっていた。

またこの頃、越後（現・新潟県）では守護代の長尾為景が威勢を振るい、一度は領内の平定に成功しかけたが、天文五年に為景が隠居して長子の晴景が家督を相続すると、晴景は病弱だったこともあって国人衆はこれを侮り、反乱が絶えなかった。

これを見かねた弟の虎千代は、十四歳で元服して長尾景虎（後の上杉謙信）と名乗り、栃尾城（現・長岡市に所在）に入って早速内紛の平定に取り掛かった。若年ながらその采配は天才的というほかはなく、三年後には長尾氏に謀反を企てた黒田氏を討伐して、反対勢力をほぼ一掃するに到っている。

当然のこととして、国人衆の中には晴景を見限って景虎を支持する者が日を追って増え、ついに天文十七年十二月には、晴景は景虎が自分の養子になることを条件にして家督を譲らざるを得なかった。こうして景虎は、わずか十九歳にして越後守護代となり、越後の統一は目前に迫っていた。

こうして隣接する各地域が戦国大名の手で統一されつつある中で、信濃のみは高い山並みが連なる地形そのものが割拠的であるために、多数の豪族が山襞ごとに自立する時代が長く続いていた。

しかし、それもここにきて南信濃の諏訪郡と東信濃の佐久郡は武田氏、中信濃は小笠原氏、北信濃、東信濃の小県郡は村上氏とようやく三つの勢力分布が確立しつつあった。だがその支配はまだ緩いもので、各地に独立した小豪族が多数存在していた。

小県郡の最西端にある横山郷の領主・遠藤吉弘もそうした小豪族の一人で、この年の春、諸国放浪中の石堂一徹を召し抱えた。一徹は無双の剛勇として世に喧伝されているが、戦術家としての才能は遥かにそれを凌ぎ、この男の指揮のもとに遠藤家は、それまでの三千八百石から、たちまちのうちに二万石を超す大領へと膨れ上がっていった。

しかし、一徹のあまりに孤高を守る生き方は人々の反発を買い、一人でいくさをしているような大功を重ねていながらも、家中にあっては常に浮き上がった存在になっていた。

初めは重用していた吉弘も、一徹が天下への野心を露わにしてくるにつれて、次第に警戒心を強めてきた。その中で、吉弘の娘・若菜だけは一徹の胸にひそむ豊かな感受性を見抜き、この巨大漢に心を惹かれていく。

この間一徹は無禄のまま、つまり無報酬で領土拡大に全力を尽くしている。粗暴殺伐とした男が尊重される戦国の世にあって、芸術家肌で繊細な感性を持つ一徹は、世間に受け入れられることはとうに諦めていた。十年近い長い挫折の日々を過ごしてきたこの男は、もはや栄耀栄華には何の関心もなく、己の手に天下を握ってみせることで、石堂一徹がどれほどの男であるかを、天下に知らしめたいとのみ念じている。

若菜はそうした一徹の悲壮な胸中を知り、様々な機会をとらえて領内の人心を自分に集めることで、側面から一徹に大きな貢献を重ねていた。

天下を取るという夢の危うさを痛いほどに知り尽くしながらも、千に一つ、万に一つの可能性にすべてを賭けて自分の真価を世に問おうとする一徹。

そうした一徹の生き方に深く共感し、地獄の底まで従いて行く覚悟を固めて、一徹に想いを託す若菜。

この二人の接近を喜ばず、またあまりにも急激な領土拡大に対応できずに、自分には現在の二万四千石が似合いではないかと思い始める吉弘。

三者三様の思惑が交錯するなか、翌年の早春、甲斐の武田晴信が五月にも中信濃に侵攻してくるという、重大な情報がもたらされた。中信随一の豪族で、信濃守護の肩書を持つ小笠原長時を盟主とする豪族連合を結成してこれに当たるか、武田に臣従すべきなのか。

しかしこの難局にあたっての一徹の提言は、武田が襲来する五月末までに、小笠原を討つのを手始めに中信濃一帯を切り取り、遠藤勢一手で武田と当たるべきだというものであった。

だが吉弘は、あまりにも危険過ぎるとしてこの策には乗れなかった。吉弘ははじめて一徹の策を退け、小笠原に協力する道を選択してしまう。

四月二十三日、武田晴信は中信濃に進攻すべく、躑躅ヶ崎館（現・甲府市古府中町に所在）を発って甲州街道を西へ向かった。一徹の読み通り、五月の初旬には深志平で武田と豪族同盟の一戦が行われるであろう。

だが晴信が諏訪湖に近い上原（うえはら）城（現・茅野（ちの）市ちの上原に所在）に到った時、甲府から急使が晴信を追ってきて、今川義元の正室である実の姉が急死したとの報を伝えた。

当時の大名同士の通婚は、両家の良好な関係を保持するための重要な手段である。姉の死によってそれが失われたとなれば、すぐに代わりの手を打たなければならない。甲斐の南に隣接する今川家と手を結んでおかなければ、安心して中信濃の攻略に向かうことはできないのだ。

晴信は急遽甲府に戻り、腹案をまとめて駿府（すんぷ）の今川義元の館に赴（おもむ）いた。姉の墓所で供養を済ませてから、義元と相談して嫡男の義信（よしのぶ）の正室として義元の娘を貰い受ける話をまとめ上げた。

武田のこうした動きは、偵察方の運野（うんの）四里（よんり）の働きで逐一、一徹の耳に届いていた。この戦略家は今川家正室の武田氏の病没を知って、これこそ天の助けだと躍り上がる思いであった。

（晴信はすぐに駿府に行かねばならぬ。戻ってくるまでには、少なくても二ヶ月はかかろう）

一徹はすぐに遠藤吉弘の居室に出向いて、一度は退けられた小笠原討伐を再度提案した。

「これは天が与え賜(たも)うた最後の絶好機でござるぞ。前回の三月の時期にはまだ山間部には雪が残り、軍勢の行動にも支障がござりました。しかし今は春の盛りで兵の移動にも何の問題もなく、しかも村々の田植えも済み、百姓達を動員するには恰好の時でござる。今動くならば、小笠原を落とすことなど旬日(じゅんじつ)（十日）も要しますまい」

しかし吉弘の反応は、まことに冷たいものであった。一徹の言葉には何があろうと耳も貸さないという態度が、露骨に現れていた。

一徹はこの時、本来ならば遠藤家を見限って退散すべきであったろう。遠藤家が滅ぶのも吉弘が自分で選んだ道であって、一徹がそれに殉ずる大義などどこにもありはしない。

しかし一徹の脳裏には、いつでも若菜の面影が浮かんで消えなかった。遠藤家がどうなろうと、あの娘だけは幸せに生きてもらわなければならない。

一徹が苦悩するうちにも、武田晴信は七月三日に再度甲府を発って諏訪に向かった。その情報を得た遠藤吉弘は中原(なかはら)城を出立し、武石(たけいし)峠を経て十日には深志平に到着した。同じ日に武田晴信は筑摩(ちくま)郡の出撃基地である村井(むらい)城に入り、十五日にはついに武田対豪族同盟軍の激突を迎えた。草原を吹き渡る風はあるものの、真夏の日差しが肌に刺さるほどに厳しい日であった。

いくさは豪族勢が優勢のうちに推移するが、山場に到って仁科盛明(にしなもりあき)が武田に寝返り、情勢は一変した。こうなることを予期していた一徹は遠藤家の全軍を直ちに戦場から離脱させ、自身は殿（しんがり）を引き受けて退却に移った。

見晴らしが開けたところで戦場を見下ろした一徹は、愕然として立ちすくんだ。今自分が登ってきている武石峠への険道の入り口に、仁科の軍勢が群がって遠藤勢を追いつつあるではないか。

このままでは、遠藤勢と仁科勢は踵（きびす）を接して吉弘の居城に到るであろう。あの規模の小さな中原城では、到底仁科勢の猛攻には耐えきれまい。その混乱の中で、若菜も死ぬ。

一徹は空を仰いだ。夕日は山の端に近づき、あたり一面が夕焼けの色に染まっていた。

（あと小半刻（こはんとき）〈三十分〉持ちこたえれば、すべてが夜の闇に包まれる。遠藤勢は勝手知ったる山道だから夜でも進めるが、地理に暗い仁科勢は日が沈めば追撃を諦めるのではあるまいか）

一徹は少しでも時間を稼ぐために、ついに天下への夢を捨ててただ一人の従者、六蔵（ろくぞう）とともにここで命を捨てる決心をした。

待ち受ける一徹の耳に、やがて仁科勢の行軍の掛け声が、火山の地鳴りのように響いてきた。

第一章　天文十九年七月十五日

一

空に、あかね色の雲が激しく動いている。先刻までは黄金色にまばゆく輝いていた太陽も、今はあたりを血の色に染めながら西の山の端に沈もうとしていた。

身構えて待機している石堂一徹と郎党の鈴村(すずむら)六蔵の耳には、武石峠に続く急坂にとりついた仁科勢のざわめきが手に取るように伝わってきた。

天文十九年（一五五〇年）七月の武田晴信対中信濃の豪族連合軍の戦いは、仁科盛明の武田への内通と遠藤勢の戦線離脱で決着がついたはずであった。ところが仁科勢の追撃という予想外の展開によって、一徹にとっては思いもよらぬ命を懸けた第二幕が始まろうとしていた。

軍勢の気配がすぐ身近に迫ったと感じた直後に、陣笠に腹巻、草摺(くさず)りだけの軽装の雑兵が、人一人通るのがやっとという狭い山道の角から、槍を担いでひょいと姿を見せた。そこに石堂一徹が待ち構えているとは夢にも思っていなかった雑兵は、絶叫して足を止めた。

「止まれ！　石堂一徹がいるぞ」

だが五百の軍勢が、一列になって登ってきているのだ。とてもそんな声は後尾までは届かずに、雑兵は後ろの味方からの圧力に負けてよろよろと前に押し出された。

「下がれ、俺は無益な殺生はしたくないのだ」

雑兵としても一徹と戦う気などまったくなかったが、背後の味方から体をぶつけられては、いやでも前に進まざるを得ない。やむなく一徹が槍で払うと、雑兵は悲鳴を上げて左手の急坂を転げ落ちていった。

「止まれ、止まれ」

と大声を上げつつ、四名の雑兵が次々と自分から谷底へ消えていき、そこでようやく仁科勢の前進が止まった。なおも油断なく槍を構えている一徹の耳に、聞き覚えのある声が響いた。

「下がれ、下がれ」

どうやら軍勢をとどめて、仁科盛明自身が先頭まで出てきたらしい。すぐに曲がり角の向こうから槍が、次いで大刀が一徹の前に投げ捨てられた。

「仁科盛明である。石堂殿か」

「いかにも」

「ご覧の通りの丸腰だ。顔を見せてよいか」

「了解いたした」

一徹の声に応じて、特徴のある高い鼻梁と切れ長の大きな目を持った痩せぎすの男が姿を見せた。槍を構えている一徹の前に丸腰の姿をさらしたのは、この数日の軍議の席での振舞から一徹が常に沈着冷静な武将だと読み切っていたのであろうが、いかにも豪放磊落な演出には違いなかった。盛明は、あたりに鋭い視線を投げて驚きの声を上げた。

「なんと、わずか二人で待ち受けておったのか」

その言葉で、仁科盛明の後ろから堅固な甲冑に身を包んだ屈強の武士が二人姿を見せた。先ほどまでの雑兵ではなく、盛明の馬回りの者達であろう。石堂一徹がいかに剛勇とはいえ、相手はたったの二人だ。五百人もいる仁科勢が総力を挙げれば、勇名高い一徹をこの場で討ち果たすことは決して夢ではあるまい。

「下がっておれ。俺は石堂殿に話があるのだ」

背後の気配を感じ取った仁科盛明は、厳しく一喝して家臣を制した。不承不承に馬回りの者達が姿を消すのを見届けて、盛明は一徹に向かい合った。

「お主のすることは、どうも分からぬ。わずか二名で、我らの五百の軍勢を防げる道理があるまい」

盛明は一徹が無言でいるのを見て、さらに続けた。

「いや、お主が遠藤家の昔からの譜代で、身を捨ててまで主君を落ち延びさせようというなら、分からぬでもない。しかしお主は、遠藤家に仕えてわずか一年余りというではないか。何故、お主ほどの男が、あの小さな遠藤家のために命を捨てようというのか」

一徹は槍を構えたまま、まったく表情を変えずに静かに言った。

「人にはそれぞれ、自分の生き方がある。仁科殿があくまでも遠藤勢を追おうというのであれば、我ら二人を踏みにじって行けばよろしかろう。断っておくが、後ろに控えているのは村上義清(むらかみよしきよ)の家中にあって『槍の六蔵』と謳(うた)われた鈴村六蔵でござる。我ら主従の槍の味は、いささか辛いぞ。覚悟して掛かって参られたい」

「今日の我らは、もう充分に功名を立てておる。ここでお主と戦おうなど、思ってもおらぬわ」

仁科盛明は、豪放に笑ってみせた。

「俺は、遠藤吉弘を追ってきたのではない。お主が目当てなのよ」

訝(いぶか)しげな一徹を見据えて、盛明はさらに言った。

「お主も察しておったやもしれぬが、武田晴信の命を受けて豪族軍の切り崩しに当たったのは、馬場民部信房（後の馬場信春）よ。奴は半月ほど前、最後の打ち合わせで大町（現・信濃大町）の我が館に参った時に、こう申したわ」

武田晴信が民部に漏らしたのは、豪族軍にあって晴信が本当に召し抱えたいのは、仁科盛明のほかには石堂一徹ただ一人だという。

『仁科殿が内通したからには味方の勝利は間違いないが、武田勢としては主将の小笠原長時を追撃して林城から追い払わねばならぬ。そこで仁科殿は遠藤勢を追尾し、機会をとらえて一徹に武田に随身するように口説いて欲しいのだ。一徹さえ家臣にできれば、遠藤吉弘には横山郷の旧領を安堵すると誓詞を入れてもよい』

晴信にそこまでの強い思い入れがあることを知り、盛明は遠藤勢を追って夜通し中原城まで駆ける準備までして、ここに到ったのだと言う。盛明にとってはここで石堂一徹に会えたのは望外の幸せで、あとは一徹さえ説得できれば所期の目的は達成できるのである。

それに横山郷の旧領三千八百石の領主ならば、遠藤吉弘は一年二ヶ月前の身分に戻るだけのことで、敗残の身としては決して悪い条件ではあるまい。

仁科盛明が追撃してきた目的が、自分を口説き落として武田に臣従させることにあると知って、死を覚悟していた一徹は全身からどっと力が抜ける思いであった。だがこの戦略家はそんな感情は一瞬に嚙み殺して、苦笑を浮かべつつこう答えた。

「降伏時の約束ほど、当てにならないものはない。現に先年諏訪頼重、頼高の兄弟が武田晴信に城を明け渡して降った時も、晴信は前言を翻して二人に腹を切らせたではないか。拙者と遠藤家を切り離せば、拙者がおらぬ遠藤家など、晴信は歯牙にも掛けまいよ」

「たしかに武田晴信は一筋縄ではいかぬしたたかな男だが、今回は事情が違うぞ。今日のいくさで小笠原が大敗した以上、中信濃が武田領になるのは時間の問題であろう。さすれば、信濃の国で残るは北信濃の村上義清だけだ。武田の次の標的が村上義清になるのは、間違いあるまい」

仁科盛明は、自分の先見の明を誇るようにふてぶてしく笑った。

「今回の中信濃進攻でも、武田晴信の周到な根回しには驚くほかはなかった。俺は内通を承諾すると、安曇郡の豪族達に働きかけて、豪族連合を結成するように仕向けたのさ。晴信は中信濃の諸豪族を一まとめにして、一気に叩き潰す腹だったのだ。奴が中信濃に出陣してきた時には、勝ちいくさの筋書きは、とっくにでき上がっておったのよ」

次の村上攻めに当たっても、当然晴信は万全の準備をするだろう。すでに村上義清の身辺を洗って情報を集め、村上の家中や同盟者に工作を仕掛けて、内通する者を何人か作ってあるに違いあるまい。

　そこでさらに晴信は、一徹に目を付けたのだ。十年ほど前の話になるが、一徹が村上義清に仕えていた頃、先代の武田信虎が佐久郡北部の大井城に籠って、城を囲んだ村上義清を身動きできない状態に追い込んでおき、その間に嫡男の晴信が南佐久を食い荒らすいくさだて（作戦）を採ったことがあった。

　村上義清はまさに立ち往生するところであったが、一徹の奇策に掛かって逆に信虎が大井城に閉じ込められ、結局武田は佐久郡内の領地をすべて放棄して退き上げたいきさつは、当時この中信濃あたりでも評判になっていた。

　仁科盛明は、いかにも訳知り顔に言葉を続けた。

「武田晴信が懸念しておるのは、中信濃が武田領になれば行き場をなくしたお主が、旧主の村上義清のところに遠藤吉弘の手勢もろとも転げ込むことだ。武田の調略にあって村上義清は一頃の勢いをなくしてはいるが、それでも北信濃四郡と小県郡の北半分の領主となればたいしたものだ。信濃守護とは言いながら中信濃二郡の支配者に過ぎぬ小笠原長時とは、その勢力は比較にならぬ。その村上とお主がよりを戻せば、晴信としても油断のならない強敵となろう」

　盛明は、自分がまるで晴信自身になったように自信満々に言った。

「そこで、晴信はお主を召し抱えようというのよ。お主は、十年以上も村上勢の中核として活躍してきた。当然村上勢の強みも弱みも知り抜いておる。お主の献策を採用すれば、村上を討つことなどいとも簡単であろう。晴信にとって石堂一徹を味方にするか敵に回すかは、差し引きで大きな差異が生じるのだ」

今日のいくさで中信濃を手に入れたことで、信濃の将来は武田のものと定まった。もはや村上義清の命運は明らかと言ってよい。

それに、こんな絶好の機会は二度とない。これは誰もが羨む美味しい話なのだ。今なら、晴信は一徹の出すどんな条件でも飲む。北信濃四郡が手に入るとなれば、五千石でも八千石でも思いのままだ。遠藤吉弘の横山郷の旧領の安堵など、信濃一国の支配者となる晴信にとっては物の数でもあるまい。

一徹を武田晴信のもとに連れて行けば、むろん武田晴信からは相当の恩賞が与えられるのであろう。仁科盛明の表情には、これが一徹にとって願ってもない好条件であり、当然一徹が喜んで受けるはずという確信が溢れていた。

盛明にとって一徹は単なる敗軍の将ではなく、武将は武将同士、互いの器量を認め合うという対等の感覚であることが、一徹にも素直に伝わってきた。

「仁科殿が好意でこの話を持ち込んで下さったことには、感謝しており申す。しかし、拙者はわけあって武田に仕えることはできぬ。拙者のこの存念を、武田晴信殿によしなにお伝え下され」

盛明は、一瞬呆然とした顔になった。

「お主は馬鹿か。武田が村上義清を攻める決心をした今こそが、お主が一番の高値で武田に売り込める絶好の機会なのだ。今なら北信濃四郡を手に入れるためには、五千石でも八千石でも、お主の言い値で晴信は買うだろう。だが一、二年たって村上家が滅んだ後になっては、お主は武田の言い値で自分を売らねばならぬのだぞ」

一徹は微笑した。当時の武将の常識からすれば、仁科盛明の言うことこそが至当なのである。だがこの巨大漢には、そんな世俗の欲にまみれた身の処し方などまったく念頭にない。

「どういたされる。このまま退き上げられるか、それとも拙者と六蔵の首を得るまで、犠牲をいとわずに戦われるか」

一徹の意志が固いことを知った仁科盛明は、精一杯の演技で豪気に笑って見せた。

「お主の真意は、拙者にはとても理解できぬ。ただ、武田に仕える気持ちがないことだけはよう分かった。ならば、ここは兵を退き上げるしかない。ここで戦ってそちらの二人の首級を得るまでには、我が勢は四、五十人の犠牲を払わねばなるまい。しかしお主の首など、武田晴信は望んでおらぬ。生きたお主を連れて行くのでなければ、恩賞にもあずかれぬわ」

盛明は一徹の説得に失敗したからには、もはや遠藤勢を追う必要を認めていなかった。あえて夜道を衝いて強行軍などしなくても、いずれ行われる武田による中信濃掃討戦のなかで、遠藤家など霧消してしまうに決まっているではないか。

「このまま退き上げていただけるなら、まことに有り難い。そこで一つ、無心したいことがござる。仁科殿は、夜通し遠藤家を追う覚悟で準備して参られたと申されたな。ならば、松明(たいまつ)を二、三本頂戴できませぬか。我ら二人は、これから中原城に向かう途上でござれば」

　盛明は苦笑して頷くと後ろを振り向き、顔を覗かせている武士に大声で言いつけた。やがて松明が三本、仁科盛明の背後に運ばれてきた。

「それでは、我らはここで引き返すといたそう。お主とは、またどこかの戦場で顔を合わせることもあろう。その時は、互いに会心のいくさをしようぞ」

　盛明は微笑を浮かべて軽く会釈をすると、足元の大刀と槍を拾って崖沿いの道から姿を消した。一徹は会釈を返しながらなおも曲がり角の向こうの気配を窺(うかが)っていたが、崖の下の道を戻る軍勢の動きを見ても、仁科勢が撤退しつつあるのは紛れもなかった。

　一徹は、手の甲で顔の汗を拭った。今までは緊張のために意識していなかったが、気が付けば下着までがびっしょりと汗で濡れていた。

「若、ようございましたな。早速松明に火を点けますほどに、しばらくお待ち下され」

　背後で六蔵がほっとした声を上げた。この男にしても、一徹が踏みとどまる以上は当然自分も死を覚悟していたのである。

「うむ、思いがけない展開で二人とも命を拾ったな」

（かくなる上は、中原城へ戻ろう）

一徹の当初の心づもりでは、遠藤家を無事に落とせたと確認できた時には、飛驒（ひだ）の国に向かう予定であった。だが、今ではその気は失せていた。

その理由は、仁科勢の追撃を知ってからの思いも寄らない自分の心境の変化だった。仁科の軍勢が追ってくる以上、夜を徹して進軍し、中原城から落ちようとしている遠藤勢を襲撃する腹に違いないと、あの時は思い込んだ。女子供を連れて北信濃に逃げようとする遠藤勢は、屈強な仁科勢に蹂躙（じゅうりん）されて全滅するに違いない。

その混乱の中で、若菜も死ぬ。

もとよりいかに一徹が無双の武勇を誇ろうとも、ただ一人で五百の敵と戦って退けることなど、できようはずはない。精々小半刻（こはんとき）（三十分）支えるのが精一杯であろう。しかもたとえ半刻（一時間）稼いだにしても、それは遠藤家の滅亡を半刻遅らすだけで、大勢には何の貢献にもなるまい。

一徹には、天下を取るという悲願がある。遠藤家の滅亡は吉弘が自ら招いたものである以上、一徹がここで遠藤家を見捨てて己の目標に邁進しても、誰からも非難される筋合いはない。

だが一徹が葛藤していたのは、三月のあの日、若菜が自分の前に身を投げ出して駆け落ちをせがんだ姿が、色濃く瞼（まぶた）に残っていたからであった。あの時一徹は、あの娘の心底を痛いほどに思い知らされている。

（その俺に、若菜をここで見捨てることができようか。当初の目的通り飛騨の国に赴けば、あるいは天下を取るという初志は日の目を見るやもしれぬ。だがその夢がかなった時、俺は本当に満足できるのか。若菜を見捨てたという心の傷は、死ぬまで俺の胸の奥に深く刻まれていよう。あの娘を見殺しにしてまで手に入れた天下など、一体何の価値があろうか）

そう感じた時、一徹は初めて自分がどれほどまでに深く若菜を想っているかを思い知った。そしてその瞬間に、迷うことなく無駄死には百も承知の上で、この場に残ることを決めたのだ。天下への夢を捨てても、ただ一人自分を深く理解してくれる若菜のために散らす命は、惜しくはなかった。

遠藤吉弘が戦場を離れるに当たって、

「一徹、若菜をやる。貰ってくれ！」

と言い残した。もしあの言葉が本心からのものであれば、一徹には天下への夢と若菜の二つながらに手に入れる未来が開けてくるのだ。それが果たして現実のものになるのか、甘い夢でしかないのか、確かめるためにも中原城へ戻らなければならない。

一徹と盛明との会談はわずか四半刻（三十分）にも足りなかったが、あたりにはすでに夜の気配が濃く、鮮やかな夕焼けに代わって全天が濃い群青色の空に覆われようとしていた。宵の明星の輝きが、今日は西の空に一段と強い。

二

仁科盛明から貰った松明のおかげで、武石峠に到る夜道もさほどの苦労はなかった。それに今日は陰暦の十五日だから、言うまでもなく十五夜である。木立に遮られる場所でなければ、満月の光を浴びて山野は水を撒いたように銀色に輝いていた。

険しい山道がようやく終わって両側に丈の高い草むらが開け、道幅が広くなったと思う間もなく、前途に大勢の人が群れている気配がした。用心して足を止めた一徹の前に、村山正則（むらやままさのり）が転げるようにして飛び出してきた。

「石堂様と一緒に中原城に戻ろうと思い、こうしてお待ち申しておりました。何しろ、与力の衆が多うござりますので」

正則のほっとした表情から、一徹はこの若者の苦悩を一瞬に理解した。今日のいくさで、豪族軍は大敗を喫したのである。遠藤勢が負けたのではないにしても、中信濃の情勢はすでに決したと見るほかはない。

武田の掃討戦によって敗残の豪族達は個別に撃破され、遠藤家もやがては消滅するであろう。一徹に預けられている与力衆は、そのほとんどがこの一年の内に召し抱えられた者達なのである。ならば、身に危険が迫らぬうちに退散するのが当然なのだ。先が見えた遠藤家を見捨てるのに、何のためらいもあるまい。

武石峠の近くまでは一本道でほかに紛れようもないが、峠に到れば左右に分岐があり、その先にもいくらでも間道がある。行くにつれて、軍勢は目に見えて減少していくに違いない。

それを恐れた村山正則は「石堂殿をお待ちする」という名目で、峠の手前に与力衆をとどめておいたのだ。仁科盛明とのやり取りに四半刻（三十分）の半分も費やしてしまったために、その間の正則の心痛は一通りのものではなかっただろう。

「それでは、いそぎ中原城へ参りましょう」

「待て、今ここにはどれほどの手勢がいる」

「先ほど数えた時は、百四十名でございましたが、今は多少減じているやもしれませぬ」

それだけの軍勢があればと、一徹の心にふと閃くものがあった。

「中原城に戻るのを急ぐことはあるまい。武石峠のすぐ手前から左に折れれば、船岡の砦は近い。ひとまずあの砦に参って、今日のいくさがどう決着したのか見届けようではないか。戦わずして戦場を去るも業腹、我らにももう一働きする場があるやもしれぬ」

一徹を囲む者達の表情が、一瞬にして喜色に満ちた。戦国に生きる者の常として、手柄を立てる場を与えられれば勇み立たないではいられない。ましてや彼らにとって不敗の軍神である石堂一徹の采配とあれば、どんないくさになろうとも味方の大勝に間違いないのである。

鈴村六蔵はあっけに取られて、一徹を仰ぎ見た。この主人は殿の役目を果たせば、遠藤家を離れて飛騨の国に活躍の場を求めると、長年の従者である六蔵は思い込んでいた。

だが、寡黙なこの男は何も言わなかった。この若には常人には思いも寄らない奇想天外の妙策があるのだと、長年の経験で六蔵は六蔵なりに察していた。

「ところで、運野四里はおるか」

すぐに四里の小柄な姿が、一徹の前に現れた。

「お召しでござるか」

「お主に頼みたいことがある。配下の一人に、至急中原城に参って『北信濃へ落ちるのは、とりあえずお見合わせ下され。石堂一徹以下の軍勢は、船岡の砦に籠ってもう一働きしてから、中原城に戻る心づもりでござる』と伝えさせてくれ。それから四里は——」

四里は、一徹の指令に頷いて去った。一徹は、村山正則を先頭に立てて船岡の砦へと急いだ。周囲の状況は予断を許さないものであったが、与力衆の士気はきわめて高く陽気な掛け声が飛び交っていた。

（石堂様が指揮を執る限り、負けいくさなどあるはずがない）

いくさとは、気のものである。参加する全員が勝利を確信しているならば、それだけですでに八分の勝ちが約束されていると言ってよい。

武石峠の手前で左に折れて夜道を下って行くと、やがて目の前に松明をかざした十五名ほどの一団が待ち受けていた。船岡砦の留守居番である原田(はらだ)十兵衛(じゅうべえ)が、一徹の前に進み出て片膝を突いて言った。

「馬場(ばば)利政(としまさ)殿からの指示を受けて、船岡の砦を引き払い中原城に退き上げようとしていたところ、先刻運野殿に出合って石堂殿が砦に向かっていると聞き、こうしてお待ちもうしていたところでござる」

船岡の砦は昨年来小笠原攻略の拠点として一徹が心を砕いて普請を進めていたが、豪族連合の結成が具体化してくると、首将である小笠原長時と公然と敵対する砦の建設はいかにも時宜(じぎ)を得ない。工事が八分通り完成したところで作業は中断していたが、砦を放棄したわけではなく、原田十兵衛以下の留守居番が砦に常駐して小笠原の動きを見守っていたのである。

遠藤勢の撤退に当たって船岡の砦にも退き上げを連絡しておいたのは、馬場利政の気働きであろう。一徹達は原田十兵衛の先導によって、亥の刻（午後十時）前には船岡の砦に入った。櫓に上ると、犬甘城や桐原城にともる明かりが遠望できた。

砦には兵糧の備蓄もあり、すぐに遅い夕餉が準備された。白い飯に菜と猪の肉の入った汁、漬物だけの粗末な食事であったが、移動時間が長かっただけに腹に染み透るほどに美味かった。

満腹して人心地がついてからしばらくして、運野四里が戻ってきた。その報告によると、遠藤勢が戦場を去ってからのいきさつは以下のようなものであった。

敗走した小笠原勢は林城とその支城それぞれに退き上げたが、武田勢は追撃の手を緩めず、まず今日の戦場に最も近い埴原城に攻め掛かった。埴原城は武田勢の前進基地である村井城に正対しているだけに規模が大きく、守備兵は欲を言えば一千名、最少でも五百名は必要であろう。しかし実際の兵力は、たったの百五十名に過ぎなかった。小笠原長時の全兵力が千二百名しかないのだから、それを林城以下の七つの城に分散してしまえば、どの城も守るに難いことはやむを得ない。

城を守る飯森春昭は大手門を固く閉ざし、二の郭、三の郭は放棄してすべての兵力を一の郭に集結させた。しかし武田勢三千の猛攻を受ければ防ぎきれるものではないことは、誰の目にも明らかであった。

「自落しかない」

春昭の配下の武士達は、口々にそう意見具申をした。

自落とは、城兵がいくさをすることなく自ら城門を開いて城を敵に明け渡し、退散することを意味する当時の言葉である。何の抵抗もせずに敵に降伏するなどとは、武士にあるまじき行動と思われるかもしれないが、この場合はそうせざるを得ない事情があった。

城に籠っている武士達はその多くが、深志平に住居を構えている。今度のいくさは勝つものと確信してはいたものの、中信濃の全域から顔も知らぬ豪族達が二千名以上も集まってくるのだ。気負い立った大群衆ともなれば、どんな乱暴狼藉が行われないとも限らない。

そこで城に籠る武士達はそれぞれ自分の一族を城の一の郭に避難させていて、その数は八百人にも及んでいた。

戦力がまるで足りない状況でいくさをすれば、どんな事態が起こるか。兵士達は皆殺しにされ、城内は徹底した略奪の場となり、婦女子はすべてが凌辱された挙句に奴隷として売られてしまう。何しろ村々から駆り出された雑兵達は、それが楽しみで参軍しているのだ。

　しかもこうした場合、何が起きても罪に問われないのが通例となっていた。命を捨てて戦場に臨む時、人はすでに正気を失った異常な興奮状態にある。その昂りきった気持ちを正常に戻すためには、本能の赴くままに行動して、すべてを発散させるしかない。

　どんな名将であっても、そうした人間の行動を規制することはできなかった。いくさの規模にもよるが、通常は三日間はそうした無法地帯が継続するのが実情であった。

　それが自落をすればそうした残虐行為が行われることはなく、無事に退散を認めるというのが当時の慣例なのだ。攻める側からすれば、いくさとなれば多少なりとも死傷者が出ることは避けられない。それが一兵も損ずることなく城が手に入るのであれば、願ったりかなったりなのである。

　武士は相身互いというが、誰もが死にたくはない。城側にも攻め手側にも被害が出ないのであれば、双方ともにそれに越したことはないのだ。

　こうして埴原城は自落し、城兵達は一族を連れて街道を北に去った。その状況を見て取った小笠原の各城は、それに倣ってそれぞれに自落の道を選んだ。信濃守護の名門小笠原氏とすれば、ただの一戦も交えることのない、あまりにもあっけない滅亡劇であった。

亥の刻（午後十時）前に小笠原の軍勢がすべて深志平から撤退したのを見届けてから、武田晴信は村井城に戻り、諸将はそれぞれに小笠原一族の居館や大きな寺、占領した城などに分宿することになった。

運野四里はそうした宿割りまでを確認して、報告のために戻ってきたのである。その情報を聞いていた一徹は、仁科盛明が犬甘城に泊まっていると知って頬を緩めた。今日勝った武田勢の中で仁科氏だけが譜代の臣ではないために、信玄の宿舎である村井城から一番遠い犬甘城に追いやられたのであろう。

「よし、それでいくさだては決まった。明朝寅の刻（午前四時）に出立し、犬甘城に奇襲を掛けようぞ。それに備えて準備を始めよ」

夏の盛りとはいえ、夜明け前とあって吹く風には早くも秋が忍び寄る爽やかな気配がしていた。今日も晴天なのであろう、明け方近い空は手を伸ばせば届くかと思われるほどの満天の星であった。

原田十兵衛以下の留守居番も含めて総勢百五十名の一徹勢は、馬にもわらじを履かせ、音を立てないように注意を払いながら、先頭の村山正則がかざす松明を頼りに山道を下って行った。

西の空には満月があって、一行の行く手を照らしていた。道はやがて保福寺道（ほふくじみち）にぶつかり、そこを左に折れて南下していけば、半刻（一時間）もかからずに右手に小高い丘が夜目にもはっきりと見え、生い茂った木々の葉が月の光を浴びて銀色に光っていた。

「あれが犬甘城でございます」

地理に明るい運野四里が先導して、一徹勢はその丘に向かった。道はやがて緩い上りになり、足音を忍ばせて進んでいく一徹勢の足元が急坂になったと思う間もなく、犬甘城の城門が現れた。

戦時の体制ならば、当然その前にはかがり火が焚かれ、複数の番卒が厳重に警護していなければならない。だが今目の前に見る犬甘城の城門は大きく開かれたまま静まり返っていて、番卒の姿もなかった。

昨日の戌（いぬ）の刻（午後八時）頃に城に入った仁科勢は、一応の検分を済ませたのちに、城内に備蓄してある兵糧や酒を調達して盛大な祝宴を催したのであろう。この日のいくさは仁科勢が最大の功労者とあって、勝利の美酒の味もひとしおのものがあったに違いない。それぞれが倒れるまでに飲み続け、今頃は武将も雑兵も泥のように眠りこけているに決まっている。

もちろん、城の警備など誰も気にも留めない。小笠原長時が自落、仁科盛明が内通、遠藤吉弘が撤退した今、城を攻める武力など中信濃のどこに残っているというのか。

一徹は村山正則と並んで、大手門をくぐった。城内には五百の兵が籠っているはずだが、枡形（ますがた）の周囲にも人の気配はなく、虎口（こぐち）の門も開放されたままであった。松明をかざしつつさらに進むと、いく棟かの小屋があって兵舎かと思われた。

「正則、ここには三十人ばかり残してくれ。兵糧蔵でも厩（うまや）でも兵舎でも、建物という建物には残らず火を放て。火に驚いて飛び出してくる者がおろうが、雑兵ならば逃がしてやれ。得物を持って刃向かう者だけを討ち取るのだ」

侍か百姓かは、身なりを見れば一目で区別がつく。こんな奇襲でも、無駄な殺生は避けたいというのが一徹という男の優しさであろう。

村山正則が素早く人選を済ませて指示を与えると、一徹はまた先頭に立って馬を進めた。

背後ではすぐに三の郭のあちこちで火の手が上がり、建物が燃え上がる音があたりの静寂を破ってばりばりと聞こえてきたが、二の郭の門に到っても仁科勢が動く気配はなかった。

「正則、ここも三十人ほどを残して三の郭と同じ処置をせよ。我らは一気に一の郭を目指すといたそう」

一の郭の門も開かれたままであったが、さすがに二の郭、三の郭に火の手が上がった物音を知って、中では人のうごめく気配がした。

「あたりの物に手当たり次第に火を点けよ。こう暗くては敵も味方も見分けられぬ」

それでも闇に慣れた一徹の目には、一の郭にふさわしい棟の高い建物が見えていた。この城の城主が籠る館であろう。その羽目板が燃え上がるにつれて、あたりはたちまち昼のように明るくなった。

すぐに館の玄関から、下帯だけの裸同然の者達が飛び出してきた。宴会後の失火と思ったのだろうが、外には武装した一徹以下の軍団が待ち構えているのを知って、悲鳴を上げて立ちすくんだ。そこへ槍や大刀を手にして鎧下小袖(よろいしたこそで)をまとった者達が姿を見せた。鎧下小袖は甲冑を身にまとう時に下に着る衣装だから、それだけでれっきとした武士と分かる。

仁科勢は五百の軍勢なので、次々と現れる武士達の数は石堂勢より遥かに多い。だが、仁科勢は不意を突かれて鎧下小袖姿なのに対して、石堂勢は堅固な甲冑に身を包んでいるのだ。まして仁科勢には、まだ酒の酔いが強く残っている。戦闘となっては到底勝負にならずに、一方的に切り捨てられるばかりであった。

「待て、待て」

一徹の耳に、聞きなれた声が響いてきた。見るとこれも鎧下小袖姿の仁科盛明が大刀を手にして玄関に出てきていた。

「一徹、これは何の騒ぎだ」

事態が理解できずに立ちすくんでいる盛明に、一徹は厳しい声を浴びせた。

「見ての通りよ。遠藤勢の夜襲だ」

「何を申しておる。俺には、お前という男の考えていることがまるで分からぬ。中信濃の今後はすでに定まったのだぞ。今更こんなことをして、どうなるというのだ」

「俺の存念は、やがて分かる時が来よう。それに、松明を恵んでもらった恩もある。命まで取ろうとは言わぬ」

一徹は素早く馬を寄せると、手練(てだれ)の槍先で仁科盛明の左の太股を突いた。小袖の上から槍に貫かれて、盛明は絶叫を上げて転倒した。

「なに、浅手だ。半月か一ヶ月で歩けるようになる。お主とは、また顔を合わせることがあろうぞ」

一徹は周囲の者に仁科盛明に手を出さないように命じて、家臣が盛明を担ぎ上げて去るのを見送った。あたりはすでに一面の火の海で、熱気に煽られて体が熱いほどであった。

戦いはまだ続いていたが、戦果は充分と見て取った一徹は退き鉦(がね)を打たせた。勝ちいくさに気勢が上がる与力衆は大いに不満気であったが、これ以上は無用の殺戮(さつりく)であろう。

さらには犬甘城にこれだけ盛大に火の手が上がれば、深志平のどこからでも遠望できる。異変を知った武田勢の援軍が駆け付けるのも、時間の問題だ。

「胸のすく快勝でございましたな。城方の死傷者は半数以上、我らの被害は火傷をした者が数名いるばかりで、死者など一人もおりませぬ」

船岡の砦に引き揚げる途上で、村山正則は上気した顔で一徹に声を掛けた。しかし一徹の表情は重く沈んでいた。

「いや、こんないくさは碁でいえば禁じ手なのだ。後味がよくない」

東の空には朱の色が差し、長い夜はようやく明けようとしていた。

三

船岡の砦を出立する際に中原城に使者を先行させておいたので、一徹の軍勢が城に近付くにつれて出迎えの人の群れが沿道に溢れていた。北信濃に落ちる準備に追われているところに、犬甘城を落としたという戦勝の報告が届いたのだから、城内城下の者達の喜びようは格段のものがあった。

まだ夏の日差しが一杯に残っている黒々とした城門の前には、遠藤吉弘と若菜の姿があった。若菜は一徹の雄偉な体軀を認めただけで、顔を覆って泣き崩れた。

「一徹、遠路はるばるご苦労であった。すぐに酒宴の準備をさせる。ひとまず畳の上で休息するがよい」

馬を下りた一徹は、軽く目礼して言った。

「いや、酒宴の前に今後のことについて相談しなければなりませぬ。家中の主だった者を、至急書院に集めて下され」

「それよ。北信濃に落ちぬとなれば、この事態にどう対処するかが大問題だ」

「それで、兵力はどれほど残っておりますか」

「俺もそれを案じておったが、先ほど調べてみると当家を見限って退散した者は百名に満たぬ。内心では動揺していた者も、一徹が戻ってくると聞いてひとまず様子を見ても遅くはないと思い返したのであろうよ」

吉弘は一徹を持ち上げてそう言ったが、その実はこの領主の人情の機微を知る日頃の温かい心遣いが、家臣の絶大な信頼をかち得ていたというべきであろう。

一徹は若菜の前を通り過ぎながら、小声で囁(ささや)いた。

「話は後ほど」

若菜は目に一杯の涙を浮かべて頷いた。この賢い娘は、一徹の住み家であるあばら屋に残された自身の木彫を見て、あの戦略家が遠藤家を去る決心をして戦場に赴いたのを察知していたのに違いない。

それが思いも掛けずに自分の前に戻ってきたのだから、思わず人目もはばからずに歓喜の涙に浸ったのも当然であった。

吉弘と一徹が書院に座を占めると、すぐ馬場利政、金原兵蔵(きんばらへいぞう)以下の十人ほどの重臣達が緊迫した表情で姿を見せた。

一徹は錆びた声で、ゆったりと話し始めた。

「拙者が戦場に背を向けて武石峠への山道を登っていたところが、後ろから拙者の名を呼ぶ声がしたのでござる。振り向くと、軽装の武士が現れてこう申した。『主君の仁科盛明が石堂一徹殿にたっての相談がござる。しばし足をとどめて、わが殿の到着を待たれたい』」

仁科勢は遠藤勢を追撃するのではなく、一徹に話があると知ってその場にとどまっているうちに、すぐに仁科盛明本人が姿を見せた。盛明の言葉によれば、武田晴信は石堂一徹にご執心で是非とも召し抱えたいと言っているという。もちろん一徹には武田に随身する気など毛頭なく即座に断り、相手の意志が固いと知った仁科盛明はその場から兵を返した。

「拙者がまた武石峠への険道を登っていくと、すぐに村山正則が我が手勢を率いて待ち受けておりもうした。そこで拙者は一計を案じ、犬甘城に籠る仁科盛明に夜襲を掛けたのでござる。仁科勢の死傷者は半数を超え、我が勢は数名が火傷をしたのみでまずは完勝でありました」

一徹はそこで言葉を切り、歓声を上げる全員の顔を眺め渡した。

「豪族連合軍が敗北した以上、武田は遠藤家の存続を許す気持ちなどありますまい。仁科勢を討ったのは、遠藤家は武田に徹底抗戦するという意思表示でござる。いや、だからと言って武田がすぐにこの地に掃討の兵を差し向けるとは思えませぬ。もし遠藤家が滅べば、武田は村上の領地と中信濃でもじかに接することになります。そうなれば、村上義清が中信濃に出兵することも覚悟せねばなりますまい」

武田晴信にとっての急務は、せっかく手に入れた中信濃の統治を完全なものとすることであろう。中信濃の平定もそこそこに村上義清と対峙することなど、晴信にとっては最も避けたい事態ではないか。筑摩郡は塩尻以南にあって西の飛騨の国、東の伊那郡の間に楔を打ち込むように広大な山野が広がる大領である。遠藤領を除く筑摩郡と安曇郡を平定して足元を固めるまでは、武田は遠藤領を村上義清との間の緩衝地帯として残すものと思われる。

一徹は茶を口に含んで咽喉を潤してから、さらに言った。

「むろん拙者が奇襲をかけたのが、室住虎光、飯富兵部、馬場民部といった武田の重臣ならば、晴信も我らを放っておくわけにはいきますまい。譜代の家臣が受けた屈辱は、主君が直ちに兵を起こして汚名をすすいでやらねばなりませぬ。そうした主君でなければ、どうして家臣達が命を懸けて戦いましょうか」

しかし、仁科盛明は立場が違う。あの男はこの度のいくさの最大の功労者ではあるが、今回初めて武田に身を寄せた新参者でしかない。安曇郡北部の地生えの豪族が大きな被害を受けたからといって、晴信は内心喜びこそすれ、村上義清と領地を接する危険を冒してまで、仁科盛明を援ける気持ちはあるまい。

『いずれ、この仇は取って進ぜる』と口では言うであろうが、晴信の本心は新領の統治を優先するのに違いない。

「成る程、そこまで考えて仁科を討ったのか。さすがに一徹よ」

吉弘は感嘆したが、一徹は表情も変えずに続けた。

「さて問題は、今後武田がどう動くかでござりまする。最もありそうなのは、先ほど申したように兵を深志平にとどめて中信濃の統治に専念することでありましょう」

しかし、一徹の心にはどうにも引っ掛かるものがある。武田は今回のいくさにたった三千の兵力で臨みながら、どうして室住虎光、飯富兵部、馬場民部といった世に知られた猛将を三人も引き連れてきたのか、それが不思議でならない。

あの者達は先代の信虎の時代から武田に仕えて、今の武田氏の隆盛を築いてきた功臣なのだ。どの戦場にあっても、二千、三千の兵を楽々と差配する器量の持ち主ばかりである。

しかも仁科盛明の裏切りという筋書きができていて、勝利は間違いなしという情勢ならば、村井城を預かる馬場民部一人で充分であろう。それがどうして歴戦の将星が三人も参加したのか、ほかに理由があるとしか考えられない。

「分からぬ。一徹はどう思っているのだ」

「これは拙者の憶測にしか過ぎませぬが、ひょっとして武田晴信は中信濃とは別に軍事行動を起こす計画があり、そのために諏訪郡の上原城、小県郡の長窪城などに大兵力を結集しようとしているのやもしれませぬ。室住虎光、飯富兵部はもう一つの計画が目的で諏訪まで参ったのでござるが、近くでいくさがあるのならば、配下の者達に実戦の経験を積ませたいと思い、晴信に付いて来たのではありますまいか」

一徹は呆然として声も出ない重臣達を見渡しながら、ゆったりと言った。

「武田晴信は中信濃を平定した勢いに乗じて、返す刀で小県郡、佐久郡の両面から北信濃に兵を向ける所存やもしれませぬぞ」

こうした話題となると石堂一徹の独壇場で、吉弘以下の列席者達は一徹の言葉を追うのが精一杯で、内容の半分も理解できなかった。一徹はそれを百も承知で、結論を急いだ。

「これから数日の間の武田の動きを見れば、晴信の目指す方向ははっきりするでありましょう。とりあえず殿は皆に命じて、いつでも兵を動かせるように出陣の準備に掛かって下され」

　吉弘は頷いて居並ぶ重臣達を眺め渡すと、しみじみとした口調で語り始めた。

「俺は今度のいくさに参軍して、敵味方合わせて六千五百という規模の大きな合戦を初めて目(ま)の当たりにした。そして痛感したのは、武田晴信という武将の器の大きさだ。晴信は事前に仁科盛明の内通を取り付けて、勝利へ繋(つな)がる筋書きを書き上げた上でいくさに臨んでいたのだぞ。

　小笠原長時などは信濃守護という肩書に胡坐(あぐら)をかいているばかりで、武将としての器量は武田晴信とは比較にならぬ。だがその晴信の策すらとうに見抜いていたのが、この一徹だ。一徹は早くから豪族連合の敗北を察知して、遠藤勢を一兵も失うことなく中原城に戻してくれた。仁科盛明の裏切りを目の前にした時、俺ははっきりと自分の器を思い知ったわ。中信濃のあまたの武将の中で、武田晴信に対抗していけるのはこの一徹をおいてほかにはない」

　一徹には、その言葉が自分を遠藤家に繋ぎ止める方便とは思えなかった。吉弘は初めから豪族連合の勝利を確信しており、それが仁科盛明の裏切りによって一徹の予言通りに崩壊したのを知って、豁然(かつぜん)として悟ったのではあるまいか。

　吉弘は深志平での戦いをその目で見て、ことといくさに関する限りは一徹に逆らうことの愚かしさを骨に徹して思い知ったのに違いない。その言葉には一徹に対するご機嫌取りではなく、この領主の美質である素直な心情が溢れていた。

「ならばこの非常事態に際して我らがなすべきことは、いくさに当たっては一徹を神と信じて迷うことなくその指示に従うことだ。一徹はこの遠藤家に随身して一年の余、常に不敗である。しかもこれまでに、一兵たりとも無駄に味方を犠牲にしたことはない。村上義清に仕えていた時代にも、強大な武田を相手にして一徹は一度も負けてはおらぬ。我らの浅知恵で武田に刃向かうなどはしょせん無駄なこと、ここはすべてを一徹に任せて戦おうではないか」

重臣達は、瞳を輝かせて頷いた。豪族連合が大敗し、主将の小笠原長時が自落したなかで、遠藤家のみが全員無事で中原城に帰ってきた上に、その途上で犬甘城まで落としてきたのだ。いくさに関する限りは一徹は神だというのが、今では何の疑いもなく全員が痛感していることであった。

遠藤吉弘をはじめ、馬場利政、原田十兵衛、村山正則など、深志平の合戦に参加して武田勢のいくさ振りを自分の目で見た者達には、石堂一徹の日頃の指導の意味がようやく肝に銘ずるまでに理解できた。

一徹は常にこう言っていた。

「軍勢とは、大将の指揮のもとに一糸乱れぬ動きをしなくてはならぬ。銘々が自分の目の前の敵を勝手に追い掛けるような戦い振りでは、武田晴信、村上義清といった武将には、まったく相手にもされぬぞ」

吉弘の信頼が厚い一徹の指示とあっては逆らうわけにはいかなかったが、自儘ないくさに慣れた古強者達は、「周りのことばかりに気を遣っていては、はかばかしい手柄など立てられぬわ」と陰口を叩いていた。

だが深志平で初めて見た武田勢は、一徹の言葉通り、本陣にいる晴信の采配によって命を持つ一匹の獣であるかのように自在に動いていた。いくさの前半こそ豪族軍に押され気味であったが、それでも逃げ惑って背を向けるような退き方ではなく、あくまでも統制を保ったままの整斉とした進退であった。

また豪族軍を裏切った仁科盛明の軍勢も、全体が楔形の隊形を保ったまま一糸乱れずに豪族軍を縦断してみせたではないか。

武田も仁科もそれぞれ自分の家臣団を一つの集団として機能させているのに、それに対する豪族軍は主将の小笠原長時以下の全員が自分の前の敵と戦う個人戦を演じているのだ。規律ある集団として鍛え上げられた軍勢に、個人で立ち向かうなど無謀というほかはないことを、その場にいた全員が痛いほどに思い知らされた。

さらには遠藤勢がほとんど無傷のままで中原城へと戻ってこられたのは、いやいやながらでも、一徹によって集団として動くように訓練されていたからなのだ。兵力が三百を超える頃から、戦場に赴く時も城に戻る時も先頭はいくさに慣れた馬場利政、続くものは原田十兵衛などの古参の直臣達、その後に遠藤吉弘、その後ろは新参の者達、そして殿（しんがり）は石堂一徹と決まっていた。

その訓練が、深志平からの退却の際に生きた。仁科盛明の裏切りによって豪族軍の敗北が決定的になった時、遠藤勢が先を争って武石峠に続く狭い間道に殺到したならば、大混乱になったところを背後から武田勢、仁科勢に急襲され、大きな被害が出ていたのに違いあるまい。

それが一徹とその与力の百五十人がいつも通りに殿（しんがり）を引き受けたことで、ほかの者達は馬場利政を先頭に整然として戦場を去ることができたのだ。それまで一徹を畏怖して遠ざかっていた者達も、この戦術家の真価を思い知らされた今では、信頼するというのを通り越して手を合わせて拝みたい心境であった。

馬場利政は、七月の暑い盛りだというのに、冷や汗が背筋を走る思いであった。

（私は家中でただ一人、石堂様の合戦屋としての力量を正しく評価していると思っていた。だがその私でさえ、石堂様の言葉を単に頭で理解しているだけだったのだ。仁科盛明の裏切りを機に、武田勢が一気に攻勢に転じて殺到してくる姿を見た時、その統制のとれた集団の凄味に圧倒されて、茫然自失してしまった。石堂様はこのように戦えと言っておられたのだ。自分達はまだまだ甘いと、肌に粟粒が生じる思いであったわ）

遠藤家と武田家では戦力で比較にならないのは皆が承知していたが、それは一徹自身が誰にも増して深く理解しているはずで、この大男にはそれを前提にした上での遠謀深慮があるに違いあるまい。

吉弘は重臣達の表情から、不安の影が消えて明るくなったのを見て、一徹に向き直った。

「それにしても一徹、そちはどうして仁科盛明が裏切ると分かっていたのか」

一徹は、悠然として微笑した。自分が神であるという幻想を重臣達に確信させるには、一徹はここでさらに一芝居を打たなければならない。

「武田晴信は、いくさに当たっては自軍の勝ちが確信できるまでの策を巡らす男でござる。

深志平の合戦の場合も、当然豪族軍に勝る兵力を投入するでありましょう。しかるに塩尻峠を越えた武田勢は二千五百、村井城に籠る五百を加えてもまだ豪族連合軍の三千五百に達しませぬ。ならば、晴信は豪族連合軍に参加する豪族の中に工作を仕掛けて、内通を画策する腹と思案したのでござる」

それも内通する者が百、二百の小勢であれば、大勢は覆（くつがえ）せない。ここはやはり五百以上の兵力を持つ者が内通していると考えるのが、妥当であろう。その条件を満たす者は、小笠原、遠藤、仁科の三家しかない。

このうち、まず遠藤家は考慮するに及ばない。吉弘は実直な人柄で、小笠原に付くと見せかけて武田に意を通じるような腹芸はできないに決まっている。それにそうした動きがあれば、常に身辺に仕えている一徹が見逃すわけがない。

次に小笠原長時だが、あの男は信濃守護の肩書にこだわる気持ちが強く、戦わずして武田に降る(くだ)とは到底考えられない。またいくさ当日の戦いぶりにも中信濃の興亡を懸けた真剣な意気込みが溢れていて、味方の犠牲を恐れず攻撃を続けている。

となれば、裏切るのは仁科盛明しかない。果たして最初の軍議で、あの策士は言葉巧みに戦場の北の丘陵地帯に陣を張り、いくさの山場で疲れの見えた武田勢に一気に攻撃を仕掛けて晴信を討ち取る策を提案し、小笠原長時の了解を取り付けている。もっともらしく立ち回ってはいるが、いくさの山場で裏切る腹の内が透いて見えるではないか。

聞いている一同は、声を上げて感嘆した。自分達も一徹と同じ戦場に立っていながら、見ている景色はまったく違っていたのである。

吉弘は書院にいる全員の顔を眺め渡して、すべての心が一つになっているのを見届けた。

「この機会に、もう一つ皆に申し渡しておく。俺はあの仁科盛明の裏切りを目にした瞬間に、若菜を一徹に縁付けることに心を決めた。このことは一徹にも若菜にもすでに伝えてある。一徹と若菜が両輪となって遠藤家を引っ張るならば、武田とても恐れるには足らぬ」

いくさの場で吉弘が叫んだ『一徹、若菜をやる。貰ってくれ！』というあの言葉を耳にしていなかった者もいるのか、書院には軽いどよめきが起きたが、吉弘の気持ちはとっくに定まっていた。

遠藤家が北信濃に落ち延びずに存続していくためには、一徹をこの家に縛りつけておく太い綱が必要であろう。幸い若菜が一徹に思いを掛けていることも、一徹が若菜を憎からず想っていることも、吉弘はとうに察している。二人を夫婦(めおと)と認めてやれば、両人とも大喜びであろう。

それにいかに可愛い娘といっても、どこにも縁付けずに年を越してしまえば若菜は二十歳(はたち)になってしまう。十五、六歳で嫁ぐのが当然のこの時代、二十歳を過ぎても独身(ひとりみ)では何か事情があるのかと勘ぐられないとも限らない。他家に嫁に出すくらいなら、一徹と一緒にしてしまうのが遠藤家にとって最良の策であろう。

そこへ、近習の原田馬之介(はらだうまのすけ)が襖(ふすま)を開けて入ってきた。

「殿、近隣の村の名主どもが集まって、是非とも殿に聞いていただきたいことがあると申しておりまする。お会いなされまするか」

「おう、会おう。皆に申すべきことは、すでに済んだ。さっき一徹が申したように、いつでも出陣できる準備をしておいてくれ。それから、一徹も一緒に来るように」

城門の外には、このあたりの村々の名主ばかりではなく、血気盛んな若者達までが二百人を超す群れをなしていた。吉弘と一徹が姿を見せたのを知って一同は平伏したが、すぐに木戸(きど)村の名主の徳兵衛(とくべえ)が代表して顔を上げて叫んだ。

「殿様は北信濃に退かれると聞きましたが、本当でございますか。いくさに負けての退散ならばともかく、遠藤家は武田の城を落とした上に、一兵も損ぜずに引き揚げてきたというではありませんか。殿様が退散すれば、我々は武田領に組み込まれてしまいます。どうかおとどまり下さいませ。そして武田から我々を守って下され」

徳兵衛は、訥々(とつとつ)として言葉を続けた。

「兵糧が不足ならば、我らの食い扶持を割いてでも、あるだけのものは差し出します。また雑兵や荷駄（補給部隊）の者達が必要ならば、村々から屈強の若者をかき集めます。これは私の一存ではなく、遠藤領の百姓達の総意でございます。我らを、いつまでも殿様の領民にしておいて下さりませ」

吉弘は、右のこぶしで両眼を拭った。一徹もまた、百姓達の気持ちを思うと、目頭が熱くなるのをこらえきれなかった。この者達がこれほどまでに吉弘を慕うのは、この領主の日頃の仁政があればこそであろう。

　一徹はどうしても武将としての物差しで吉弘を量るので評価が低くなってしまうが、普段見逃しがちな行政官としての手腕には、一徹などには遠く及ばぬ卓越したものがあるのだ。遠藤家の領民でありたいと切望されることこそ、領主としての本望に尽きるであろう。

　吉弘は、震える声を張り上げて叫んだ。

「心配はいらぬ。私はこの城にとどまって、皆を守るために死力を尽くして戦う。お前達の期待を裏切るようなことは、絶対にせぬ」

　どっと歓声が沸く中を、後ろの方にいる一人の若者が立ち上がった。

「石堂様、我らは石堂様の采配を信じております。お声を掛けて下さればいつでも馳せ参じまするほどに、心おきなく戦って下され」

　その時、百姓達の間から再びどっと歓声が沸き上がった。

「お姫様じゃ」

「若菜様じゃ」

　吉弘と一徹が振り返ると、城門の外に若菜がこの場には不似合いなほどの華やかな笑顔で立っていた。

「皆には、ご心配を掛けて申し訳がありませぬ。しかしこうして家中の者全員が無傷でこの城に帰ってきた以上は、遠藤家は一丸となって武田と戦います。皆にはこれからも今までにも増して苦労を掛けることになると思いますが、皆が笑う時が私の笑う時、皆が死ぬ時が私の死ぬ時でございます。どうか最後まで力を貸して下され」

「姫様は、我々が一人残らず倒れるのを見届けるまでは、死んではなりませぬぞ。姫様を先に死なせるようでは、我らはあの世に参っても、殿様に合わせる顔がありませぬ」

百姓達を取り囲む城下の者達からも、一斉に賛同の声が沸いた。

領民が若菜に寄せる敬愛は、吉弘や一徹に寄せるそれとはまったく異質のものであった。この姫はこの地に天から遣わされた天女であり、その一挙一動に触れることが宗教的ともたとえるべき、魂がとろけるほどの感動を呼んで止まなかった。

一徹はこの光景を目の当たりにして、若菜にはこの娘にしかできない次の出番を与えなければならぬと、心中ひそかに思案を巡らせていた。

一徹は、体の奥底から闘志が迸(ほとばし)るのを感じた。吉弘は並の領主ではなく、家臣、領民をここまで心服させる器量がある。主君の信頼を取り戻した今、この吉弘のもとで大望を果たすことはまだまだ充分に可能であろう。

策はすでに施してある。仁科盛明に手傷を負わせて身動きできなくしてある以上、武田晴信さえ諏訪郡に引き揚げてくれれば安曇郡は無人の草刈り場となり、十日を経ずして遠藤領にできるのだ。

筑摩郡北部と安曇郡全域を手に入れれば遠藤家の動員能力は二千にも達し、村上義清との提携も現実味を帯びてくる。

吉弘が内政を担当し、軍事は一徹が掌握し、若菜が民心を司る体制を採るならば、武田晴信の動き次第では一度は諦めていた中信濃制圧も、決して夢ではあるまい。

一徹はいつになく高揚した気分で、ひそかに身震いをしていた。

四

若菜は城内に戻ると、女中達を自分の居室から下がらせて、一徹と二人だけで対面した。

「ようお戻り下さいました」

若菜はそう言うなり一徹の胸に顔を埋め、身を震わせて号泣するばかりであった。その激しさに一徹は圧倒される思いで、ただ無言のまま太い両腕で娘の体を抱き締めていた。

四半刻（三十分）もそうしていただろうか、若菜はようやく気持ちが鎮まったとみえて、泣きはらした目を上げて一徹に向かい合った。やがて若菜は一徹を見詰めたまま、瞬きもしないで静かに語り始めた。

「一昨日の夜に入ってから一徹様の急使が中原城に届き、翌日我が軍勢が城に帰着次第北信濃へと退散できるように、準備をしておいて欲しいとのことでございました。金原兵蔵にその旨を申しつけて支度に掛からせ、私は一徹様の身辺の物をとりまとめるべく、あのあばら屋に急いだのでございます」

ところがそこで若菜が見たものは、一室には一徹が父から拝領した品々が目録付きで整理されてあり、囲炉裏のあるもう一つの部屋には自分の彫像が置かれてあるではないか。

努めて冷静を装ってはいるものの、若菜の目にはいつかまた涙が溢れていた。

（一徹様は、このいくさを最後に遠藤家を立ち去るお気持ちなのだ）

「私は自分の木彫の前で立ちすくんで、そう直感しました。あの像は、私であって私ではありませぬ。古寺の観音像などを拝した際に、この世のものではない崇高な気高さを感じることがございますが、あの像の印象はまさにそれでした」

（これは一徹様が私に残された形見なのだ、あのお方は自分の想いのすべてをこの像に託して、遠藤家を去る決心をなされたのだ）

「私は、自分の像の前に突っ伏して泣くばかりでございました。一徹様はこれほどまでに深く私を想って下さっていたのだ。しかも一徹様があの大きなお姿を私の前に見せる日は、もう永遠に来ない」

若菜はその時の気持ちを思い返して肩を震わせて泣きじゃくっていたが、やがて気を取り直して言葉を続けた。

「私は自分の役目として城を引き払う差配をしてはおりましたが、内心ではもう腑抜け同然でございました。ところが昨日の朝に父が家臣を率いて退き上げてきて、一徹は殿（しんがり）を引き受けて戦場に残っているが、やがては姿を見せるはずだと言うではありませぬか」

若菜には、信じられなかった。娘はあのあばら屋の有様を父に話して、『一徹様はこの城には戻られませぬ。遠藤家の行く末の筋書きを作るのが最後のご奉公と思い定めて、今頃はどこか他国への旅を急いでおりましょう』と告げた。しかし吉弘は、自信ありげにこう言った。

『いや、一徹は必ずここへ戻ってくる。私はあの男に若菜をやると約束したのだ』

若菜は驚いて顔を上げた。吉弘は真顔で頷いた。

「父はこの度のいくさで、一徹様の真価が余程に骨身に染みたのでありましょう。今や、一徹様をこの遠藤家に繋ぎ止めるために必死でございますよ。私までが、そのための貴重な手駒なのです。

いいえ、それでも一徹様と夫婦（めおと）になれるならば、私としては本望でございます。されど、一徹様はそれでよろしいのでありましょうか」

一徹は微笑して深く頷いたが、若菜は言葉は柔らかながら、鋭く切り込んできた。

「一徹様は主君とのいさかいが原因で妻子を亡くされ、せめてもの供養として生涯ほかの女性は娶らぬと申されたと、何かの折に聞き及んでおります。でもそれでは、どうして私と夫婦になろうと思われたのでありますか」

「私がほかの女性は娶らぬと申したのは、朝日のような娘に再び巡り合えるとはとても思えなかったからでござる」

一徹は遠い昔を偲ぶ眼差しになって、静かに続けた。

「上級武士の娘は、誰もが親の言うままに顔も知らぬ男に嫁ぐものでござる。だが、朝日はそうではありませぬ。あの娘は、自分の意志で私を選んだのでございます。初対面の時、朝日はいきなり『まことにぶしつけなお願いでございますが、ちょっと立ってみてはいただけませぬか』と申しました。

私が頷いて立ち上がると、自分も立って私に向かい合ったのでござるよ。朝日は身の丈が大きな女で、私の顎のところまで目が来ておりました。二人とも、並外れて大柄なことを思い知らされて、二人はどちらからともなく、笑い出してしまったものでござる」

一徹は、当時を思って頬を緩めた。席に着いた朝日は、ゆったりとした微笑を浮かべてさらにこう言ったのだ。

『私は見た通りの体格でございますので、たいへんに食が進みます。もし石堂家に輿(こし)入れするようなことがありました時に、後で「あの嫁に石堂家は食い潰されてしまう」などと言われてこの家に戻されるようなことがありましては、まことに不本意でございます。そのような心配は無用でございましょうか』

一徹はその時、声を上げて笑ってしまった。

『私はこの体だ、人の三倍は食べる。しかし戦場では人の五倍働いて、誰にも文句は言わせぬ。よく食べてよく働く、それが石堂の家風だ』

朝日は一徹の言葉に、ぱっと華やかな笑顔になってこう言った。

『うれしゅうございます。それでは私も人の二倍食べて三倍働けば、よろしいのでございますね』

「朝日様は、大変に賢いお方であられたのですね。その行動も言葉も良家の娘としてはいささか礼儀からは外れておりますが、その裏には一徹様に対する好意が溢れているではありませぬか。しかも、どことなく微笑を誘われるように可愛らしい」

若菜は、見たこともない朝日に思いをはせると、目の前に大柄な朝日の姿が浮かんでくる気がしてならなかった。

「朝日には、自分というものがはっきりとしておりました。自分の行く道は自分で決める。そしてそれがどんな結果を招こうとも、誰にも泣きつかずに自分で責任を取る覚悟ができておりました」

しかも朝日は娘の青葉(あおば)の世話はもちろん、郎党達や女中達の面倒見がよく誰からも慕われていた。だがそういう良妻賢母ならば、ほかにも例があろう。朝日には持って生まれたとぼけたおかしみがあった。そのために、何年寄り添うていても新鮮味を失うことがなかったのだ。

朝日に比べれば、一徹の目にはどの女も自分というものがない、ただの人形に過ぎなかった。だがそれは、朝日を物差しにすること自体が間違いだからであろう。ああいう女性は世に朝日一人しかおらぬ。それで一徹は、ほかの女性は娶らぬと言い切っていたのだ。

一徹は言葉を切って、若菜の顔を正面からじっと見詰めた。

「だが、姫は初対面の時から私にとっては驚きの連続でございました。姫はあどけないほどに可愛らしく、しかもその実は底が知れぬほどに賢い。姫は変な先入観で物を見ず、常に自分の目で見て自分の言葉で語られます。そこには誰とも違う若菜という自分があるのでござる」

一徹は、ふっと微笑して言葉を続けた。

「昨年十月に行われた新見山(にいみやま)での紅葉狩りの時など、私はそれを痛感してなりませなんだ。

あの時姫は、舞台に上がってすべての観衆に目くらましを掛けてしまわれましたな。姫はその雰囲気に華があり、またその容姿や美声で自分の輪郭を膨らませて何倍にも大きく見せてしまう演出力を備えておられる。

むろんその幻が嘘と虚飾にまみれているならば、人はすぐにその偽りに気が付いてしまいましょう。しかし姫が織りなす幻には、その芯に若菜という類まれな美質が裏打ちされているのでござる。虚実はまさに一体で、その見極めは誰にもできませぬ」

一徹はここで居住まいを正した。

「今年の三月にあのあばら屋で姫が私に駆け落ちを申し出られて身を投げ出された時、姫が自分の意志で自分の進むべき道を選ぶ強い個性を確立しておられることを、改めて思い知らされたのでござる」

若菜はきらきらと瞳を輝かせて、一徹の言葉に耳を傾けた。

「姫は、私にとって朝日を失ってから初めて出会った、自分を持った女性であります る。朝日が死んでもう九年、ここまで独身で過ごせば、しかも若菜という娘を知れば、勝手な言い分ながら朝日も笑って許してくれるのではありますまいか。私は姫こそ我が妻と思い定めて、戻ってきたのでござる」

若菜はぱっと頬を赤く染めながら、花のような笑顔になって言った。

「今のお言葉がご本心ならば、私をどうして姫などと呼ぶのですか。私は一徹様の妻でありますものを」

「ならばこれからは二人だけの時は、そなたを若菜と呼ぼう」

一徹はこの娘の匂い立つような若さに接していると、この数日の心身の緊張が嘘のように溶けて、体の芯から熱いものが漲ってくるのを感じてならなかった。

「父は、一日も早く祝言を挙げよと申しておりますよ」

「そうしたいが、今は日々が戦場だ。一息つける状態になるまでは、それはかなうまい」

「それは分かっておりますが、私は年が明ければ二十歳になります。二十歳になっても嫁に行かなければ、周りから行かず後家と陰口を叩かれてしまいますよ」

一徹は苦笑した。若菜は十九歳のうちに、つまり今年中に婚儀を挙げることを迫っているのである。一徹が頷くと、この娘は真剣な表情になってさらに言った。

「一徹様、実は私は先ほどの書院での軍議の際、父に頼んで控えの間に忍んで皆の話の始終を聞いておりました。皆はあれで納得したでありましょうが、私には一つだけどうしても合点がいかぬことがございます」

若菜は、一徹の心を見通すような深い眼差しになった。

「一徹様は遠藤勢を一兵も損ずることなく、中山平（なかやまだいら）から撤退させました。殿（しんがり）を引き受けた時の一徹様は六蔵一人を連れて遠藤家を離れ、遠く他国に赴く決心を固めていたに違いありませぬ。

そこへ仁科盛明が追撃してきて、一徹様に武田への随身を勧めたと申されましたね。しかし一徹様の気持ちが揺るぎないものと知って、仁科盛明は兵を返したと説明されました」

若菜はここで言葉を切って、一徹の顔を正面から見据えた。

「でもおかしいではありませぬか、仁科盛明に遠藤勢を追う意志がないと確認できれば、一徹様は初志を貫徹して他国へ落ち延びるはずでございます。それがこうして中原城に戻ってこられた。そこには一徹様の初志を曲げるだけのわけがなくてはなりませぬ。それは何でございますか」

一徹は、若菜の頭の回転の速さに息を呑む思いであった。

「若菜の勘の鋭さ、頭の閃き、いずれをとっても遠藤家の家中に並ぶ者はおるまい。いや、本当にそなたが男であったならば戦場でどれほどの働きができるであろうか。若菜は家中の男どもが右往左往するのを眺めていて、自分が男であったならばと歯がゆい思いをしたことが何度もあったであろうな」

「何を馬鹿なことを申されます」

若菜はことさらにあどけない表情を作ってみせた。この娘の真意がつかめない一徹に向かって、若菜は微笑を交えて言った。

「一徹様はもちろん男、それで私も男になれば、二人はどうやって夫婦になるのです」

思いもつかない若菜の言葉に、一徹は久し振りに声を上げて笑った。自分の頭のよさを表に出さずにこうして可愛く切り返すあたりが、この娘の持って生まれた賢さであろう。

「話をそらさずに、中原城へ帰ってきたわけをお聞かせ下さいませ」

「このことは、できれば言わずに済ませたかったのだが、若菜には隠しごとはできぬな」

一徹は、大きく息をついて話し出した。

「武石峠へ急ぐ途中で、見晴らしの利く場所があった。深志平を一望すると、小笠原長時の軍勢は主城の林城をはじめとする支城に撤退しつつあり、それにぴったりと武田勢が追尾していた。それだけなら、驚くに足りぬ。私が愕然としたのは、武石峠へ続く道の入り口に仁科盛明の手勢が群がっていたことだ」

一徹は暗い表情になって、ゆっくりと続けた。

「仁科盛明は豪族軍の首将である小笠原長時は武田に譲り、自分は豪族同盟第二の勢力、遠藤勢を追う腹であるのに違いないと私は直感した。殿が戦場を離れてから、まだ半刻（一時間）もたっておらぬ」

このままでは、仁科勢は遠藤勢が中原城を出立する前後に中原城に到着するだろう。女子供を連れ、持てる限りの身の回りの物を携えた一団を屈強な武士の集団が襲うのだ。いたるところで略奪、暴行が起こるに違いない。若菜もまた、その身を汚されるのは免れまい。いやあの娘の気性であれば、それを察知した時には潔く自害を遂げるに決まっている。

一徹は、さらに顔を曇らせた。

「私は、苦悩の極みに落ちた。こちらは六蔵を入れてたったの二人、仁科勢は五百なのだ。しかしここで私が何もしないで立ち去れば、若菜は仁科勢の襲撃の中で死んでしまう。一体自分はどうすればよいのか」

瞬きもしないで一徹の表情を見詰める若菜に、一徹はわずかに微笑して見せた。

「いや、私があの場で命を捨てれば若菜の命が助かるというのであれば、何も迷いはせぬ。

しかしいかに人一人が通れるだけの難所で迎え討ったとて、相手も一人一人と姿を見せて次々に討ち取られるほど愚かではあるまい。必ずや身の軽い弓衆が急坂を攀（よ）じ登り、上から雨のように矢を浴びせてくるに決まっている。二十人、三十人を討ち取るのが精一杯で、私も六蔵もやがては命が尽きる。その間に稼げる時間は、わずか半刻（一時間）が精々であろう。

その半刻の間に、遠藤勢はどれだけの距離を逃げおおせるであろうか。若菜の死期を半刻だけ後に延ばすだけのことではないのか」

一徹の話の途中から、若菜は怖いほどに真剣な表情になった。

「一徹様がそこで討たれ、仁科勢が中原城へ襲い掛かってくるとなれば、その混乱の中で私も死んだでありましょう。しかしその時、私は一徹様が私のために命を捨てられたとは、まったく知らないままであの世に参るのですよ。一徹様の死は、いわば無駄死にになってしまうではありませぬか」

「だから私も迷ったのだ。だが、私はすぐに思い返した。ここであの娘を見捨てれば、それは私の心に深い傷として永久に残る。あるいは飛驒の国に逃れれば、天下を取るという自分の宿願を達成する日が来るやもしれぬ。だが若菜を見殺しにして得た天下など、どれほどのものであろうか。

いや、これは私が勝手に選んだ死に方なのだ。若菜が負担に思ってはならぬと思案して、殿に申したような話をこしらえたまでのことよ」

「一徹様が天下に懸ける思いはどれだけ強く激しいものか、それはこの私が誰よりもよく存じております。私のような名もない豪族の娘のために、その大望を捨ててしまわれるなど、あまりにも恐れ多いことでございます」

若菜は一徹の胸に身を投げ込んで、身をよじって泣き崩れた。娘の切れ長な目から、涙が撒くように零れ落ちた。一徹はその肩を撫でつつ、優しく諭すように言った。

「あの武石峠に続く山道で追撃する仁科勢の姿を見た時、私は初めて自分でも気が付かないでいた本心を知ったのだ。あの娘の心底を見届けたからには、若菜は私が命を捨てても守らなければならない、この世にたった一人の女性なのだと」

「私が今どれほど幸せな気持ちか、一徹様にもお分かりではありますまい」

若菜は涙で一杯の目を上げて、一徹を仰ぎ見た。一徹は微笑を浮かべつつ、静かに言った。

「いや、若菜には辛い思いばかりさせて済まぬ」

一徹は若菜の肩を抱く手に力を加えながら、さらに続けた。

「幸いなことに殿も中山平の戦いを目の前で見て、武田晴信や私の考えるいくさとはどういうものか、初めて痛感できたように思われる。いくさはいくさの玄人がやるべきもので、下手に素人が手を出しては大怪我をするばかりなのだ。殿が領地の内政に専念し、いくさに関してはすべてを私に任せるという覚悟ができているならば、私は私で若菜と天下を二つながらに我がものとしてみせようぞ」

「嬉しいことでございます」

若菜はようやく涙をおさめて、透き通るような微笑を頬に置いた。

「それでこそ一徹様です。是非私にも、力を貸させて下さいませ」

「むろんのことよ。そなたにはこれからも苦労を掛けるぞ、覚悟しておいてくれ」

「一徹様のおそばにあるからには、平穏無事の日々が続くわけがありませぬ。知略、体力の限りを尽くしてあの強大な武田に立ち向かう、これからの毎日を思うと胸が躍るではありませぬか」

若菜は一徹から身を離して向かい合うと、若さが躍動するような、明るい表情になった。

「さっきから気が付いていたのですが、一徹様は表情が明るく穏やかになられましたね。以前は人を寄せ付けない厳しい雰囲気があって、怖いほどでありました。しかし今の一徹様は、立ち居振る舞いにほのかな優しさが滲み出ておりますよ」

「天下を取るという野望を誰にも理解されずに悶々としていた時には、気持ちが荒んでいたのだ。だがこうして若菜を手に入れ、殿の理解も得て力を合わせて天下を目指すことになったからには、表情も緩んできて当然であろうよ」

その時、襖の外から村山正則の声が聞こえた。

「広間に祝宴の準備ができております。お二人とも早速お越し願いたいとの殿の仰せであります」

「正則か。ちょっと入れ」

襖を開けて一徹と向かい合った正則に、この巨大漢には似合わない照れた表情で言った。

「見ての通りだ。まことに相済まぬ」

「姫とのことでございますか。ご心配には及びませぬ。姫のお心が石堂様にあることは、私もとうに察しておりました」

「それは何故でございますか」

真顔になってそう尋ねる若菜に、正則は弾けるような微笑を浮かべた。

「姫が石堂様を見掛けると、ぱっと頬が紅潮して喜色溢れる表情におなりではありませぬか。あのお顔を目にしただけで、私はすべてを諦めております」

「それは、それは」

真っ赤になって顔を伏せている若菜を優しく見やりながら、一徹は穏やかな声で言った。

「正則、姫のことは諦めているなら、誰ぞほかに好きな娘がおろう。まだ相手の気持ちを確かめていないならば、我らが力となろうぞ」

「この城の女中達は、皆正則に熱を上げております。名前を教えてもらえば、私からその娘に気持ちを伝えましょう」

若菜の言葉に、正則はいつになくはにかんだ表情で言った。

「実は私は、奥女中のあざみに想いを掛けております。しかしなかなか言葉を交わす機会がなく、一向に話が進みませぬ」

「あざみは十七歳、原田十兵衛の娘で行儀見習いのために奥で奉公しております。器量も気性も優れていて、正則には似合いでありましょうぞ」

「原田十兵衛ならば、上級武士だ。若菜はその話を取り持ってくれ。いや、武田晴信の動き次第では遠藤家はさらなる行動を起こさねばならぬ。その時は、正則には私の片腕として大きな舞台を与えるつもりだ。家屋敷を構える身分になるのに、独身ではどうにもならぬぞ」

一徹が自分に大きな期待を掛けていると知って、正則は知らずに頬を緩めた。まだ二十三歳のこの若者にとって、自分の将来がぐっと大きく身近になったという思いが溢れた。

第二章　天文十九年七月十九日

一

激しい日差しがようやくやわらぎ、中原城の城門を西日が赤く染める頃合いに、物売りに身をやつした運野四里が騎馬のまま砂塵を巻き上げて戻ってきた。門番も一度は止めようとしたが、相手が四里と知ってすぐに道を開けた。

四里は吉弘の住む居館の裏手で馬を止めて、石堂一徹の住むあばら屋へと急いだ。

「石堂様、武田晴信が動きましたぞ。今朝早く、あの男は村井城を出立して諏訪へ向かってござる。念のため太郎に晴信を追わせ、四郎には深志にとどまらせて情勢を探らせておりますが、晴信が諏訪に戻るのはまず間違いございますまい」

運野四里の報告を受けて、一徹はこの男には珍しいほどの喜色を頬に浮かべた。

「しめたぞ。運は我らにある。それで、深志平の情勢はどうだ」

四里の言葉によれば、晴信は馬場信房に二千の兵を預けて深志城に籠って中信濃統治に当たらせ、林城以下の小笠原氏の諸城は取り壊すようにと命じて諏訪へと去ったという。

一徹が予期していたように、晴信には新たな軍事行動の作戦があるのだろう。中信濃はほぼ片付いたとみて、後の処理は馬場信房に任せ、自身は北信濃平定に先を急ごうという腹に違いあるまい。

「それで、安曇郡への工作はうまくいっているのであろうな」

「次郎、三郎、五郎によく言い聞かせてありますれば、抜かりはございませぬ」

運野四里には五人の郎党がいるが、すべては自分の郷里の村の百姓達の中から心利いた若者を集めたもので、歳の順に太郎、次郎、三郎、四郎、五郎と名乗らせ、情報収集や風評流布に当たらせていた。

物売りや旅の僧に変装して安曇郡へ侵入した次郎、三郎、五郎の任務は、次の二つの噂をいたるところで撒いて歩くことであった。

一つは仁科盛明は遠藤勢を追って武石峠へ向かったが、途中で石堂一徹が一人で待ち受けて仁科勢を睨みつけ、五百の兵はその威に打たれて戦うことなく撤退したというものだ。一徹はこれを、『武石峠の睨み返し』と名付けた。

もう一つは、その晩のうちに石堂一徹はさらに犬甘城に籠る仁科盛明に夜襲をかけ、主将の仁科盛明には瀕死の重傷を負わせ、その手勢の大半は死傷させて大勝したという話である。これは、『犬甘城の夜襲』でよかろう。

仁科氏は、奈良時代に阿部氏（あるいは安曇氏）が安曇郡に移住してきて、やがてその子孫が伊勢神宮の御領『仁科御厨』を本拠としたことから、その名を名乗ったとされる。鎌倉時代にはすでに北信濃の大豪族として知られるようになり、守護の小笠原氏に帰属していたが、応永七年（一四〇〇年）の大塔合戦では反旗を翻して小笠原長秀を遠く京都まで追い落としたりもしている。今回また守護に背いて小笠原長時を敗走させたところを見ると、この一族には反逆の血が流れているのであろうか。

このように仁科氏は中信濃ではきっての名家で安曇郡北部の大町に居館を持ち、当主の盛明はいくさがうまく、また全軍が血のように赤い甲冑に身を包んだ赤備えの陣で安曇郡全体に鳴り響いている。その仁科が石堂一徹にかかっては赤子の腕を拉ぐように軽くあしらわれたとあっては、安曇郡の小豪族達の動揺は推して知るべきものがあろう。

一徹は、自分の神話の威力を大いに利用するつもりであった。遠藤吉弘が、あるいは村山正則が、一人で五百の仁科勢を睨み返したと言っても信じる者はあるまい。だが、石堂一徹ならば充分に有り得ると思わせるのが、一徹の過去の実績である。

火のないところに煙は立たないというが、逆に言えば煙を立てるのには火種がいる。

昨年の中原城の奪取のいきさつも、一徹がわずか十五人の兵を率いて高橋氏の奇襲を一蹴し、さらに敗走する高橋勢を追って中原城までも落としてしまったという神話として他国へは伝わっている。

実際には一徹は百名を超す百姓達を駆り集めて、遠藤勢のすべてが高橋勢を待ち受けていると敵に錯覚させて動揺を誘い敗走させたのであり、中原城を攻略した時には遠藤吉弘の率いる八十名が合流するのを待ち、遠藤館からついてきた七十名の百姓達と合わせて百七十名を、夜陰を利して倍にも見せかけて敵を気死させたに過ぎない。

しかし世間は、事実の枝葉を取り払って単純化した英雄譚を好むものだ。石堂一徹は天下無敵の豪傑であり、わずか十五名で中原城を乗っ取ったとはやし立てるのである。

今回の件にしても、仁科勢が五百の兵力で遠藤勢を追いながら、待ち受けていた石堂一徹と刃を交えることなく、退却しているのは事実なのだ。さらにはその晩のうちに一徹の夜襲を受け、仁科盛明は左太股に重傷を負い、死傷者が手勢の半数を超したという噂も翌日には安曇郡まで届いている。

現に仁科盛明は深志平にとどまったまま、一向に大町の居館に凱旋する気配もない。武田に内通して大勝利を収めたというならば、早々と帰還して盛大に祝勝の宴を張り、近隣の豪族達に武威を見せつけるのが当然ではないか。

安曇郡における仁科盛明の評判は、この数日で大幅に下落しているであろう。

そう確信した一徹は、遠藤吉弘の居室に急行した。

「殿、武田が諏訪に引き揚げましたぞ。絶好の舞台が巡ってきてござる。すぐに家中の主だった者を呼び集め、明朝には安曇郡に向けて出立すると告げられよ」

「ついに、安曇郡へ出兵するのか」

吉弘は、微笑を浮かべて頷いた。武田晴信が深志に腰を据えずに諏訪へ戻るならば、その時こそ遠藤勢は安曇郡へ急行すべきであるというのが、一徹が前々から吉弘に進言していた戦略であった。

「考えてもみなされ、武田が退いた後の安曇郡は主のいない草刈り場でござるぞ」

安曇郡ではその北部を領する仁科盛明が遠藤家に匹敵する勢力だが、その盛明は一徹から受けた太股の槍傷で、少なくともあと十日は歩くこともできまい。しかもその手勢は半数以上が死傷している。今は戦傷の治療に専念するしかなく、当分は本拠である大町に戻ることもかなうまい。

南部は動員能力が五十から精々二百までの小豪族ばかりで、遠藤吉弘が六百の軍勢を率いて雪崩れ込めば風を望んで帰服するであろう。もともとがああした小豪族達は、自分より強い勢力が現れれば、それが小笠原であれ武田であれ遠藤であれ、領地保全を条件に臣属するよりほかに、一族を養っていく道はないのである。

「仁科領の扱いには一工夫が必要でありましょうが、それでもまずは十日のうちに安曇郡はすべて殿のものとなりましょう。いや、ここでそれ以上の手間暇を掛けているようでは、次の策が打てませぬぞ」

吉弘は今では一徹のいかなる献策にも従う腹を固めていた。この戦略家は自分でできると確信した策でない限り、提案してくるはずはないのだ。

吉弘は手を叩いて近習を呼び、重臣達を至急書院に集めるようにと命じた。

遠藤吉弘は、不意に視界が開けて飛驒山脈の雄大な山並みが広がっているのを一望して、思わず息を呑んだ。目の前に広がる天が抜けるほどに高いこの沃野こそが、安曇の地なのである。

二十日早朝に中原城を出立して保福寺道を西に進んだ六百の遠藤勢は、申(さる)の刻(午後四時)には安曇郡大口沢(おおくちざわ)に達した。ここに道標があり、直進して南下すれば深志、西に折れれば豊科(とよしな)と記されていた。

豊科までの道は一里(約四キロ)にも満たないから、急げば今日のうちに着けるには違いあるまい。だが見知らぬ土地に進攻するのに、夕刻の到着というのはあまりにも危険が多い。

そこで遠藤勢は大口沢の集落に分宿して一泊し、翌日早朝にそこを発って西に向かい、両側から山が迫って見晴らしが利かないままに山道を下って行き、ついに豁然として天地が開けたこの豊科の地に到着したのである。

五里（約二十キロ）ほどの彼方に、乗鞍岳、霞沢岳、常念岳、東天井岳、燕岳、唐沢岳などの高峰が競い合うようにして紺碧の天に迫る飛騨山脈が南北に延び、目の下には水量豊かな犀川が北に向かってゆったりと流れ、その周辺には田畑が広がる沃野の中にいくつかの集落が散在しているのが見てとれる。一瞥して思わずよだれが湧いてくるほどに、豊穣の土地であった。

遠藤勢が進軍してくるという情報は、運野四里の配下の者達が先着して噂を撒いて歩いていた。そしてそのうちの一人、運野次郎が待ち受けていて、これまでに入手している近在の情報を報告した。

近くにある天昌寺に兵を休めて休息しているうちに、牛越正信、務台雅景、石曾根信勝といった地元の小豪族達が次々と挨拶に参上した。このうちの牛越と務台は、次郎の言葉によれば領民の評判もまずまずで吉弘は臣従を認める腹だった。

問題は、石曾根信勝であった。この男は統治がまことに過酷で、領地には怨嗟の声が満ちているというではないか。

「一徹、俺はこの男だけは臣従を認めたくない。そもそも領主とは民に先んじて憂い、民に遅れて楽しむべきものだ。領民が領主を恨むというのは、石曾根に財を貪る体質があるのであろう」

「殿の申される通りでござる」

一徹は頷いた。吉弘は領民に慕われる名君だが、その裏では役職を笠に着て民百姓に横暴な振舞をする家臣があれば、容赦なく罰するという厳しい方針を貫いていた。その厳しさがあればこそ、家臣団の中にも常に緊張した空気が漂い、内政が弛緩することなく進められているのだ。

吉弘は、石曾根信勝を引見するとその場で申し渡した。

「臣従は認めぬ。明日の正午までにその方の館を立ち去らないならば、手勢を差し向ける。早々に退散するがよい」

石曾根信勝は大いに不満そうであったが、六百の軍勢を目にしては、わずか五十名の動員能力しかないこの男に抵抗する手段はない。すごすごと姿を消す石曾根を見送りながら、吉弘は一徹を振り返った。

「万が一にも石曾根が居座るようなら、牛越と務台に奉公の手始めとして石曾根討伐を命じるというのはどうかな」

「結構でござる」

一徹は微笑した。自分の手勢を損ずることなく石曾根信勝を追い払えるならば、それに越したことはない。またこうして遠藤吉弘の直轄領を増やしていかなければ、安曇郡に進駐した意味がないのだ。

こうして、ほとんど自身で戦うことなく近隣を平定しつつ、さらに西に進んで犀川を越えると、やがて遠藤勢は千国街道（糸魚川街道とも言う）に達した。このあたりでは仁科街道と呼ばれているこの街道は、深志と越後の糸魚川を結ぶ、最重要の往還である。

安曇郡南部の攻略に特に問題はないと見極めた一徹は、ここで自分に預けられた与力である村山正則以下の百五十名を率いて街道を北に向かった。大町にある仁科氏の居館とその詰の城である森城を押さえて、仁科盛明の首根っこをつかんでしまうことこそが、この進軍の成否を決する鍵なのだ。

出立に先だって、一徹は自分の配下の者達にこう厳命した。

「これは戦場で敵将の首を討ったり、城を落としたりするいつものいくさとは違うぞ。まず、相手の仁科氏はまだ遠藤家の敵とも味方とも定まっておらぬ。また仁科家の当主、盛明は先日の犬甘城の夜襲によって手傷を負い、当分は深志にあって療養に専念している。

従って我らのなすべきことは、大町の仁科館に急行して盛明の嫡男をはじめとする一族を押さえ、これを人質として森城を無血開城させることにある。よいか、館にも城にも留守居番として多少の兵力はおろうが、決してそれらの者に手を出してはならぬ。威圧するだけで降伏させるのだ。

我らは北安曇を切り取るのはもちろんだが、仁科盛明との交渉の決め手として手駒を確保するのが出兵の眼目である。これは遠藤家のこれからの命運を左右する重大な任務なのだ。従って大町や森城への途上でも、地元の住民に対して横暴な振舞があってはならぬ。仁科館であれ森城であれ、針一本でも持ち出す者があれば、この俺が断じて切る」

遠藤勢の安曇進攻は、豊科から八里（約三十二キロ）の北にある大町の仁科の居館にも二十二日には伝わっていた。この報を受けて、仁科館は大騒ぎとなった。何しろ当主の盛明は石堂一徹の夜襲を受けて負傷し、その軍勢ともどもいまだに帰還の目途も立たないのである。

しかも館に残っているのは盛明の一族のほかはほとんどが文官で、戦力としては留守居番の板花忠明（いたはなただあき）以下の十五名しかいない。また仁科館は周囲に一重の堀を巡らしているばかりで、もともと防御能力がはなはだ心もとない。

「森城に避難するしかない」

衆議は一決して至急この館を引き払い、二里（約八キロ）北の木崎（きざき）湖の湖畔にある森城に合流することにした。森城の留守居番も百名強しかいないのだから、六百の遠藤勢に攻撃されれば守り抜くことは難しかろうが、ここに残っていても座死するばかりなのである。

しかし館を引き払う準備には、予想外の時間を要した。館を無人にして立ち去れば、殺到する遠藤勢によって徹底的に略奪されるのは目に見えているのだから、一族の女達としては少しでも多くの物を持っていきたい。

「敵は間近に迫っているのでござる。身一つで逃げるのでなければ、とても森城までたどり着けませぬぞ」

板花忠明が声を嗄らして叫んでも、実際の出立は丸一日が過ぎた午後であった。女子供が多い道中とあって足取りは遅く、森城への道の半ばまで達しないうちに、背後に土煙が立つのが見えた。

「すわこそ、敵襲ぞ」

一同がその場に立ちすくんでいるうちに、すぐに見たこともないような大柄な武将がこれも馬体優れた黒鹿毛の巨馬にまたがって姿を見せた。その後ろには、百五十名ほどの軍勢が続いている。

「遠藤家の家臣、石堂一徹である。指揮する者は誰か」

血なまぐさい惨劇が繰り広げられるものとして身震いしていた仁科勢が拍子抜けするほど、穏やかな声であった。一団の中から、板花忠明がおずおずと進み出た。

「拙者は仁科館の留守居番、板花忠明でござる」

「板花殿であるか。我らに害意はござらぬ。この場で降伏するならば、ご一行の安全は拙者が約束いたしましょう」

仁科盛明の嫡男勝千代とその弟や姉妹といった幼い者達、正室や側室、その侍女達という足手まといばかりが多く、戦力となるのはわずか十五人しかないのだ。四十代後半でさして武功もない板花忠明としては、ここで勇名高い石堂一徹と渡り合うことなど思いもよらなかった。

板花は背後の者達を振り返ってみたが、誰もが一徹の言葉を聞いて安堵の表情を浮かべていた。

「身の安全を確約していただけるならば、降伏いたそう」

一徹は、微笑して言った。

「ご一同は、すぐに仁科館へお戻りいただく。ただし板花殿と仁科殿のご正室、ご嫡男の三名は、我らと同道して森城に参ってもらいたい」

館に戻る者達には、村山正則に三十名の警護の者達を付けて送り出した。一徹は馬に乗った勝千代の手綱を配下の者に引かせ、輿に乗った盛明の正室は担ぎ手もそのままに、板花忠明にはその十五名の手勢を引き連れさせて森城へと向かった。こうしておけば、館へ帰る仁科の一行に護衛の武力はない。

　一徹勢が森城に到ったのは、もう夕もやが山の端に立ち込める頃合いであった。満々と水をたたえた木崎湖に石垣の裾を沈める森城は三重の郭を巡らし、一千名の兵力とその一族が籠るに足る巨城で、いかにも難攻不落の構えであった。

　ここに到る道中で、すでに今後の段取りは打ち合わせを済ませてきている。板花忠明が先頭に立って、大手門を守る警護の兵に城の留守居番である一志（いっし）蔵之進（くらのしん）に話があってまかり越した旨を伝えた。

　その背後に見覚えのないいかにも強そうな軍勢が百人以上も控えているのを見て、守衛の兵達は目を見張ったが、板花忠明は昔からの顔馴染みであり、一人許されて門の脇の木戸をくぐって城内に入った。

　しばらく待つうちに木戸が開き、板花忠明ともう一人の黒糸縅（くろいとおどし）の甲冑をまとった武士が姿を現した。年の頃はまだ三十代であろうか、濃い頬ひげに覆われて目鼻立ちが精悍であった。

「この城の留守居番、一志蔵之進でござる」

「遠藤吉弘の家臣、石堂一徹でござる」

　二人が挨拶している間に、板花忠明は城兵に命じて床几（しょうぎ）を二つ用意させた。向かい合った一徹と蔵之進の背後には、双方の手勢が油断なく身構えていた。

「我が殿は安曇郡へ出撃して、すでに安曇郡南部はほぼ平定しておる。そこで我らは北部に向かい、まず仁科館を押さえて一族の者達を人質とし、次いでこうして森城に到ったのだ。嘘でない証拠をお目に掛けよう」

一徹の合図で、仁科盛明の嫡男、勝千代と恰幅のよい三十五歳くらいと思われる美形の正室が、後ろ手に縛られた姿でこの場に引き出された。城兵の間から嘆声が洩れた。

「我らの兵力は百五十名だが、後から殿が五百の手勢を率いてやって参る。この城を守っているのは百名余であろう。戦えば、そちらに勝ち目はない。また敵対するのであれば、人質はすべて成敗してしまうことになるぞ。

悪いことは言わぬ、門を開いて降伏するがいい。皆の命はそれがしが保証する。またこれを機会に遠藤家に仕える気持ちがあれば、それがしが責任を持って殿にとりなしてやろう」

一徹の武名は、このあたりにも鳴り響いている。また今目の前に見る一徹の姿はその名声にふさわしい迫力があり、しかも落ち着き払って利害を説く雰囲気には、重厚な人柄を窺わせるに充分なものがあった。

一志蔵之進はこの森城に近い村の地生えの武士で、遠藤勢の安曇郡進攻を耳にした時に、素早く一族をこの城に避難させている。勝ち目のないいくさに踏み切れば、一族ともどもこの剛勇の前に命を捨てることになろう。

それにここで抗戦の道を選べば、仁科盛明の嫡男以下の一族の命が失われてしまう。ひょっとして仁科盛明が大町に戻ってきた時には、何とも申し開きができまい。

だがこれは、蔵之進の一存で決められる問題ではなかった。

「仰せの趣旨は、よく分かり申した。しかし、この場で即答するわけにもまいりませぬ。城に籠る皆の意見も聞いてみた上で、返答をしたいと存ずる。しばしの猶予を戴きたい」

一徹が頷くと、蔵之進は一礼して城中に去った。もうあたりには夜の闇が迫ってあちこちの空に星が輝き始めており、すでに城兵の手であちこちに大きなかがり火が焚かれていた。

小半刻（三十分）ほどして、今度は門扉がきしみ音を立てつつ大きく開いた。

「衆議一決してござる。降参つかまつる」

一志蔵之進の後ろには十名ほどの武士が従っていて、一斉に片膝を突いて頭を下げた。一徹は大きく頷いて腰を上げた。森城が落ちたからには、検分をしなければならない。

どうやら敵と刃を交えることなく、北安曇も遠藤家の領地になる見通しが立ち、一徹は内心では胸を撫で下ろす思いであった。ここまでは、仁科盛明と対面するまでに済ませておかなければならない段取りだが、これでようやく盛明と顔を合わせる準備は整ったといってよいであろう。

二

一徹が穂高神社(現・安曇野市穂高に所在)に陣を張る遠藤吉弘のところに帰着したのは、二十六日のまだ暑さの残る夕刻であった。盛明の嫡男の勝千代のほかに、森城に籠っていた百名余の中から一志蔵之進を筆頭とする物頭級の者達八人を選び、さらに板花忠明を加えた九名を引き連れて来ていた。

勝千代はむろん人質であるが、あとの九名は遠藤吉弘に対面させるというのが名目であった。しかし実のところはこうしておけば指揮官を失った残りの百名余は骨を抜かれた烏合の衆で、軍勢としての統制ある行動は採れようはずがない。大町に百名を付けて残してきた村山正則の手で、充分に統制可能であろう。

神社から借り受けた一室で相対した二人は一徹が簡単に報告を済ませると、吉弘は満面の笑みを浮かべて言った。

「俺の方も、昨日あらかた片付いた。してみると、安曇郡はその全域がわずか六日で手に入ったことになる。それもいくさはすべて安曇の豪族同士でやらせたから、我が方の死者は一人もいない。いや、あまりにも簡単過ぎてあっけないほどだな。これで遠藤領は旧領と合わせて六万石余、動員兵力は二千はあろうよ」

吉弘は苦笑している一徹に、この男の綿密な計画があればこその危なげのない今の状況なのだと気付いて、慌てて付け加えた。

「それもこれも、一徹の事前の策があったればこそだ。犬甘城に夜襲をかけた時には、ここまでの筋書きがすでにできていたに違いあるまい。まさに深謀遠慮、一徹の知恵は底が知れぬな」

「いや、何と言っても運がよかったのは武田晴信が早々に諏訪に引き揚げたことでござるよ。晴信が深志におれば、殿が動いたと知った時には、すぐさま安曇郡に兵を動かしたでありましょう。しかし馬場信房には、独断で兵を動かす度胸はありませぬ。必ずや晴信に指示を仰いだと思われますが、晴信としては北信濃進攻に踏み切った以上、もはや安曇郡に兵を向けることはできませぬ。地団太を踏みつつも、北信濃が片付けば中信濃など自然に立ち枯れてしまうと思っておりましょう」

「だが、一徹はそれもとうに見越しているのであろう。それで、次の手は何だ」

「いやその前に、安曇郡の状況を知った仁科盛明が、すぐにも怒り狂って駆けつけてくるでありましょう。その時にどう対応するか、殿の腕の見せどころでござるぞ」

吉弘、一徹の主従は、その日に備えて入念な打ち合わせに入った。

仁科盛明から会談の申し入れがあったのは、二十八日の昼であった。犬甘城の夜襲が十六日の早朝だからまだ歩くこともままならないはずだが、自分の領地が侵略されていると聞いて、居ても立ってもいられずに戻ってきたのであろう。吉弘が承諾して早速境内に幕を張り巡らし、床几を並べて会談の場を整えたところへ、輿に乗った仁科盛明が憤然とした表情で乗り込んできた。

「これは何の真似でござるか」

やはりまだ歩くことはできず、家臣の肩を借りて床几に座った盛明は挨拶もそこそこに怒声を浴びせた。その場にはそれぞれ二人の重臣が立ち会い、遠藤側は石堂一徹と馬場利政であった。

「戦国の世だ。敵国に隙があれば、攻め込んで我が領土とするのが、世の習いではないか」

平然としている吉弘の態度に、盛明は顔一面に血を上らせて一徹に向けて叫んだ。

「一徹、俺は武石峠で対面した時、お主を討とうと思えば討てたのだ。しかしお主の人物に惚れ込んだ俺は、武士の情けで見逃してやったのだぞ。それが犬甘城での夜襲で俺を動けなくしておいて、その間に安曇郡を切り取るとは恩を仇で返す仕打ちではないか」

一徹は、冷たい微笑を浮かべて言った。

「あの時、拙者を討とうとすれば、仁科殿は大事な家臣達を三、四十人は失ったでありましょう。その損得を計算して、引き揚げたのではありませぬか。しかしそれが恩であるとしても、犬甘城で仁科殿に出合った時、胸ではなく太股を突いて致命傷にならないように配慮したことで帳消しでござろう」

「何をぬかすか」

盛明はなおも大きな鼻を振り立てて喚き散らしていたが、吉弘も一徹もまるで取り合わないのを知って、次第に声が小さくなってしまった。自身も策士である盛明には、一徹の仕掛けた罠に見事にはまって雁字搦めになってしまい、身動きもできない状態なのが身に染みて分かってきたからであった。

頃合いを見計らって、吉弘が持ち前の穏やかな調子で言った。

「ところでものは相談だが、仁科殿、どうだ、それがしの家来にならぬか」

あまりにも予想外な提案に呆然としている盛明に向かって、吉弘はさらにゆったりと続けた。

「我が家臣になれば、大町の居館も詰の城の森城も仁科殿にお返しいたそう。大町の仁科館では、仁科殿の一族が首を長くして貴殿の帰着を待っておるぞ」

「一族の庇護には、拙者の腹心の者を当たらせておりまする。ご一族には館から出ることは禁じておりますが、そのほかの日常生活には、何の制約も与えておりませぬ。また警備の者達にも、館から針一本でも持ち出した者は切ると、厳命いたしておりまする」

一徹の重厚な語り口には、いかにも誠実な響きが溢れていた。一族が無事と知って盛明はぱっと喜色を浮かべたが、すぐに表情を引き締めた。

「しかし、拙者は武田に臣従したのだ。なんで今更貴殿の家臣にならなければならぬのか」

「それなら先ほどから申しておる不満を、武田晴信に訴えるがよかろう」

「むろん、そのつもりだ」

「しかし、武田は貴殿の訴えに耳を貸すかな」

吉弘はいかにも好人物らしい物腰を崩さずに、軽く首をかしげて見せた。

「中山平の合戦までは、武田は貴殿を大事に扱ったであろう。だがそれは、仁科殿が大町に居館を持ち、詰の城として森城が控え、六百の動員能力を持つ大豪族であったからではないか。しかし今やその居館も森城も我が支配下にあり、仁科殿には一坪の領地もないのでござるぞ。森城の留守居番も館の留守居番も降伏して我が手勢となり、北安曇に仁科殿の兵力は一兵もない。武田がそんな仁科殿の訴えに、親身に応えるであろうかな」

（殿も役者が板についてきたわい）

落ち着き払って現在の状況を説明している吉弘の態度は、まことに堂々としていて六万石の大身にふさわしいものであった。吉弘も中山平の戦いで一徹と張り合うことの愚を思い知って以来、自分の果たすべき役割を忠実に実行することに専念していた。

仁科盛明はようやく自分が置かれた立場を悟って、顔色が青ざめた。犬甘城の夜襲を受けた結果、現在従ってきている兵力は二百五十名に過ぎないが、それも領土を失った今、どうやってその者達を養っていけるのか。

「せめて、同盟者として遇してはくれぬか」

それが、仁科盛明の最後の抵抗であった。同盟者ならば、軍事協力以外は独立した領主として、今まで通りに領内に君臨していられる。それが家臣となってしまえば、税制や領内統治の大筋まで、厳しく遠藤吉弘の管理下に入らなければならないのだ。

「相手が武田ならば家臣となるが、それがしでは不足と申すのか」

吉弘は微笑を浮かべてそう言ったが、その態度には一歩も引かない強い雰囲気があった。

相手は勝者であり、自分は敗者であることを知って盛明は首をうなだれた。

「それがしはここに到るまで、我が一族の命はもうないものと諦めていた。遠藤殿が北安曇を自領にしようと思うならば、家臣達は臣従を認めても、一族の者達は将来に禍根を残さぬためにも、すべて処分するに決まっているからだ。しかし先ほどの話では、この盛明の一族は手厚く庇護されているという。ということは、そちらとしては初めからそれがしを召し抱える腹で、人質にしておいたのであるな。それは何故だ」

　吉弘はざっくばらんな調子で、笑って言った。

「昨年の五月にふとした縁で石堂一徹を召し抱えるまでは、我が領地は長らく三千八百石に過ぎなかった。それが一徹が前線で指揮を執るようになってからは連戦連勝、わずか一年二ヶ月で六万石余、動員兵力にすれば二千人という大領を手に入れることができた。だがあまりに急成長してきたために、人材の育成がまったくついてきておらぬ」

　もとより一徹には二千の兵を動かすいくさだてなど、何の造作もない。しかしそれを受けて実際に兵を動かす侍大将級に、手練の者がまるで足らないのが実情なのだ。五百の手勢を預かっていくさだてを着実に実行し、思いも掛けぬ事態が起きても臨機応変に対応できる武将が、咽喉（のど）から手が出るほどに欲しい。安曇郡きってのいくさ上手で知られる仁科盛明ならば、名声、手腕ともに申し分がない。

　吉弘は盛明の顔を見据えながら、ゆったりと言った。

「安曇郡を手に入れたのを機会に軍制を改めて、主将の拙者の下に二人の副将を置きたいと考えておる。副将の首席はもちろん一徹だが、仁科殿には副将の次席をお願いしたい」

譜代の臣を差し置いて一徹に次ぐ地位で遇するというのだから、その高い評価は盛明の自尊心を満足させるのに充分なものであった。

この提案を受け入れれば、大町の居館に戻って北安曇の領主として一族とともに暮らせる。拒否すれば、自分は館も城もない素浪人の身となり、人質の価値を失った嫡男勝千代以下の家族はすべて命を失う。その差は天と地ほどに歴然としていたが、それでもなお盛明には一抹の不安が拭えなかった。

「遠藤殿、成る程ここまでは順調に運んできたようだが、それでも兵力はわずか二千、それに対して武田は甲信合わせて一万二千の兵を養っておりますぞ。どうやって武田に対抗していく所存か、成算があるならお聞かせ願いたい」

「成算はござる。しかしこれは秘中の秘なれば仁科殿が臣従を誓わぬ限りは、明かすことはできぬ」

吉弘の言い分はもっともであったが、吉弘自身にそんな戦略が描けるはずはなく、すべては石堂一徹の頭脳から湧き出ているに違いなかった。

「石堂殿、それは確かか」

盛明の鋭い視線を正面から受け止めて、一徹は野太い声で静かに答えた。

「もとより成算がなければ動きませせぬ」

盛明の頭は素早く回転した。初心を貫いて武田晴信に臣従すれば家臣の末席に連なるばかりで、一族はすべて刑場の露と消えてしまう。遠藤吉弘に仕えれば家中第二の扱いを受けられ、しかも家族も居館も城も戻ってくる。

一徹という男は自分に手傷を負わせて動けないようにした憎い相手だが、そのことを二重にも三重にも利用して安曇郡全域をわずか数日で手に入れてしまったその手際は、敵ながら天晴れ(あっぱれ)というほかはない。

武石峠で「武田に仕えよ」という自分の説得に耳も貸さなかったこの巨大漢は、臣従どころか本気で武田晴信に戦いを挑む覚悟を固めているのではないか。盛明は遠藤吉弘ではなく、一徹という男に無限の可能性を見て取って、即座に自分の将来を託す覚悟を固めた。

「遠藤殿、分かり申した。いかにも臣従するでありましょう」

ほっとして頬を緩めた吉弘に、盛明はさりげなく付け加えた。

「そうと決まった以上は、石堂殿と二人だけで話し合うことを許されたい」

それは吉弘にも予想がついていたことであった。

「分かった。皆の者は引き揚げよ」

遠藤勢が去るのを見て、盛明も配下の者を幕の外に移動させた。一徹と盛明は床几に腰を掛けて、二人だけで向かい合った。盛明は、遠藤吉弘の前では曲げていた左膝を崩して足を伸ばした。

「まだ、痛みまするか」

盛明が頷くのを見て、一徹は真面目な顔でさらに言った。

「我が石堂家には、金創（刃物による傷）によく効く秘薬が伝わっておりまする。善光寺膏といえば、ご存じかもしれませぬな。すぐに届けさせましょうぞ」

「石堂殿に受けた槍傷を石堂家の秘薬で治すなど、洒落にもならぬわ」

盛明は苦笑しながら、吉弘の前では見せなかった笑顔を一徹に向けた。

「石堂殿、いや、俺も遠藤家の副将になったからには、互いに俺とお主でいこうではないか。年は俺の方が三つ、四つは上かと思うが、そちらは副将首席、俺は次席とあれば、二人の時は対等の付き合いをしたいと思うがどうだ」

「俺も同じ思いだ。正直な話、遠藤家の中にはいくさについてともに語るに足る相手がおらぬ。お主とならば、互いに腹を割った話ができようぞ」

「手傷を負わされ、領地まで奪われたとあってはお主を恨んで当然なのだが、俺にはお主の打つ手打つ手があまりにも鮮やかで、憎む気にもなれぬわ。この信濃に武田晴信に匹敵する器量の武将はおらぬと見極めて、俺は武田に臣従する腹を固めたのだが、お主には武田と張り合うだけの器量があると見た。

遠藤吉弘はたしかにそれなりの人物ではあろうが、あの言葉はすべてお主が言わせているのであろうな」

「その通りだが、殿を見くびってはならぬぞ。お主も家臣となったからにはすぐに北安曇の統治について殿の検分を受けるであろうが、内政に掛けてはあの殿は凄腕だ。民百姓の生活が成り立つようにする、そのことに心血を注いで統治に当たっている。民から搾れるだけ搾り取るような領主は、決して家臣の列に加えぬ。現にこの度の安曇郡進攻に当たっても、小豪族が十人ばかりも追放処分にあって領地を没収されているぞ。

いくさはお世辞にも上手とは言えぬが、家中、領内の統治能力にかけては俺など遠く及ばぬ」

「武石峠への道でお主と話した時も、犬甘城で夜襲を受けた時も、俺はお主という男が何を考えてこんな行動をするのか、さっぱり分からなかった。だが今では、お主という男の器の大きさがよく理解できたぞ。俺が武田への臣従を勧めてもまったく気を動かさなかったのは、お主は初めから武田を好敵手とみて対等に張り合う覚悟だったのだな」

一徹には、盛明が今まで出会ったどの武将にもない重厚な迫力が備わっていた。

(この俺の扱い方一つを見ても、この男のやり口はまことに緻密で考えの底が深い。他領に進攻する時には略奪、暴行がどうしても避けられぬものだが、仁科館からは針

一本持ち出すなと兵達に厳命してそれが守られているならば、この男の威令は兵の端々にまで徹底しているものと見える）

盛明は感嘆しつつ、言葉を重ねた。

「しかしそれにしても不思議でならぬ。お主ほどにいくさに精通し、巧緻ないくさだてを即座に編み出せ、全軍を完全に掌握して不敗の戦績を挙げる力を備えた男が、どうして遠藤吉弘程度の男に仕えて満足しておるのだ。お主の実力をもってすれば、一国一城の主になることなどは、いともたやすいことであろうに」

一徹は、微笑して言った。

「俺は合戦屋なのだ。領内の統治などという面倒なことに、手間を割くのが勿体ないのよ」

「それで遠藤吉弘に内政を任せ、お主はいくさに専念というわけか。いや、それにしても無欲の男よな」

「俺は今年の暮れまでには、遠藤家の姫と祝言を挙げることになっている。安曇郡は、婚儀のための俺の手土産なのだ」

「遠藤吉弘は、運のいい男だな。こんな豪気な手土産など、聞いたこともないわ」

盛明は吹き出してしまったが、やがて笑いを納めて真顔になった。

「ところで、遠藤家に臣従したからには教えてもらおう。武田に対抗する秘策とは何だ」

「そればかりは教えられぬ。いや、それは俺の胸にあるばかりで、まだ何の形にもなっておらぬのだ。安曇郡の統治を進めるのは殿に任せて、俺はすぐにも秘策の実現に向けて動き始めねばならぬ」

一徹はその構想を吉弘にだけは打ち明けて承諾を得ていたが、まだ家中にも伏せておくべき段階であった。それに親しげに言葉を交わしてはいるが、一徹はむろん盛明を全面的に信用しているわけではない。それは盛明も同様であろう。

人は利によって集まり、利によって散ずる。遠藤家が盛明に利を与える限りはこの男は全力を尽くして働くであろうが、利が続かなければ卒然として去るに違いない。戦国の世は、互いにそうした覚悟をしていなければとても渡っていけないのだ。

「それで、これからどうする。大町の館に戻るか」

「ここまで来れば、もう大町までは七里（約二十八キロ）ほどしかない。一刻も早く館に戻りたいが、輿に担がれているのは馬と違って体にこたえる。今日はこの穂高で体を休め、明日早朝に手勢を引き連れて出立したい」

「それがよかろう。それに今晩は、お主の臣属を祝して殿が宴を催すであろうよ。その前に、お主の嫡男の勝千代とも対面させてやろう」

「なに、勝千代がここに参っておるのか」

「お主が手勢を率いて大町に戻れば、森城の留守居番と合わせて四百近い軍勢となる。それにひきかえ、大町に駐在している我が兵力は百名しかおらぬ。人質を押さえておかねば、心配で夜も眠れぬわい」

盛明は苦笑するほかはなかった。海千山千のこの男はこの場では遠藤家に臣従を表明しているものの、身命を賭して忠誠を尽くす気持ちなどさらさらない。うまい機会があって吉弘の首が取れるものならば、ためらうことなく刃を向ける。今の武田家の置かれている状況を見れば、吉弘の首を挙げることこそが最大の手柄なのに決まっているではないか。

しかし一徹は仁科盛明のそうした胸中などとうに見通していて、打つべき手は抜かりなく打ってあるのだ。

「一徹、お主との付き合いは面白いことになりそうだな」

「今後とも、互いに退屈する暇などあるまい」

大狸と大狐は声を揃えて笑った。こうして向かい合ってみれば、たしかに大柄で恰幅のよい石堂一徹は狸型、高い鼻梁を持った痩身の仁科盛明は狐型であった。やがて一徹は吉弘の近習を呼び、勝千代をこの場に連れてくるようにと申しつけた。

三

遠藤家は一徹を召し抱えてから急速に領地を拡大してきたが、統治する職制は三千八百石の頃のものを必要に応じて継ぎはぎしながら対応してきていた。しかし安曇郡を併合して六万三千石の大身となってみると、大名らしくきちんと身の丈に合った制度を採用する必要に迫られた。

そこで遠藤吉弘が石堂一徹、馬場利政と知恵を絞って決定したのが、一徹、利政、金原兵蔵の三家老の下に勘定奉行、作事奉行、荷駄奉行、公事奉行、旗奉行の五奉行を置き、さらにその下に賄頭、祐筆、納戸頭、典薬頭、奥番などの役職を並べた職制であった。

一番難航したのは、石堂一徹の扱いだった。遠藤家がここまで大きくなると、他家との交渉事でも吉弘以上に世間に名の知られた石堂一徹を表に出さなければ、収まりがつかない。

それに若菜と祝言を挙げるとなれば、それなりの屋敷を構えて奉公人も抱えなければならず、無禄ではどうにもなるまい。

「五千石ではどうだ」

吉弘の提案に、一徹は首を横に振った。

「それがしは領地の経営をしたことがありませぬ」

一徹は村上義清に仕えていた頃は石堂本家一千石の当主であったが、その内政は父の龍紀(たつのり)と兄の輝久(てるひさ)に任せきりで、自分は軍事に専念していた。父や兄の行政手腕を身近で知っているだけに、見様見真似でやれないことはあるまいとは思っているが、この大切な時期にそんな余事に手間を取られるのはまっぴらであった。

「しかし、無禄では筆頭家老の役目は務まるまい」

一徹はしばらく考えていたが、やがて微笑を浮かべて言った。

「それでは、五千石格でいかがでござるか」

五千石格とは、実際には五千石の領地は貰わないが、それに応じた処遇を受けるという意味である。つまり一徹は従来通り合戦屋としての立場を貫きながら、遠藤家の直轄地から上がる年貢の中から二千五百石の米を受け取って、新たに構える石堂家を養っていくということになる。

軍制については、副将の首席に一徹、次席に仁科盛明がつくことはすでに決まっているので、あとは侍大将、足軽大将、浪人頭などの役職に適任者を当てはめていくだけで簡単に決まった。

次に急がなければならないのは、とりあえずの住居をどこかに求めることだった。

こうして筑摩郡北部と安曇郡全域を領地として押さえてみれば、中原城はその位置があまりにも領内の北東に偏していて、統治の中心とするには無理があった。そこで追放処分にした豊科の石曾根信勝の居館が比較的規模が大きいところから、ここを仮の本拠として吉弘の一族も中原城からここへ引っ越すことになった。

豊科は千国街道を南進すれば深志平まで三里半（約十四キロ）、東に進めば田代、大口沢を経て中原城に到る、今後のいかなる展開にも対応できる絶好の地点であった。

重臣達も、新遠藤館の周辺に移り住むべく、屋敷の手当てに追われた。

「多少狭くて不便でも、住居を新築してはならぬぞ。早ければ一、二ヶ月のうちにも深志進攻が有り得る。新居は深志平に作ろうではないか」

遠藤吉弘は意気軒昂として、家臣に景気のいい檄を飛ばしていた。

一徹も五千石格となったことで、小さいながらも石曾根信勝の家老の屋敷をあてがわれて、そこに入ることとなった。

「一徹、正式の祝言は落ち着いてから挙げるとしても、これを機会に仮祝言を行って若菜と一緒に住まぬか」

「六万三千石の大名の姫が、仮祝言では可哀そうではござらぬか。しかもまだ拙者の親にも引き合わせていないものを」

吉弘はめっきり貫禄を付けた物腰で、磊落に笑って見せた。

「いや、俺は一徹より七歳年上だが、それでも女なしでは夜が過ごせぬ。まして一徹は若い上にその体格だ、頭に血が上って毎晩鼻血を流しているのかと思うと、気の毒でならぬぞ。もういいではないか、若菜を可愛がってやってくれ。ただ一つだけ頼みがある。若菜が壊れぬように、手加減を忘れずにな」

人一倍巨軀の一徹と小柄な若菜を思い比べると、親としてはそんな余計な心配が先に立ってならないのであろう。一徹は苦笑して頷いた。


八月に入ってすぐに、吉弘の一族は病弱で長旅に耐えられない正室のりくを除いて、揃って安曇の地に到着した。心が晴れ晴れとするほどの好天で空が高く、西には飛驒山脈の雄渾な山並みが連なる大景観を見て、一同の表情は明るかった。

溢れるばかりの荷駄が続々と屋敷に運び込まれるのをてきぱきと宰領している若菜を、吉弘は自分の居室へと導いて言った。

「……そんなわけで、一徹に屋敷を与えた以上、急いで仮祝言を行って若菜もともに住むがよい」

若菜は喜びの思いを抑えられずに、ぱっと頰を赤くしながら、あどけなく笑って見せた。

「変われば変わるものですね。一徹様と私が談笑しているのを見ただけで、目を三角にして怒り狂っていた御父上のお言葉とも思えませぬ」

苦笑している吉弘に、若菜は一呼吸おいてさらに言った。

「それでは、さっそく今晩にも」

「馬鹿を申せ。引っ越しが片付かねば、仮祝言もできぬではないか」

「荷物の整理は、昼の仕事でございます。仮祝言は、今夜にも挙げられましょう」

(仮祝言には、一徹の一族も出席できぬ。となれば当家の家臣達に、二人の仲を公表するだけの儀式だ。今晩でも構わぬか)

若菜がこれほどまでに一徹との婚儀を待ち望んでいるとは、吉弘にとっても意外なほどであった。

中山平のいくさ後の石堂一徹の剛腕に対する吉弘の評価は、上がる一方なのだ。一徹と若菜が夫婦になれば、一徹は一段と腰を据えて遠藤家のために働くに違いあるまい。それはもとより吉弘が望むところであり、若菜と一徹にとってもこの上ない幸せであろう。

「いくら何でも、準備がいる。今晩とはいかぬ。明晩に仮祝言を行うこととしよう」

なんで若菜と一徹との接近を毛嫌いしていたのか、吉弘は今では自分でも不思議なほどであった。

若菜を政略結婚の道具として嫁に出してしまえば、下手をすればもう一生会う機会がないかもしれない。それが一徹に嫁がせれば、若菜は常に身辺にあっていつでも顔を合わせていられるのだ。若菜を溺愛している吉弘にしては、一徹と若菜の二人ながらに手元に置いておける最上の策ではないか。

翌日の午後、石堂宅に運び込む自分の荷物の仕分けに余念のない若菜のところに、若菜にとっては琴の師範でもある老女の梶（かじ）が緊張した面持ちでやってきた。

女中達を別室に退けてから、梶は持参した書物を若菜に手渡して言った。

「それを、ご覧下さいませ」

若菜は言われるままに何気なくその書物を開いてみて、思わずあっと叫んだ。それは若い男女の閨（ねや）の有様を露骨に描いた絵草紙だったのだ。若菜は手にするのも汚らわしく、梶に向かって投げ捨てた。

「何ですか、これは」

「夫婦になるということは、姫がお知りにならないそのようなことをなさねばならないのでございます。それをお教えするのが、私の役目であります。お姉上の楓（かえで）様にも、私がお伝えしたのでありますよ」

若菜は頬を真っ赤に染めつつ、首を横に振った。

「無用のことです。お下がりなさい」

「そうはまいりませぬ。知らぬで済むことではございませぬぞ」

なおも言い立てようとする梶を制して、若菜は微笑して言った。

「私が何も知らなくとも、一徹様は亡くなられた奥方様との間に二人のお子をなしております。梶が心配するには及びませぬ、何事につけても一徹様が優しくお導き下さいましょう」

不承不承に退出した梶は、翌日遠藤館にやってきた若菜を見つけて質問した。

「首尾はいかがでございましたか」

梶の心配げな表情を見やって、若菜は華やかな満面の笑みを浮かべた。

「そんな余計な気苦労をしてばかりいるから、頭が白くなるのですよ」

四

遠藤吉弘は八月九日の早朝に豊科の新遠藤館を出立して、仁科盛明の館がある大町に向かっていた。安曇郡を平定してから吉弘は領内統治のため新領の村々を視察して回る予定を組んでいたが、その手始めとしていよいよ仁科盛明の領地の検分の日が来たのである。

一行は勘定奉行の金原兵蔵以下の勘定方が主であったが、一徹の要望で若菜とその女中達を伴っていた。吉弘は高い峰々が連なる飛騨山脈を左手に見て千国街道を北上しながら、両側に広がる田園に目を走らせ、時には村の名主を訪ねたりして緩々と進み、日が傾きかける頃にようやく仁科館に到着した。

仁科盛明は館の門前で吉弘を出迎え、早速の酒宴となった。昼間は汗がにじむほどに暑かったが、夜ともなれば吹き渡る風にも秋の気配がして心地よかった。仁科盛明は親しげに語り掛けてきたが、吉弘は明日の検分を思って酒量を抑えていた。

翌日は朝餉を済ませてすぐに、大広間に遠藤家、仁科家の勘定方が顔を揃えて帳簿の点検が始まった。吉弘は金原兵蔵の長年の功績を評価して家老兼勘定奉行の要職に就けたが、初めての大役とあって兵蔵の張り切り振りはひとしおのものがあった。

まずは仁科家の勘定奉行から仁科領の税制の説明が始まり、質疑のやり取りを交えつつ棟別銭(むなべつ)まで来たところで、初めて吉弘が言葉を挟んだ。棟別銭とは家屋の棟単位で徴収する租税で、この当時は一棟につき百文が相場であった。村ごとに名主が取りまとめ、年に一度領主に納めるのが通例である。

「棟別銭は、仁科家が手にしているのか」

仁科盛明は、何で当たり前のことを訊くのかといった表情で頷いた。

「それはよろしからぬ。遠藤領では、棟別銭は全額名主に下げ渡しておる」

盛明は何も言わなかったが、その顔には不服の気持ちが露骨に浮かんでいた。棟別銭は仁科家の財政を維持していくために、必要不可欠の財源なのである。それを百も承知の吉弘は、微笑して言った。

「村を運営していくには、銭が必要なことが多い。身寄りのない年寄りの世話とか、村の祠(ほこら)が壊れたとか、いくさで負傷して働けなくなった者の面倒見とか、様々な理由で出費が発生する。棟別銭を名主に下げ渡せば、村民の感謝は計り知れぬぞ。統治の精髄とは、民百姓の暮らしを楽にするところにあるのだ」

まだ納得していない仁科盛明に、吉弘は穏やかな口調で言葉を続けた。

「先ほどから帳簿を見ていると、田圃(たんぼ)の面積に比して収穫高(とれだか)が少ないように思われる。何か理由があるのか」

「このあたりの水源は、飛騨山脈でござる。この山々は、他国に例を見ない高山でござれば、六月の頃まで雪が消えませぬ。その雪解け水が谷間を走って川となり、あるいは岩の割目に沁み込んで、山の麓に泉となって湧き出るのでありまするぞ。いきおいどこの水も手を切るほどに冷たく、それが稲の生育に悪い影響を与えているのでござる」

「さもあろう。昨日ここへ到る途上で村々の様子を見て参ったが、川や泉から水を引いて直(じか)に田圃に配っているようであるな。あれでは駄目だ」

　吉弘は仁科家の家臣達の顔を眺め渡して、さらに言った。

「川や泉の近くに、大きな溜池を作れ。水は温かいものが上に、冷たいものが下に沈む性質がある。溜池に水を導けば、川や泉からの冷たい水は底に澱(よど)み、十日も太陽の光を浴びて温まった水は上に溜まる。その温かい水だけを取り出し口から田に配るようにすれば、五月から七月にかけての水を欲しがる時期の稲の生育は、一割や二割は軽く違ってくるぞ」

　百姓達にとって、収穫が増えるほど有り難いものはない。領内は、領主を讃える声で満ちるであろう。そして言うまでもないことだが、当然年貢も収穫の増加に応じて増えるのだ。その増加分は、棟別銭などとは比較にならない。

　仁科盛明は、あっと叫びそうになって息を呑んだ。石堂一徹が『内政に掛けてはあの殿は凄腕だ』と言った意味が、ようやく盛明にも分かってきたのである。

　領主は、何事につけても百姓達を豊かにすることに専念しなければならない。そして百姓達が豊かになれば、当然の結果として領主もまた富むのである。

　遠藤吉弘は、決してきれいごとを言っているのではない。領民から慕われるような施策を打ってこそ、領主の存在価値があるのだ。

　吉弘は、温厚な表情を浮かべた。

「来る途中で見て参ったが、北安曇は羨ましいほどの沃野でござるな。用水路さえ整備すれば、まだまだ新田開発の余地は充分にある」

「新田を作っても、耕す百姓がおりませぬ」

盛明は苦笑しつつ、そう弁明した。だが吉弘は譲らなかった。

「村の外れには、必ず水子供養の地蔵が立っているではないか」

水子とは現代では命を授かりながら、流産や堕胎などによって生まれてくることがなかった命を指すが、この当時ではもっと幅が広く、二、三歳で死亡した幼児までを含んでいた。

幼児の死亡原因は流行病(はやりやまい)によるものがほとんどであったが、新生児の場合は事情が違った。子供が多くてもう育てる余裕がないのに、避妊の手段がない当時は望まれないままに生まれてくる赤子が絶えなかった。

そうした場合には、やむなく間引きが行われた。間引きとは、生まれたばかりの新生児の顔に水で濡らした和紙を押しつけ、呼吸をさせずに命を絶つ手段である。

親としては、子供が憎くて殺すのではない。そうしなければ自分達が飢えてしまうのが目に見えているから、泣く泣く間引きをするのだ。その哀惜の思いが、村外れの地蔵に花や水を供える行為に繋がっている。

「新田ができれば、収穫高が増える。食べる物があれば、誰がせっかく授かった幼い命を絶つものか。領主が田畑さえ増やしてやれば、働き手などどこからでも湧いてくるわ。

わが家臣に、作事奉行の門田治三郎と申す者がおる。この男は作事全般について、余人には遠く及ばぬ見事な手腕を持っている。あの治三郎にこの近辺を検分させれば、溜池であれ用水路であれ、あっと驚くほどの名案を考え出すぞ。騙されたと思って、一度仕事を任せてみよ」

何についても、遠藤吉弘の熱弁はとどまることを知らなかった。それを聞いているうちに、仁科盛明の顔に自然と汗が噴き出してきた。

盛明は検分と言っても、帳簿の調査は両家の家臣達に任せておけばよく、自分は吉弘を連れて領内を馬で案内する程度の簡単なものだと思っていた。

だが遠藤吉弘は、聞きしに勝る内政の玄人であった。長年そこで暮らしている仁科家の人間が漫然と見逃している問題点を、吉弘はわずか一日の旅の途上での観察だけで鋭く様々に見つけ出し、適切な対応策をぶつけてくるのだ。その提言が実に具体的かつ詳細なことは、吉弘が空理空論の人ではなく、農家の実態に精通した実務家であることを物語っていた。

午前中の作業がようやく終わり、昼餉の前に茶を喫しながら、仁科盛明はようやく一息ついた。

「成る程、石堂殿が『内政に掛けてはあの殿は凄腕だ』と申しておりましたが、その意味がようやく身に染みてござる」

仁科盛明の本音の言葉に、吉弘はこのところすっかりと身に付いたいかにも磊落な表情で笑った。

「一徹のことだ、その褒め言葉の前に『いくさは空っ下手だが』と申しておったろう」

五

吉弘の検分が始まるのと同時刻に、若菜と三人の女中達は仁科家の奥女中に案内されて書院へと通された。そこには床の間がある上座に座布団が置かれ、下座には仁科家の家族の六人と襖際に三人の女中が平伏していた。

淡い水色の地に赤と白の睡蓮を散らした小袖を纏(まと)った若菜は、明るい笑顔で仁科家の者達に声を掛けた。

「遠藤吉弘の娘、若菜でございます。本来ならば母も同道すべきところですが、病弱ゆえ筑摩郡の中原城から動くこともできず、やむなく私一人でまかり越しました。皆様、お顔を上げて下され」

その言葉を受けて下座の九人はようやく背を伸ばして若菜に正対したが、誰彼ともなく軽いどよめきが起きた。新しい主君の娘とあってさぞかし高慢な態度で臨むと思っていたのに、相手は予想外に若くて美しく、しかもその表情がいかにも人懐こく親しげに微笑んでいるではないか。

特に女衆を驚かしたのは、若菜が一見すると素顔かと思うほどに薄化粧であることだった。

この当時の上流武家の女性は、公家に倣って厚化粧であった。『塗り百遍』とからかい半分に呼ばれるほどに白粉（おしろい）を厚く塗り重ね、眉を描き、頬紅を刷（は）き、口紅を差した。

上流の女性は大声で笑わず、喜怒哀楽の表現を控えるのを美徳とした。はしたないというのが表向きの理由だが、その実はそんなことをすれば厚塗りの化粧が剝げ落ちる恐れがあるからであった。

だが、若菜はそうした厚化粧を嫌った。この娘は自分の輝くばかりの白い肌が自慢であり、特に喜んだり感動したりするとぽっと頬が桃色に染まるその色合いが好きであった。

また自由奔放な若菜は子供の頃から感情表現が豊かで、それに応じて表情が大きく動くのが特徴だった。この娘はそれが自分の最大の魅力だと信じており、そのためには化粧は薄くしなければならなかった。

若菜は白粉は一度か二度塗るだけで、眉はほとんど自前のままであり、頰紅は刷かず、口紅も淡くしか差さなかった。この娘は持って生まれた美貌に加えて並外れて表情が豊かであり、それが薄化粧のためにかえっていかにも生き生きとした独特の個性を見る人に感じさせた。特に嬉しいことがあったりすると白い頰が見る間に鮮やかな桃色に染まっていくのが、心を奪われるほどに華やかであった。

遠藤家の女中達から見ても、若菜は眩いばかりに輝いていた。人形のように無表情で没個性の厚化粧に比べて、この女主人は個性がきらめくまでに鮮やかで、遠藤家の家中の若い武士達や城下の者達の間での人気は圧倒的なものがあった。そのために女中達は競い合うようにして薄化粧に走り、遠藤領ではそうした化粧法を若菜流と呼ぶほどであった。

「仁科盛明の正室の青柳でございます」

真ん中に座った三十代半ばの恰幅のよい女性がそう名乗ったのに続いて、次々と声が上がった。

「次男の照千代でございます」

「長女の桃花でございます」

「次女の桜子でございます」

「側室の忍（しのぶ）でございます」

「側室の愛吾（あいご）でございます」

若菜は会釈をしながら、その名乗りを受けた。ちなみに正と側は序列を表す言葉で、正室も側室も公式の妻であることに変わりはない。遠藤吉弘が召し抱えているちかなどは家中では側室と称してはいるものの、公式には妾と呼ぶべき身分であった。

全員の挨拶が終わるのを待って、若菜はにこやかに笑って言った。

「このように向かい合っていては、堅苦しくてなりませぬ。主従は男衆のこと、我らは懇親が目的でありますれば、上座も下座もなく車座になりましょうぞ」

若菜は、自分で座布団を持って畳敷きの上座を下りて、仁科家の者達と同じく板敷きに座り直した。仁科家の女中達は慌てて立ち上がり、家族のために座布団を丸く敷き並べた。それぞれの新しい席の前に、茶と茶受けが配られた。その茶碗を手に取って一口含んでから、若菜は仁科家の一同をゆったりと眺め渡した。

「ここに嫡男の勝千代様がおられれば、家族全員が揃うのでありますな。勝千代様は豊科の遠藤館で傅役（もりやく）の皆様とともに、いたって健勝に過ごしております。その様子をお伝えいたしたく、私のまことに拙（つたな）い絵ではございますが、勝千代様の最近のお姿を描いて持って参りました」

若菜は菊（きく）に合図して、車座の真ん中に一枚の絵を広げさせた。それは勝千代が甲冑に身を固め大刀を手にして立っている姿を、左斜め前方から描いた絵で縦五尺（約百五十二センチ）、横二尺（約六十一センチ）の大きさであった。

仁科の家族からどっと嘆声が洩れた。淡い朱色を背景に若草色の甲冑を纏った勝千代は、いかにも勝気そうな目元も口辺も大人びていかにも凛々（りり）しく見え、その見事な筆致はとても素人の手になるものとは思えなかった。

「今月に入ってから豊科に引っ越してきたばかりで、とても表装にまで手が回りませんでした。お気に入っていただけるならば、どうかこちらで掛け軸にでもして下さいませ」

「若菜様は、どなたか専門の絵師について絵を学ばれたのでございますか」

歳は二十五前後か、背が高くなかなかの美形の側室の忍が感嘆の声を上げるのを、若菜は微笑して受けた。

「もう六年も前になりましょうか、当時遠藤館がありました小県郡の青木（あおき）村に京で名のある狩野（かのう）派の絵師が、流れてきたことがございます。三ヶ月ほど掛けて館中の掛け軸や襖絵を描いてもらったのですが、私はその絵師の腕前に惚れ込みまして、弟子入りをして基本を教えていただきました。その後は我流で気の向くままに描いておりましたが、現在はよい師を得まして、それは石堂一徹でございます」

一同から「ええっ？」という声が上がるのを、若菜は微笑を含んで眺め渡した。

「一徹は世間では信濃第一の剛勇としてのみ評判となっておりますが、あれで詩歌、絵画などに幅広く造詣が深く、木彫に掛けては私が知る限りでは並ぶ者がない名手でございますよ。人は見掛けに寄らないというのは、まさに一徹のためにある言葉でありましょう」

「石堂様が武辺一筋の荒武者でないことは、ここにいる一同がよく存じ上げておりますよ」

太り肉の青柳が、温かみのある落ち着いた声音で語り出した。

「先月の二十三日でございましたか、遠藤様の安曇進攻が伝わりまして、我らもこの館から詰の城である森城に逃げたのでございます。けれど女子供といった足弱の者が多く、半道も行かないうちに遠藤勢に追い付かれてしまいました。いくさに負ければ女子供がどんな目に遭うか、私もよく存じております」

ひそかに自害の決心を固めていた青柳に対して、追手の大将・石堂一徹はまことに礼儀正しくこう申し入れた。

『我らに害意はござらぬ。この場で降伏するならば、ご一行の安全は拙者が約束いたしましょう』

そこで一行は館へと戻されたのだが、勝千代と青柳だけは森城へと連れて行かれた。

『お二人は森城を無血開城させるための人質となっていただきたい。むろん身辺に危険はありませぬので、ご心配なさらずに』」

こうして青柳と勝千代は森城に到ったのだが、城の留守居番との交渉に先だって一徹は頭を下げてこう言った。

『城に籠る者達に、奥方様、勝千代様が人質となっているところを見せねばなりませぬ。まことに申し上げ難(にく)いが、後ろ手に縛り上げさせていただきまする』

「私達二人は縄で縛られたのでございますが、石堂様は縄が肌に食い込まぬように、二人の手首に柔らかい絹の布を巻いて下さったのでございます。さり気ないそうした振舞を見て、このお方は何と心根が優しいことかと感じ入りました」

一同が顔を見合わせて頷くのを眺めながら、青柳はなおも言った。

「この館に戻りましてからも、石堂様の心配りはまことに行き届いたものでありました。何しろ遠藤勢は館の外にあって警備に当たるだけで、誰一人として館に足を踏み入れる者はございませぬ。私はたまたま石堂様をお見受けした折に、『上がってお茶でもお召し上がり下され』と申したところが、石堂様は微笑してこう申されました。『拙者は配下の者に、この館から針一本でも持ち出せばその場で切ると申し渡しております。拙者が奥方様のお言葉に甘えて一碗の茶を喫したならば、拙者自身が腹を切らねばなりませぬ』」

若菜にはそうした一徹の言動が目に見えるようで、思わず歯が零れるほどの笑顔になった。

「石堂様の威令は遠藤勢の中にも徹底していて、私達の生活には何の支障もなく、文字通り針一本の被害もありませんでした。信濃第一の猛将でありながら、あのように少しも驕ったところのない奥ゆかしい人柄を備えたお方は、まだ見たことがございませぬ。あのお方の奥方様は、さぞお幸せでありましょうね」

その言葉に、若菜は頬を桜色に染めて言った。

「私も、この信濃で一番の果報者と思っております」

その言葉の意味が分からずに顔を見合わせている一同に、若菜はさりげなく付け加えた。

「一徹と私は、今年のうちには祝言を挙げることになっております」

どよめきの声が、部屋に満ちた。やっとそれが静まってから、長女の桃花がおずおずと尋ねた。この娘は十五、六歳、目鼻立ちが整っていて額が広く、いかにも聡明そうな印象を人に与えた。

「けれど若菜様と石堂様は、親子ほどにも歳が離れているではありませぬか」

「それでは桃花様は、私を何歳だとお思いですか」

「十七歳でございましょう。よもや十八歳ということはありますまい」

「私はどういうわけか皆から若く見られますが、実はもう十九歳でございます。一徹とはたった十七歳違いでありますよ」

若菜の年齢を聞いて皆は信じられずに顔を見合わせたが、十七歳違いとしても世間にそんな親子はいくらでもある。あのいかつい巨大漢の石堂一徹とあどけなさが残る目の前の小柄な娘が、似合いの夫婦とはとても思えなかった。

「それは、遠藤様のお指図でございますか」

側室の忍がそう尋ねた。あの無類のいくさ上手の一徹とこの娘を政略結婚させるというならば、歳の差などは問題ではあるまい。

「いいえ、父はごく最近までこの祝言に強く反対いたしておりました」

若菜はあどけない微笑を浮かべて、言葉を続けた。

「一徹が遠藤家に仕えたのは去年の五月ですが、それから一ヶ月もたたないうちにひょんなことから私は一徹の妻になると心を決めたのでございます。一徹は諸国を渡り歩く流れ者ということもあって、自分の気持ちを私に伝えることはありませんでしたが、娘のことでございます、あのお方の好意は敏感に察しておりました。父の反対があまりに厳しいので、私は思いあぐねて一徹に、『この家を捨てて一徹様と駆け落ちをいたしましょう』と頼み込んだこともございましたよ」

若菜の大胆な言葉に、またざわめきが起きた。この時代、上級武士の娘は親の言うままに嫁ぐもので、親の反対を押し切ってまで想う男と添い遂げようというのは聞いたこともない。

「それで、どうやって遠藤様を説き伏せたのでございますか」

桃花は、興味津々に尋ねた。

「あの一徹とこの私が手に手を取って遠藤家を去ると強く迫れば、さすがの父ももう降参でございますよ」

若菜の爽やかな笑顔に、青柳はにこやかに頷いて見せた。

「若菜様も石堂様も、掛け替えのない遠藤家のお宝でござりますものね。いえ、桃花がそんなことを口にしても、父も母も断じて許しませんよ」

仁科の家でも、長女の桃花の身辺に何か動きがあるのであろうか。だがそんな他家の内情に立ち入ることは、今の若菜は避けなければならない。

若菜はさりげなく話題を変えた。

「勝千代様の絵姿だけでは、不公平でございますね。それでは照千代様、桃花様、桜子様のお姿を即席の座興ではございますが、描かせていただきます」

若菜が照千代を立たせてあちこちから眺めているうちに、菊は持参してきた絵の道具や絹の布を前に並べた。どうやって絵姿が完成するのか、一同は好奇心を膨らませて周りを取り囲んだ。

若菜は構想がまとまるとすぐに絵筆に墨を含ませ、さらさらと描き始めた。まだ八歳ながら気が強そうに眉の上がった顔が、見る間に皆の前に生き生きと広がってゆく。

何度か照千代と画布との間に目を移しながら、ほんの四半刻（三十分）ほどで胸から上の素描が出来上がった。若菜はさらに照千代の頰のあたりにごく淡く紅を刷き、小袖の緑色をこれも淡く塗って筆を措（お）いた。

「粗末な出来ですが」

「いえ、素晴らしい出来栄えでございます。これは家宝にいたしませねば」

青柳は感嘆しきりで、その絵姿を恭しく受け取って頭を下げた。

「次は私でございますか」

桃花はまだ自分の絵姿を描いてもらったことがなく、目を輝かせて若菜の前に座った。この娘は、若菜の少しも偉ぶったところのない生き生きとした立ち居振る舞いに、すっかり心を奪われていた。

桃花は切れ長の目と鼻筋が通った顔立ちで、仁科家でも自慢の姫なのだろう。どこから描けばこの娘の魅力が見る者に充分に伝わるかを確認してから、若菜は筆を走らせ始めた。

今度はさっきよりも少し時間がかかったが、桃花の可愛さと聡明さをよくつかんだ正面からの素描が画布の上に広がった。

「お姫様ですから、少し華やかにいたしましょう」

若菜は頬と唇に紅を差し、白い小袖の上に赤と青の紫陽花(あじさい)を散らした。実際の小袖は白地で裾のあたりに紫陽花が描かれていたが、こうして肩から胸にかけて赤と青を加えただけで、まるで極彩色のように華やかな印象になった。

「まぁ、何と鮮やかな」

桃花は、手を打って喜んだ。

「では、私も」

次女の桜子は、少しの恥じらいを含んで若菜に相対した。十二歳くらいであろうか、下膨れのまだまだ無邪気な顔立ちで、やや受け口気味の口元が可愛らしかった。

若菜は桜子にゆっくりと目の前で回らせ、構図をまとめた。これもわずか四半刻(三十分)ほどで、少し上を見上げた姿を斜め前から描いた絵姿が完成した。今日の晴れ舞台のために鼻筋に白粉を刷き、頬に紅を差した表情が、いかにも子供から少女に移り変わっていく年頃をよく表現していて、まことに愛らしかった。

「有り難うございます」

桜子は、満面の笑みで自分の絵姿を受け取った。

「本人達よりもずっと美しく描いていただきまして、恐縮でございます。これは早速表装いたしまして、桃花、桜子の嫁入りの時に持たせてやりましょう」

青柳はそう言って頭を下げてから、さらに言った。

「立て続けに絵を描いていただいて、さぞお疲れでございましょう。一息入れて、新しい茶などお飲み下さいませ」

その言葉に、女中達は慌てて茶の支度を始めた。

六

八月の初旬とあって、昼餉を済ませる頃になるとぐっと部屋の空気が暑くなった。女中達が書院の周囲の襖や障子を開け放すと、涼しい東風が部屋の中を吹き抜けて、ようやく汗が退いた。

この頃になると、初対面の緊張が嘘のように女同士の話が弾んで、一人のけ者になってしまう照千代は所在なさげであった。

何と言っても若菜は人懐こい雰囲気で気取りがなく、よく語り、よく笑った。誰もがまるで十年来の旧知の仲のように、この娘に心を許した。

実のところ、青柳は今朝若菜に会うまでは随分と肩に力が入っていた。何しろ、若菜の来訪の趣旨がまるで分からないのだ。

仁科盛明が遠藤吉弘に臣従した以上、両家の税制とか法体系は基本的には共通のものでなくてはならず、二人の立ち会いの下に双方の担当者による摺り合わせが必要なのは理解できる。

だが、女衆に何で顔合わせをする意味があるのか。多分遠藤吉弘の娘は、主君の威を借りて自分達に臨むのであろう。もし若菜が高飛車な態度で上からものを言うようであれば、どこかで厳しく釘を刺しておかなくてはならないと青柳は身構えていた。

しかし実際に顔を合わせてみると、遠藤の姫はまことに気さくで飾り気がなく、少しも主君風を吹かせるところがなかった。若菜は常に素直に自分をさらけ出していて、こちらとしても気を遣う必要はさらになかった。

しかし、青柳はふとあることに気が付いた。若菜と自分はまったく対等の気分で言葉を交わしているのに、いつの間にかどこかで気圧(けお)されている気がしてならないのである。

不思議なことであった。仁科家は、代々北安曇二万石を領地とする大豪族なのだ。それに比べて遠藤家は今でこそ筑摩郡北部、安曇郡全域の六万三千石を支配する大名になったとはいえ、昨年五月まではわずか三千八百石の小豪族に過ぎなかったというではないか。

出自から言えば、若菜より自分の方が数段格上なのである。それなのに若菜にはふと真顔になった時など、六万三千石の大名家に生まれついたような凛とした気品が匂い立ち、思わず頭が下がってしまうのだ。

（この姫は、石堂様の妻になることを自ら望まれた。石堂様は私がまだ見たことがないほどの器量の持ち主ですが、ひょっとしてこの姫にも天性の器量がおありなのではありますまいか）

青柳にとって、若菜のような圧倒的な存在感を持つ姫がいるとは思いも掛けないものであった。若菜は眩しいほどに美しかったが、それでは目鼻立ちのどこがそれほど際立っているのかといえば、青柳にも表現のしようがなかった。

この娘の魅力は体の芯から溢れ出てくる豊かな輝きにあり、その動作にも表情にもいかにも生き生きとした個性が躍動していた。しかもあくまでも朝露を含んだ新芽のようにきらきらと清冽（せいれつ）で、少しも崩れたところがない。

（この姫には、満座の者の心を一瞬にして自分のものにしてしまう華があります。これはこれで天性の器量と言うべきでありましょう）

そんな青柳の思案にはまったく気が付くそぶりもなく、若菜は真っ直ぐにこの正室の顔を見詰めて言った。

「私は、唄が大好きでございます。この北安曇にも土地の唄がございましょう。どうか教えて下さいませ」

「それではお吟（ぎん）、『安曇節』を唄っておくれ」

吟は奥女中ながら、この座にいる者の中で一番の美声であった。

「私でございますか」

吟はそう言いながらも、満更ではない表情で若菜の前に進み出た。

「安曇節には、男節と女節があります。男節は出陣する武士の勇壮な心意気を唄ったもので、女節はそれを見送る妻の哀切の思いを唄ったものでございます。それではまず、男節から」

そう断ってから、吟は声を張って唄い出した。

「陣触れの太鼓を聞けば勇み立つ、我は男ぞ安曇武士――」

吟は自信満々で唄うだけに、声量が豊かで節回しもたしかであった。若菜は目を見張って聞き惚れていた。やがて三番まで唄い終えると、吟は一礼してさらに続けた。

「それでは、女節を」

吟は呼吸を整えてから、またゆっくりと唄い出した。

「いくさ場に向かう貴方のりりしさに、私は思わず手を合わせ、後ろ姿に祈ります――」

これは、主人の無事の帰還を祈る女心を切々と唄ったものであった。若菜はこれこそが自分の声質に合う唄だと直感した。

「節といい、文句といい、唄といい感服の限りでございます。この女節をぜひ教えて下さいませ」

若菜は菊に筆と紙を用意させてから、吟に言った。

「まず文句を書き取りたいと思います。一節ずつ、切って唄って下され」

吟は頷いて、ゆっくりと唄った。若菜は手早く筆を走らせ、書き終えると目を上げて合図し、先を促した。そうして三番までの文句を書き取ると、吟にもう一度通して唄ってくれるように頼んだ。

吟が唄うにつれて、若菜は書き取った文句に間違いがないのを確かめながら、自分も小さな声で唄ってみた。この娘は耳がよく、大抵の唄は二回聞けば節を憶えることができた。

「それでは、私が唄ってみます。間違いがあれば、その場で指摘して下さいませ」

そう断ってから、若菜は静かに唄い始めた。

「いくさ場に向かう貴方のりりしさに――」

部屋中に感嘆の声が満ちた。若菜の歌声は低音は甘く、高音は透き通るほどに澄んで哀調が加わり、この唄にいかにもふさわしいものであった。吟の唄が素人の上手とすれば、若菜は玄人の、それも名手の腕前なのである。

若菜が嫋々(じょうじょう)たる余韻を残して唄い終えると、一同はしばらく声も出ないほどの感動の中にあった。

その時、若菜が文句を記した紙が吹き込んだ風に舞って桃花の前に落ちた。それを拾った桃花は、若菜に戻そうとして思わず声を上げた。

「あら、あら」

さぞや流麗な文字と思いのほか、若菜の筆蹟(て)は金釘(かなくぎ)流としか言いようのないひどい悪筆だった。

「若菜様はさぞ達筆と思いましたのに」

若菜は真っ赤になって、紙を取り戻した。いつも潑剌(はつらつ)としているこの娘らしくもなく、そのあたふたと慌てふためく姿が皆の爆笑を誘った。才気煥発でしかも美しいこの姫君もやはり人の子で、みっともなくて表には出せない欠点も持っているのだ、逆にそれを知ったことで一同は若菜に強い親近感を抱いた。

「私は何事にも器用な性質(たち)でありますのに、どういうわけか書だけは大の苦手でございます」

しかし桃花は笑って言った。

「私は安心いたしましたよ。若菜様はお美しく、絵が巧みで唄もお上手でございます。けれど書は人並みでございますね」

桃花は遠慮して言葉を繕(つくろ)ったが、自分より遥かに下手だと思っているのは誰の目にも明らかであった。部屋は急に和やかな空気に満ちた。

　しかしそうした空気を読んで、若菜は素早く体勢を立て直した。

「実は、あの石堂一徹も大変な悪筆でございますよ。ある時それを知って思わず笑ったところが、一徹はこう申しました。

『笑っておられるが、それがしが思うに姫も悪筆でござろう』」

　その時若菜は、驚いて尋ねた。

『なんでお分かりなのです』

『姫は狩野派の絵師について絵を学んだと申されましたが、今の筆致は狩野派でもなく土佐派でもなく、姫独得のものでありますな。唄もどこの誰とも違う独自の境地を切り拓いておられる』

　一徹は微笑してさらに続けた。

『しかし書というものは奇妙なことに、手本に添ってそっくり真似るしか上達の道がありませぬ。思うに、誰が見ても美しい文字とは一画一画の配置が動かし難く決まっているもので、それを外れればどう転んでも下手な字になってしまうのでありましょう。しかし姫もそれがしも、手本に倣って書いているうちに、すぐに独創の色が濃く出てしまうのでござるよ。下手は手本のずっと手前でとどまっているもの、姫の書は手本を遥かに超えた独創の世界なのです』

『すると私の書は下手なのではなく、独創の域に達しているのでございますか』

頭のよいお方は、どんなところにでも自分に都合のよい理屈を考え出すものだと若菜が笑っていると、一徹は真面目な顔でこう答えた。

『もっとも世間一般の者には、下手な字も独創的な字も、まるで見分けがつきませぬが』

「悔しいではありませぬか、一徹はもっともらしい言葉で飾りながら、私の悪筆をからかっているのですよ」

満座は爆笑が渦を巻いた。

「でも若菜様はお幸せでございますね。あの信濃随一の剛勇の石堂様に対して少しも恐れるところがなく、そのような会話を交わせますとは」

青柳の言葉に、若菜は満開の牡丹（ぼたん）のような華やかな笑顔で頷いた。

「あのお方は私の考えることなどすべてお見通しで、私のすることを何も言わずに優しく後ろから見守っていて下さいます。そして万一私の身に危険が迫れば、たちまち私の前に出て、あの無双の剛勇で私を守ってくれましょう。朝に申しましたように、私は信濃の国で一番の果報者でございますよ」

第三章　天文十九年八月十一日

一

　同じ頃、安曇野の統治の安定は吉弘と若菜に任せて、一徹は郎党二人を連れて坂木（さかき）（現・埴科（はにしな）郡坂城（さかき）町）の村上館へ出向いていた。今度こそ、村上義清と遠藤吉弘との提携を成立させなければならない。だが一徹には成算があった。

　実は、武田と豪族同盟の決戦を控えたこの四月にも、一徹は同じ目的を持って村上館を訪れていたが、交渉は失敗に終わっていた。

　しかしあの時は、遠藤家の領地は二万四千石、動員能力は七百名余に過ぎなかった。それがわずか四ヶ月後の今では、領地は六万三千石に達している。戦力的には武田に大差をつけられている村上家としては、遠藤家の二千の兵力は咽喉（のど）から手が出るほどに欲しいはずだ。

　一徹は書院で対面した義清に、中信濃への武田の進攻から現在に到る状況を詳しく説明した。

「武田が中信濃の平定もそこそこに諏訪に引き揚げた以上は、晴信は勢いに乗じて北信濃まで一気に片付けてしまう腹でありましょう。村上殿が以前に危惧されていたような中信濃、北信濃への同時進攻こそありませなんだが、晴信が北信濃への進出を急いでいることは、村上殿の懸念が当たっておりました。今では武田晴信は諏訪郡の上原城にあって、北信濃へ攻め入る準備を着々と整えているに違いありませぬ。今月のうちにも、武田の動きがありましょうぞ。これにどう対処するか、事態は焦眉の急を告げておりまする」

一徹は頬のたるみに老いの影が目立つ義清を励ますように、言葉に力を込めた。

「武田晴信の諏訪郡への引き揚げの情報をつかんだ遠藤家は、すぐに出兵して筑摩郡の北部と安曇郡を占拠し、今では領地は六万三千石、動員能力は二千に達しております。武田の北信濃進攻が目前に迫っている今、村上家、遠藤家は連携して武田に当たるべきでございましょう」

遠藤家は義清の後ろ盾がなくては武田に抵抗できないが、義清にしても中信濃が武田の手に落ちてしまえば、西の筑摩郡、南の小県郡、東の佐久郡の三方から武田の攻撃を受けることになり、敗北は必至である。信濃守護の小笠原長時が一戦もせずに自落した今、信濃に自立しているのは村上家、遠藤家の二家しかないのだ。

村上義清は小笠原長時の力量を信頼しきれず、武田の中信濃進攻に当たっても兵を動かさなかったが、石堂一徹が軍事を掌握している遠藤家が筑摩郡北部と安曇郡全域を押さえたとなれば、話は別であった。

武田の北信濃進攻が目前に迫っている今、遠藤家の二千の兵力は絶対に味方として取り込まなければならない。石堂一徹に二千の兵を与えれば、凡将が率いる一万の軍勢にも勝る働きをするであろうことは、ほかの誰よりも義清自身がよく知っていた。

一徹が中信濃の北半分を制圧している以上、この男の恐ろしさを熟知している武田晴信は、相当の兵力を割いて深志城に援軍を送らなければなるまい。その分北信濃に向かう軍勢が減るだけでも、今の義清には地獄で仏に会うような思いであった。

義清は、重々しい表情を作って言った。

「ことここに到れば、村上、遠藤の両家が力を合わせて、武田に対抗するしかあるまい」

両家の利害は完全に一致し、こうしてようやく村上、遠藤の同盟が成立した。一徹は用意してきた遠藤吉弘の誓紙を差し出し、村上義清もその場で誓紙を書いて取り交わした。

義清は手を叩いて近習の若者を呼び、酒の用意をさせた。一徹は大杯を何度か傾けてから、世間話でもするように語り出した。

「これは噂でござるが、高梨政頼（たかなしまさより）に武田からの誘いの手が伸びてきているそうでござるな」

義清は苦い顔で頷いた。

「誰から聞いた。輝久（てるひさ）か」

「滅相もない。兄は村上家の勘定奉行ではありませぬか。村上家の内情など、拙者に漏らすはずがござらぬ。拙者は武田であれ村上家であれ、独自に情報を集めておりまする」

「一徹は昔から地獄耳であったな。昨年あたりから真田（さなだ）幸隆（ゆきたか）が動いて、あちこちに武田への内通を説いて回っているのだ」

真田氏の発祥の地である小県郡上野（うえの）郷からは、山中の間道を抜けて松代（まつしろ）へ出られる。そこから高梨政頼の居館のある中野（なかの）郷までは、目と鼻の距離でしかない。真田幸隆は自身が中野郷に出向いて、政頼に武田への随身を勧めたのだという。高梨政頼は大いに心を動かし、幸隆を歓待した。

しかもその場で真田幸隆は、自分の嫡男信綱（のぶつな）の嫁として高梨政頼の娘が欲しいと提案し、政頼は即座にそれを受けたというではないか。『高梨系図』にはこの娘の名として『於キタ』とあるが、『於キタ』ではどうにも意味が通じない。

おそらくは『喜多』とか『北』という名前で、周囲からは『お喜多』、『お北』と呼ばれていたのであろう。だが『高梨系図』の筆者はどういう文字かを知らず、やむなく『於キタ』の字を当てたのに違いあるまい。

高梨氏と武田家の重臣である真田氏が縁戚になるということは、高梨氏が武田家に臣従するという意思表示にほかならない。もっともそれが村上家に知れてはまずいので、表向きは家中の井上左衛門尉（いのうえさえもんのじょう）の養女として真田信綱のもとに嫁がせた。

もちろんこの内通の交渉は極秘裏に行われたのだが、こういうことはどこからともなく洩れるもので、すぐに高梨氏に不穏な動きがあるという噂が坂木に伝わった。このところの真田幸隆の動きに過敏になっている義清は、高梨政頼を呼びつけて詰問した。村上館に現れた政頼は、顔色を変えて抗弁した。

『これは策略でござる。武田に意を通じたと見せれば、武田の動きは真田を通じて手に取るように伝わってまいりましょう。村上殿にとって、貴重な情報源を確保したのでありますぞ』

『しかしそんな大事な話ならば、真田からの誘いがあり次第、俺に報告して指示を仰ぐのが筋ではないか』

『真田は、用心深い男でござる。このような重大な相談を持ち掛ける以上は、中野の我が館周辺やこの坂木の村上館の周りにも、間者を撒いておくに違いありませぬ。内通が本気ならば拙者が独断で行うはず、我が館と村上館の間で使者が往来するようなら、村上殿と相談して内通を装うものと判断するでありましょう。そこで、拙者はすぐに真田の誘いに乗ると見せて油断させ、時期を見て村上殿に報告するつもりだったのでござる。娘一人を捨てる覚悟でなしたことを疑われるとは、まことに心外であります』

義清は昔からの癖で自慢の口髭を酒でてらてらと光らせながら、いかにも疑心暗鬼といった表情になった。

「高梨政頼の言い分にも、もっともなところがある。しかし譜代の家臣の中からも武田に内通するものが絶えない今、高々十年に過ぎぬ同盟者の高梨氏が俺を見限るのも、有り得ないことではあるまい」

武田の甲州金をちらつかせる巧みな切り崩しにあって、家臣団が崩壊していくのが義清にとっては最大の懸念なのであろう。しかし一徹はこの件については義清が神経質になり過ぎていて、高梨政頼の言い分の方が真実であると思っていた。

「成る程、高梨氏が村上家を見限るということは、ないとは言えますまい。しかしその場合でも、武田につくことは有り得ませぬ。何故ならば、日の出の勢いで越後を統一しつつある長尾景虎は、長尾為景の次男でござる。そしてその為景の正室は高梨政頼の祖父・政盛の娘、つまり景虎の母と政頼の父は兄弟、従って二人はいとこ同士なのですぞ」

高梨氏は、もともと古志系長尾氏を後ろ盾にして村上家に対抗してきた。それが為景の跡継ぎの晴景が軟弱なために庇護を受けられなくなり、やむなく村上家と同盟したのだ。しかし今や長尾氏は景虎の代となって、隆盛の一途にある。

「『遠くの親戚より近くの他人』と世俗では申しますが、高梨政頼にとって景虎は近くの親戚、武田晴信は遠くの他人ではありませぬか。高梨氏が頼るとなれば、当然遠国の武田ではなく祖父以来の旧縁がある長尾氏でありましょう」

「それもそうだな」

少し考えれば誰にでも分かるはずのこんなことさえ、武田の圧力のために頭に血が上った義清には思いが到らずに、誰彼となく疑惑の目で見てしまうのであろう。

一徹はそうした義清の心境を図りつつ、膝を進めた。

「武田晴信が、小県郡の長窪城に兵を集めているのは確実でございます。そこで、晴信の目の前に餌を投げてやればよろしゅうございましょう」

「何か、策があるのか」

義清は一徹の策が外れたためしがないことを、長い経験で知り尽くしていた。今ではこの巨大漢は遠藤吉弘の家臣だが、村上、遠藤の両家存亡の危機に当たって義清に知恵を貸すのは当然であろう。

一徹は、微笑して言った。

「武田晴信は北信濃進攻に当たって、必ずや高梨政頼に使者を送り、中野郷で反村上の兵を挙げよと命ずるでありましょう。高梨氏が背けば、村上殿は鎮圧のために兵を出さねばなりませぬ。こうして村上殿を北信濃の北辺まで吊り上げておいてから、手薄になった塩田平（しおだだいら）に一気に攻め込むというのが、武田晴信の腹でありましょうぞ」

「成る程、あの狡賢（ずる）い晴信の考えそうなことだ。それで、一徹の策とは」

「武田の策を、逆手に取ってやればよいではありませぬか。つまり村上殿は高梨氏が武田に内通したことを知って激怒し、中野郷に兵を動かして高梨氏と対決する姿勢をとるのでござる。坂木から村上殿が姿を消し、遠い中野郷で高梨氏と争っていると知れば、晴信はしてやったりとほくそ笑んで、すぐさま塩田平に出陣しましょう。そこで塩田平を囲む砥石（といし）城（現・上田市上野に所在）、米山（こめやま）城、塩田城などの山城に屈強の兵を残しておけば、晴信は退路を断たれるのを恐れて、坂木に向かう前にこれらの諸城を落としておこうと足を止めるに違いありませぬ。

特に砥石城は攻め口のない堅城でござれば、晴信も手を焼くのは必定でございましょう。武田が被害ばかり大きくて戦果が上がらずに悪戦苦闘して士気が低迷しているところを、村上殿は中野郷から高梨氏ともども全軍を挙げて取って返し、武田の横っ腹を急襲すればお味方の勝利は間違いござりませぬ」

「成る程、それは面白い策だな」

もともといくさが好きでたまらない義清は、久しぶりに武田に快勝できると思うと、それだけで頰に血の色が差す思いであった。

「武田が崩れたら、村上殿は晴信を佐久郡から追い落とす勢いでどこまでも追いたまえ。遠藤勢はそれまでにいつでも出兵できる準備を整えておき、武田の敗走を聞き次第、筑摩郡の武田領に雪崩れ込み、武田の勢力を中信濃から追い払って平定に掛かりまする」

自分が武田晴信を佐久郡から追い落とし、その間に石堂一徹が中信濃を制圧するとなれば、これまで上り坂を突っ走っていた武田の家運も、一気に傾くのではあるまいか。村上義清は上機嫌で、さらに大杯をあおった。

二

ここで話は、四ヶ月ほどさかのぼる。自分の献策が取り上げられず、小笠原長時の主導する豪族同盟に踏み切った遠藤吉弘を見て、一徹はついに主君を見限り、ひそかに退散する決意を固めていた。しかしこの戦略家の気配からそれを察した若菜は、一徹がこの家を見捨てるならば自分もともに連れて行ってくれと頼み込んだ。

駆け落ちを迫る若菜にこの娘の真情を知った一徹は、心の芯が溶けるほどに嬉しかったが、同時に明日の命も知れない合戦屋という苛烈な自分の生き方に、この娘を付き合わせるわけにはいかないと思わざるを得ない。

そこで一徹は再度遠藤家にとどまり、小笠原を討って中信濃を占領し、武田を迎え討つという自分の策を実現すべく画策することで、若菜の出奔を押しとどめた。

だが遠藤家単独で小笠原長時を討伐するという一徹の考えに、吉弘は頑として耳を貸さなかった。ついに一徹は若菜と吉弘の三者会談を開いて、主君に説いた。

「何度も申しますが、豪族連合は必ず敗れますぞ」

「なんでそう言い切れる。俺とても戦場を往来すること二十七年、いくさのことは一通りは分かっておるつもりだ」

「失礼ながら、殿がこれまで戦ってきた相手は、兵力が百とか二百の小豪族ばかりでござらぬか。拙者は武田晴信と何度か戦場で見えたことがござる。あの晴信が戦場に出てくるならば、必ずそれまでに打つべき手はすべて打ってくるに違いありませぬ」

「そんなことがどうして分かるのだ」

「拙者は合戦屋、つまりいくさの玄人でござる。武田晴信もむろんいくさの玄人。玄人は玄人同士、互いの手の内は読めて当然でありましょう」

「俺のことをいくさの素人と申すか」

「まことに申し上げにくいことでございますが、武田晴信は小笠原長時あたりとは比較にならぬいくさ上手ですぞ。その小笠原長時の指揮下に入って武田と戦おうとすること自体、まことに無謀なことでございます」

一徹の言葉に吉弘が怒気を含むのを見て、若菜はたまらずに割って入った。

「今までにも、一徹は常に誰にも思いつかないようないくさだてを考え出し、そのすべてがよい結果に繋がってまいりました。御父上は何故に、今回ばかりは一徹の策を採り上げないのでございますか」

「知れたことよ」

吉弘は、憎々しげに吐き捨てた。

「遠藤家が豪族同盟に加われば、主将は小笠原長時になるであろう。それでは一徹は、今までのような気儘ないくさはできぬ。一徹にはそれが気に入らないのであろうよ」

一徹が何か言おうとするのを目で制して、若菜はさらに言った。

「しかし一徹の策を用いなければ、一徹はこの遠藤家を退散いたしましょう。それでもよろしいのでございますか」

「一徹が去るというならば、それもよかろう。遠藤領二万四千石は、俺一人で充分統治できるわ」

（何ということを。一徹殿が遠藤家を去るならば、その時は私も一緒なのですよ）

若菜はそう言おうとして、かろうじて言葉を呑んだ。それを口にしてしまえば、吉弘は若菜に監視をつけて一徹と会うことを禁じるに決まっている。

一徹は気持ちを鎮めて、冷静な口調で言った。

「拙者としては、遠藤家が滅びるのを座して待つことはできませぬ。そこで、最後の提案がござる。豪族軍に強力な後ろ盾があれば、武田とのいくさにも勝算が生まれましょう。それは、北信濃の村上義清に話を持ちかけることでござる」

吉弘の表情がぱっと明るくなった。村上義清はこのところ武田に押され気味とはいえ、北信濃四郡の領主として今でも四千人の動員能力があろう。義清は一徹の旧主であり、中信濃が陥落すれば信濃に残る武将は義清ただ一人となってしまうことを思えば、ここで手を貸さない道理はあるまい。

一徹が村上義清から離れたいきさつをよく知らない吉弘は、この案に一も二もなく賛成した。豪族同盟に村上義清が加われば戦力は七千五百、これなら武田が全軍を率いてきても充分に対抗できよう。

一徹は若菜のために、遠藤家の存続を掛けて村上義清に頭を下げる決心をしていた。しかしそんな一徹の内心の葛藤に思いが到らない吉弘は、これで勝利への展望が開けたとみて、一人ではしゃいでいた。

「早く、村上義清のもとに急げ。この話がまとまれば、豪族同盟の勝利は間違いないぞ」

途中の山間の斜面にはまだ雪が残っていたが、塩田平に近付くにつれてあちこちに桜が競うように咲いているのが見え、頰をなぶる風にも春の匂いが立ちこめるようであった。遠望する千曲川の土手の柳並木も枝がふっくらと赤らんできた気配があり、芽吹きが近いことを思わせた。もう今日からは四月なのである。

一徹は六蔵と吉弘から借り受けた小者の三人で、坂木の村上館への道を急いでいた。北国(ほっこく)街道は三年振りだが、中原城の近くを通る保福寺道が閑散としているのに比べてさすがにこの街道は道幅も広く、行き交う人の群れも町筋も賑やかに華やいでいた。

やがて道は坂木の町並みに入ったが、一徹はまず石堂家の役宅へ向かった。兄の輝久には一報を入れておいたので、輝久もこちらに出向いているはずであった。

久し振りに会う兄は四十歳に近づいてまた少し肉付きがよくなり、温顔(おんがん)の中にも重厚な貫禄を漂わせていた。一徹は輝久と暫く歓談してから、かねて約束してある時間に合わせて用意してきた大紋に着替え、すぐ近くの村上館に向かった。今日は遠藤吉弘の使者としての訪問だから、礼装を整えなければならない。

唐破風(からはふ)を載せた屋根の高い豪壮な館に入るのは、村上家を立ち去ってから九年振りだが、門番もこの勇名高い大男を見忘れるはずもなく、奥に声を掛けるとすぐに近習の者が現れて丁重に書院へ通された。

しばらく見覚えのある調度を眺め渡している間に、村上義清が三大老の一人である屋代政国（やしろまさくに）を連れて姿を見せた。

「一別以来久しいが、元気そうだな」

「村上殿こそ、ご息災で何よりでござりまする」

そう挨拶を交わしてから、一徹は顔を上げて村上義清の顔を正面から眺めて思わず嘆息を噛み殺した。

（村上殿も老いたな）

それが一徹の第一印象であった。自慢の太い口髭こそ健在であるものの、かつては脂ぎっててらてらと光っていた肌も渋紙色となって輝きを失い、鬢（びん）（側頭部）のあたりには白いものがめっきりと目立っていた。戦場でびんびんと響き渡っていただみ声も、心なしか張りがない。

義清は一徹より十四歳年上だから、今年五十になる。しかしこの老いは年齢からくるというよりも、このところの心労によるものが大きいのに違いなかった。

一徹が九年前に村上義清のもとを出奔して以来、佐久郡の情勢は大きく変化をしている。

武田晴信は天文十一年七月に諏訪氏を攻め滅ぼし、その領地である諏訪郡と小県郡の南半分を手に入れたのを契機として、佐久郡への攻勢を強めてきた。その年の十二月には、村上領である小県郡の根津城の城主、根津元信が武田に内通して娘を晴信の側室に入れるという事件が起き、十二年九月には諏訪氏滅亡に際して村上義清が素早く占領しておいた長窪城が武田に奪還され、十五年五月には前山城（現・佐久市前山に所在）、十六年八月には志賀城（現・佐久市志賀に所在）が武田の手に落ちた。

この間に大井城には武田に臣従していた大井氏が戻っていたから、佐久郡に残る村上領は小室だけとなってしまった。

ここまでくれば、武田晴信は村上義清との最終決戦に臨む覚悟を固め、天文十七年二月に総勢八千の軍勢を率いて長窪城から北上し、塩田平の南西の丘陵、倉升山の麓に陣を張った。この時の武田勢には板垣信方、甘利虎泰、飯富兵部、小山田信有、内藤豊昌、室住虎光、馬場信房、原昌俊、真田幸隆、栗原左衛門佐などが参軍していたから、武田の将星がほぼ勢揃いしたことになり、晴信のこの一戦に掛ける意気込みがよく分かる。

これに対して村上義清もまた、同盟する高梨政頼、井上清政、小田切清定、島津規久、須田満親など北信濃四郡の武将に出兵を促し、それに応じて葛尾城下に多数の兵が集結した。

義清はその勢力一万と号したが、実態としては武田の八千とほぼ同等といったところであろう。

二月十四日に上田原（うえだはら）で両軍が真っ向から衝突した戦いは、のちに上田原の合戦として伝えられる大激戦となった。

序盤は武田勢が有利のまま進み、先陣の板垣信方などは優勢に気をよくして、前線で首実検を始めたという。首実検などはいくさが終わってから行うと決まっているもので、板垣ほどの歴戦の勇士にはあるまじき行動であった。このところの連戦連勝に驕って、気が緩んでいたとしか思われない。

果たして村上義清は猛烈な反撃に出て、ついに上條織部（かみじょうおりべ）が信方の首級を挙げるという大殊勲をたてた。これによって村上勢の士気は大いに上がり、武田の諸勢に果敢な攻撃を仕掛けた。『甲陽軍鑑（こうようぐんかん）』には、突撃した村上義清は武田晴信と互いに馬上で一騎打ちを演じ、晴信は二ヶ月所の手傷を負ったとある。

このいくさでは辰（たつ）の刻（午前八時）から未（ひつじ）の下刻（午後三時）までに五度の血戦が行われたが、双方ともに損害が大きく、兵を収めた。

このいくさで武田側は板垣信方、甘利虎泰の二大重臣を失い、何一つの収穫もなしに陣を払ったことから世間では武田の負けと評価されたが、両軍の損失は同程度で、その後の経過を見ても武田の優勢は崩れることがなかった。

その証拠に翌天文十八年には、文明（ぶんめい）十六年（一四八四年）に大井氏を破って以来六十五年間にわたって領地としてきた佐久郡の小室を、武田に奪われているのだ。

武田晴信の年ごとの攻勢に抗しきれずと見た布引（ぬのびき）城の城主、室賀光氏（むろがみつうじ）は、村上義清と相談の上、布引、小室の両城から兵を砥石城に移し、武田勢を塩田平に誘い込んで壊滅させる策を取った。

村上側にしてみれば前年に同じ塩田平にある上田原で武田と対戦し、板垣信方、甘利虎泰の二大重臣を討って勝利を収めた例に倣ったものであろう。

しかし、これは戦略的には大失敗であった。そのいくさだてを読み切った武田晴信はまず八月に布引城、小室城を占領し、次いで九月には平原（ひらはら）城を攻略して、これで小室全域を我がものとして国境を固め、自身は兵を退いてしまったのである。武田との決戦を心待ちにしていた義清にすれば完全に肩透かしを食らい、小室を失っただけで何の得るところもなかった。

布引城は三大老の筆頭である室賀光氏の居城であり、それを失ったとあれば他国の評判がよかろうはずがない。しかも小室に領地を持つ地侍の中には、それまで武田と敵対して戦ってきただけに、村上氏を頼って移住してくる者が後を絶たなかった。四千石の領地を失った室賀光氏の処遇だけでも頭が痛いのに、小室から流入してくる地侍達まで面倒を見なければならないとあっては、村上家はまさに泣きっ面に蜂であった。

それを見かねた一徹の父・石堂龍紀が一徹に繋がる江元源之進、菊原信吾の一族を手元に引き取ったりしたが、それも全体から見れば焼け石に水に過ぎなかった。村上家の衰運は、今や誰の目にも明らかかと言ってよい。

「本日、遠藤吉弘の使者としてまかり越しましたのは、ほかでもござりませぬ。この五月に武田晴信が中信濃に侵攻してくるのは確実でござれば、村上殿にも是非ともご協力を願って、武田の野望を粉砕したいのでござる」

そう使者の口上を切り出した一徹の心中は、悲痛なものであった。朝日、青葉、桔梗丸、三郎太を失ったいきさつを思えば、一徹にとって義清は生涯の敵であり、いまだに許す気持ちはまったくないのだ。義清にしても、一徹の提案を素直に受け取るにはあまりに複雑な心境であろうが。

「今年に入ってから、中信濃の大豪族から小豪族に到るまで、武田の働きかけはまことに激しいものがございました。それに対抗して小笠原長時は豪族同盟の結成を呼び掛け、今のところは豪族の大半がそれに応じる形勢であります。諏訪から伝わってくる情報によれば、武田の軍勢は出城の村井城に籠る五百を加えて三千、一方の豪族勢は三千五百といったところでありましょう」

「それはいささか訝しいな」

村上義清は首を傾げた。今では甲信合わせて一万二千の動員能力を持つ武田晴信が、そんな小勢で中信濃に侵攻するとはとても信じられない。

「拙者が思うに、武田晴信は小勢だと宣伝に努めて、豪族同盟が結成されるのをむしろ望んでいるのではありますまいか。中信濃に散在するあまたの豪族達を個別に叩き潰していては、全域の平定に半年はかかりましょう。しかし、それらの豪族達を一つの戦場に集めてしまえば、ただの一戦で中信濃全域を、我がものにできるではありませぬか」

「豪族達を小笠原長時の下に結集させて、まとめて叩いてしまおうというのか。あの腹黒い晴信の考えそうなことだ。小勢と称しておいて、実際には大軍を繰り出すのだな」

「いや、それでは豪族勢はその大軍を見ただけで戦意を喪失して、戦わずして自領に退き上げてしまいまする。そうなっては、豪族勢を作らせた意味がなくなってしまうではありませぬか。豪族達を勇み立って戦わせるためには、実際に戦場に姿を見せる武田勢は豪族勢よりも小勢でなければなりますまい」

「武田晴信には、小勢をもって小笠原を倒す秘策があると申すのか」

「あの男は八分の勝算なしに、いくさに臨むことはありませぬ。その秘策は追々明らかになってまいりましょうが、まさか村上殿も武田晴信が素手で戦場に出てくるとは考えられますまい」

「それはそうだ」

　昨年義清は小室を餌に晴信を釣り出そうと画策したが、晴信は遥かに役者が上で、餌だけをしっかりとさらって小室を武田領に加えられてしまったという苦い思い出がある。まったくあの晴信という男は、煮ても焼いても食えない。

「実際のいくさでは、あの千軍万馬の晴信の手に掛かれば、寄せ集めの豪族勢など枯葉を散らすように粉砕されてしまうでありましょう。それが分かっているだけに、拙者は主君の遠藤吉弘に豪族同盟に加わることを堅く止めたのでござる。先の見込みのない小笠原に付くくらいなら、武田にこそお付きなされと言葉を尽くして勧めましたが、そこには様々な事情が絡んで殿には耳を貸してもらえませなんだ。

　しかし家臣としては、主家が滅びるのを座視しているわけにもまいりませぬ。そこでこうして拙者が村上館に参ったのでござりまする」

　一徹は、底光りのする目で村上義清の顔を見据えた。

「このままでは豪族勢は、必ず敗れましょう。そうなった暁には中信濃は武田の手に落ち、信濃の国に残るは村上家だけでござるぞ。甲斐の国に加えて南信濃、中信濃、佐久郡までを領する武田に、村上家が対抗していける成算はありましょうか。『唇破れて歯寒し』という言葉もござる。中信濃の安泰なくして、北信濃の安泰はありませぬ。ここは村上家が豪族同盟の後ろ盾となり、反武田を旗印に力を合わせて武田に当たるべきでありましょう」

一徹にしてみれば、小笠原長時が義清に声を掛けないこと自体が不思議でならない。長時の父長棟(ながむね)は、天文十年(一五四一年)に自分の娘を義清の正室として差し通婚していた。その正室・小笠原氏は惜しくも昨年八月に病没しているが、その婚姻関係によって今までに何回も小笠原、村上の両家は反武田の共同戦線を組んできているのだ。

この非常事態に当たって、長時から義清に協力を申し入れるのが当然であろう。それを言う一徹に対して、義清は苦々しげにこう答えた。

「実は一ヶ月ほど前に、長時からその話があったのよ。だが奴は自分が信濃守護であるという思い込みが強い。そこがあの男の可愛げのないところで、高飛車に申し付ければ俺が従うのは当然と思っておるのだ。そこで俺はこう答えたのさ。『名前を貸すのはいい。だが中信濃に出兵はできぬ』とな」

村上義清はさらに重ねて、一徹には思いも寄らぬ言葉を吐いた。

「俺は、今回の武田の中信濃進攻は陽動作戦だと思っておる。本気で中信濃の平定を目指すならば、五千、六千の兵を率いていくのが当然ではないか。それが二千とか二千五百しか動員しないというのは、奴の本当の狙いは別にあるのだ。それはこの北信濃よ」

義清は自分の明察を誇るように、笑みを浮かべて自信満々に続けた。

「武田勢が中信濃に攻め込むのは本当であろう。晴信も諏訪までやってくるのに違いあるまい。しかし晴信は、誰かを身代りに立てて深志に進軍させるのに決まっている。そちらに世間の耳目を集めておいて、晴信自身は和田峠を越えて小県郡の長窪城に到り、そこで武田勢の主力と合流して塩田平に殺到してくる腹なのだ」

天文十七年の上田原の合戦では武田に勝利したというものの、両軍の死傷者の数はほとんど変わらなかった。最後に戦場を踏みしめた者が勝者であるという当時の常識に従って、村上側が勝ったと称しているに過ぎない。もともとの兵力に大きな差があるのに、相手と同等の死傷者を出してしまえば、そのあとは村上家の方がずっと劣勢になるのだ。

現にそれ以降は、やられ放題に武田に押されている。そのために、義清は昔のように強気に物事を見ることができず、無意識のうちに武田を過大評価してしまうのであろう。

（ここは何としても、目の前の現実をはっきりと認識してもらわなければならぬ）

そう思った一徹は、落ち着いた口調で言った。

「あの何事にも慎重な武田晴信が、中信濃、北信濃の両面作戦などやるわけがありませぬ」

　そこで少し間をおいて、一徹はさらに続けた。

「武田晴信の腹は、まずは中信濃の平定、それが済んだところで、初めて北信濃が攻撃の対象になるのでありましょう。村上殿が中信濃に出兵しなければ、中信濃はわずか一戦で武田領となるのは確実、そのあとは北信濃に孤立した村上家が、ただ一手で東は佐久郡、南は小県郡、西は中信濃の筑摩郡の三方から武田の猛攻を受けるのでござるぞ」

「いや、そうはなるまい。我らが中信濃に出兵すれば、武田の主力は喜び勇んで俺のいない北信濃に進攻するに違いない。北信濃が武田の手に落ちれば、中信濃は東の小県郡、北信濃は水内郡、更級郡、南の諏訪郡とすべて武田領に囲まれ、しかも西は人跡未踏の飛騨山脈だ。もはや落ち延びる先もあるまいよ」

「いや、今の武田の狙いはあくまでも中信濃でござる」

　一徹は、今年に入ってからの武田の策謀ぶりを言葉を尽くして義清に説いた。しかし義清は、頑として自説を翻さない。

「中信濃への働きかけは、今年に入ってからであろう。だが北信濃では昨年初めから、真田幸隆が盛んに工作を仕掛けておるぞ」

　真田氏はもともとは滋野一族で、早くから塩田平北部の上野に真田本城とその背後を固める松尾古城を構えていた。

しかし天文十年の夏に、滋野氏本流である海野棟綱のもとに結集した滋野一族の軍勢と、村上、武田、諏訪の三氏の連合軍との間で戦われた海野平の合戦で、滋野一族は再起不能の大敗北を喫した。

このいくさに敗れた真田幸隆は、関東管領の上杉憲政を頼って上野（現・群馬県）に逃れたが、天文十四、五年頃には武田晴信に仕官し、直ちに故郷に戻って真田本城に入った。

真田幸隆は当初は村上義清に甘い言葉で味方するように話を持ちかけ、入城するとすぐに城を修復して防御力を高めてから、初めて義清に対して反旗を翻した。義清は激怒したが、幸隆は城に籠って一向に敵対する攻撃行動をとらなかったので、すぐ西に隣接する砥石城に命じて厳しく監視するにとどめた。

結果としては、これが大失敗であった。真田幸隆は稀代の謀略家で、もともと義清に武力で対抗しようなどとは夢にも思っておらず、村上家の中での不平分子の情報をつかんでは、寝返りの工作を仕掛けるところに本領があった。

幸隆が道具として頼みとしたのは、晴信から支給される甲州金である。この頃甲斐の黒川金山（現・甲州市塩山に所在）、湯之奥金山（現・南巨摩郡身延町に所在）などからは膨大な金が産出するようになっており、晴信はそれを原料として碁石型の金貨を作り、領内に通貨として流通させていた。

この当時は全国に通用する金貨はまだなく、通貨としては貿易の対価として輸入した明銭を一文とするものしかなかった。しかし物資の流通が盛んとなるにつれてその代金は次第に大きくなり、何万、何十万文にも達するようになった。やむなく一文銭千枚をこよりで貫いて一貫と称し、これを決済の道具としたが、何分にも重量がかさんで不便極まりない。

その点、甲州金は武田氏が量目と純度を保証しているだけに、大きな商取引にはまことに好都合とあって、たちまち武田領内ばかりでなく、その周辺にも普及しつつあった。

真田本城からは険しい山道を西に辿って峠を一つ越えると、埴科（はにしな）郡の松代に出られる。真田幸隆は、まずは北信濃の中でも坂木との距離がある周辺部から活動を開始した。同盟者はもとより、譜代の臣の中にも村上家の将来に不安を感じている者が多かったので、真田幸隆が山吹色の甲州金をちらつかせて武田への内通を持ちかけると、相手の反応には強い手ごたえが感じられた。

ことの性質上、これは当事者間だけの内密の話であったが、やがて様々な噂となって義清の耳にも入るようになった。それは事実が隠しきれずに洩れているのか、真田幸隆が根も葉もないことを意図的に流しているのか分からないだけに、義清は疑心暗鬼にならざるを得ない。

（これでは村上家は戦わないうちから、土台を白蟻に食い荒らされているようなものではないか）

誰が味方で誰が敵かを見極めきれないとあっては、いくさをしようにも自信を持った軍勢の編成すらできない。そこまで追い詰められている今の義清にとっては、中信濃への出兵など思いも寄らなかった。自分の頭の蠅(はえ)も追えないのに、他人の頭の心配どころではないのだ。

「村上殿、落ち着きなされ。もし村上殿が申されるように、武田晴信が北信濃へ先に進攻するとしても、深志と塩田平とはわずか二日の行程でござる。砥石城をはじめとする塩田平周辺の諸城に心利きたる者どもを詰めておけば、武田勢が攻めあぐんでいる間に村上殿は塩田平へ戻れましょう。無論その時には中信濃の豪族同盟の手勢も同行しますれば、我らの軍勢は七千五百にも達しまするぞ。武田に痛い目を見させる絶好機ではございませぬか」

だが一徹がいくら言葉を連ねても、義清は首を縦に振らなかった。かつての義清ならば強敵であればあるほど奮い立つのが真骨頂であったのだが、今では晴信への恐怖が先に立って金縛り(かなしばり)に掛かってしまっている。ここまで気持ちが萎縮してしまっていては、これ以上いくら話し合っても堂々巡りをするばかりであろう。

そう判断した一徹は、今日はここで話を打ち切る決心をした。

「拙者はこれから、久し振りに石堂村に戻って両親と対面してまいりまする。三日ののちにまた坂木に戻りますので、それまでに遠藤吉弘の提案をもう一度冷静にご検討下され」

三

春の柔らかい日差しの中に、石堂村の家々がいかにものどかなたたずまいで広がっていた。一徹にとっては、三年振りの帰郷であった。田畑に出て働いている百姓達は、かつての領主の姿に気が付くと、頭に被った手拭いを取ってにこやかに挨拶をした。

(こんなに豊かな村が、ほかにあろうか)

一徹は父と兄の統治の巧みさに今更ながらに感嘆しつつ、馬上から会釈を返していた。やがて一徹と六蔵の二人が石堂館に到着すると、事前に供の小者を遣わして連絡を入れておいたので、門前にはすでに父の龍紀が床几に腰を落として待ち受けていた。

龍紀は六十歳を超えてもまだまだ元気一杯で、立ち上がれば腰もぴんと伸びており、肌の色艶もよかった。

「これは、これは。わざわざお出迎えとは恐縮です」

一徹も六蔵もそこで馬を下りた。三人が龍紀の居室へと移ると、そこに、母のさわの姿があった。さわもさすがに髪には白いものが目立ったが、身のこなしは軽やかで老いの気配はなかった。

「今日ここに参ったのは、村上義清殿に相談したき議があったからでござる」

一徹は村上家に中信濃の豪族軍に力を貸して欲しいと持ちかけたが、義清は言を左右にして乗り気でなかったことを簡潔に報告した。

「殿は、まだ一徹に含むところがあるのであろうよ。それが自分の首を絞めることになろうとは気が付かずにな」

龍紀は、それ以上は言及を避けた。自分は隠居の身であり、一徹の判断に口を挟むことははばかられたのである。

「石堂家では、星沢秀政（ほしざわひでまさ）がついに馬乗りの身分になったぞ」

星沢秀政は一ノ瀬三郎太（いちのせさぶろうた）の後を継いで郎党頭になっていたが、それが二年前に上級武士に抜擢されていたのだ。もっとも一徹の出奔後は千石の本貫に戻った石堂家には三十人の兵役しか課されなくなっており、六蔵の嫡男の和正（かずまさ）と星沢秀政の二人だけが馬乗りで、かつての「花の十八人衆」の盛時とは及びもつかない現状ではあったが。

三人はしばらくそれぞれの現況について言葉を交わした後、六蔵は近くの自宅に戻って家族に会うために石堂館を辞した。それと入れ違うように、駒村長治と花の二人が虎王丸を連れて顔を見せた。いや、今では駒村長治ではなく一ノ瀬長治であった。長治は一ノ瀬家の入り婿となり、花と夫婦になっていたのである。

三年前に流浪の旅の途中で石堂館に立ち寄った時、一徹は花の悄然とした様に心を痛めた。

無理もなかった。三郎太が健在の頃は、星沢秀政や飯森信綱、押鐘信光、駒村長治といった元気一杯の郎党達が、夕餉を済ませた後には押しかけてきて、まことに賑やかな毎日であった。それが、三郎太が死んでからは、訪ねる者の足はばったりと途絶えた。

夜になってから若い後家のもとに郎党達が集まるわけにもいかないのは、花にもよく分かっている。だが、幼い虎王丸とたった二人で長い夜を過ごす寂しさは花にはこたえた。

龍紀とさわもその辺の事情は察していて、一徹の養女である花やその一粒種の虎王丸には常に温かい配慮をしてくれている。一ノ瀬家は相変わらず五十石取りの家柄であり、生活に何の不足もない。また郎党達も幼い頃から虎王丸を弟分として可愛がり、七歳になってからは武術の稽古に引っ張り出しては鍛えてくれていた。

だが、天涯孤独の身の上である花にとっては、三郎太を失った痛手はあまりにも大きかった。もし朝日が健在であったならば、こういう時こそ花を義理の娘として温かく受け入れてくれたに違いない。だがその朝日も、三郎太と相前後してこの娘の前から姿を消してしまっているのだ。

（花に、誰かを入り婿として夫婦にしてやらねばならぬ）

一之瀬家は上級武士の家柄であり、本来ならば当主がいなければならない。しかし三郎太の死亡時には虎王丸はわずか二歳に過ぎず、とりあえずは仮の当主としてはあるものの、元服するまでは一切の兵役から免除の扱いとなっていた。

その虎王丸も八歳の元気一杯の腕白な少年に育っているが、これから一人前の武士の性根を叩き込むには、父親がなくてはどうにもなるまい。

戦国の世であるために働き盛りの武士が戦死する例はいくらでもあり、従って花のような若後家は珍しくなかった。また数年に一度は悪疫が流行して大勢の人々が死に、その度に連れ合いを失った男女が大量に発生した。一家を立てていくためには夫婦がその柱にならなければならず、その結果この当時は再婚はごく普通のことであった。

（こんな時に朝日が生きていてくれたら、上手に話をしてくれるのだが）

こうした話は、女同士の方が進めやすいであろう。一徹はさわに頼んで、花に気持ちを聞いてもらった。花はしばらく考えていたが、

「私どもの身の上を承知の上で、婿に入ってくれる殿方がおられましょうか」と訊いた。虎王丸に父親が必要なことは花も前々から痛感していたが、今更見も知らぬ男と添うことには気が進まなかった。さわは笑って頷いた。

「一徹はそれも考えておりますよ。駒村長治ではどうかと申しておりました」

「その話は、駒村様も承知なのでありますか」

思いがけない名前を聞いて、花は驚きの声を上げた。

「むろんのことでありますよ。一徹が長治とよく話し合い、『お花様に異存がなければ』と返事をもらっております」

実のところは、長治は一徹の打診に一度は拒否の姿勢を示していた。

「私がここに残れば、殿と鈴村様のお世話は誰が務めるのでございますか」

「俺が最近気にしているのはそのことよ。お前は今いくつだ」

「二十九歳になります」

「お前は何事にもよく気が付く性質なのでついつい便利に使ってきたが、その年ともなればそろそろ身を固めねばならぬ。我々も旅慣れてきたし、小者ならば必要に応じてどうとでもなる」

長治は黙り込んだ。花は自分とは五つ違いだから、今年二十四歳のはずだ。まだまだ若いのに、久しぶりに見る花のやつれようはどうであろう。一徹が入り婿を探す気持ちになったのは、長治にも納得がいく。

（お花とは長い付き合いで、互いに何の気兼ねもなく付き合っていける）

長治はついに心を決めた。初対面の時から花には好意を持っていたのだから、情の深いこの男には願ってもない良縁と思われたのである。

それに、長男の義貞(よしさだ)が五年前に駒村家の家督を継いだ今となっては、次男の長治が駒村家の当主になれる見込みはなかった。一ノ瀬家は上級武士の家柄であり、三郎太は武勇衆に優れ、またその壮絶な最期から死後六年たっても石堂家に語り継がれる伝説的な存在であった。入り婿とはいえその一ノ瀬家を継ぐというのは、また花と夫婦になれるとあっては、長治にとってまことに望ましいことではないか。

「お花様に異存がなければ」

幾分かの照れを含んでそう言う長治に、一徹は頬を緩めた。

「この話がまとまった時には、長治に頼みたいことがある。俺と六蔵が今後どこかで仕官することがあれば、長治に連絡先を伝える。村上家を含めて周囲の豪族達に目立った動きがあるたびに、詳しく伝えて欲しいのだ」

さわの言葉を受けて、花は考え込んだ。駒村長治と夫婦となることなど今まで想像したこともなかったが、あの男ならば十年以上前からの知り合いであり、また長治は三郎太を慕って一ノ瀬家に入りびたりであったから、気心もよく知れていた。

（あのお方ならば、気を遣うことなく一緒に暮らしていけそうだ。それに、虎王丸を可愛がってくれるに違いない）

長治は小柄で非力なために武芸の腕こそないが、一徹や三郎太から目を掛けられていた異能の持ち主で、かつては一人で城を落としたという武勇伝すらある。また人好きのする性格で、郎党達にも可愛がられて家中に一人も敵がなかった。

あの如才ない人柄ならば昔馴染みの郎党達との付き合いも問題なく、一ノ瀬家の今後を託するに足ると思われて花の心にももう迷いはなかった。

「私に異存のあろうはずがありませぬ。あとはさわ様にすべてをお任せいたします」

三年の年月を経て、長治と花はいかにも似合いの夫婦になっていた。三十二歳になった長治は身のこなしは相変わらず敏捷ながらも上級武士らしい貫禄が身に付き、花は三年前とはうって変わって明るく、虎王丸も十一歳とは思えぬ逞しい体つきになっていた。

「この次にはいつお目に掛かれるとも分かりませぬ。多少早うはございますが、虎王丸の烏帽子親になってはいただけませぬか」

たしかに早過ぎるきらいはあるが、十一歳の元服ならば世に例のないことではない。長治にとっても花にとっても、烏帽子親は石堂一徹のほかには考えられなかった。一徹は二人の思いを知って、微笑とともに快諾した。

やがてあらかじめ龍紀から声を掛けられていた星沢秀政や、石堂家に残っている郎党達が集まってきた。十年前の昔に戻って一徹を中心にして大いに飲み、歓を尽くそうというのだ。

大広間で、賑やかな宴席が始まった。一徹も現在の苦境を忘れて、往時の石堂家の武運盛りの時の感慨に浸った。

「あの頃は毎日が楽しかったな」

一徹の言葉に、星沢秀政が大きく頷いて言った。

「若が村上家を去られてからは、我らも火が消えたようでござるよ」

石堂家が本貫の千石に戻ってからは兵役も三十名だけとなり、「花の十八人衆」の威容を誇った頃とは様変わりしていた。十五名いた郎党達も九名を残すのみで、星沢秀政が馬乗りの身分になったほかは、町井憲秀（まちいのりひで）、南沢新八郎（みなみさわしんぱちろう）、小林行家（こばやしゆきいえ）、倉橋直家（くらはしなおいえ）、八町輝元（はっちょうてるもと）の五名は請われて他家に転じていた。

「もう一度、若の下で働きたいものでありますな」

大柄な身を揺するようにして押鐘信光がそう言ったが、それは今更かなわぬ夢であった。この者達の武勇は一徹にとっても喉から手が出るほどに欲しかったが、それでは石堂家の武力は根こそぎ骨抜きになってしまう。

(村上家を去るとは、こういうことなのだ)

一徹は今更のようにそう思い、黙って杯を重ねた。

村上義清と石堂一徹との二回目の会談は四月四日に村上館で行われたが、一刻(二時間)に及ぶ論議の末に結局は不調に終わった。三日前の話し合いの時にも感じていたことだが、一徹が心の奥底では義清を許していないように、義清の方にも一徹を信頼しきれない思いがあるようだった。

(この男は、今や遠藤吉弘の家臣なのだ。主君の利益こそが最優先で、そのために俺を利用しようとしているだけであろう。一徹の言うことを真に受けてはならぬ。自分の身は、自分で守るしかない)

義清の言葉の裏には、武田晴信に対する恐怖の念以上に一徹に対するそんな感情が透いて見えた。同盟というものは、相互にそんな不信感があっては到底うまくまとまるものではない。

しかし村上義清を引っ張り出さなければ、豪族同盟はお先真っ暗というほかはあるまい。一徹は暗然たる気持ちで石堂家の役宅に向かい、輝久に挨拶した。

「村上殿との交渉は、失敗に終わりました。これから私は中原城に戻りますが、今後のことはもう少し様子を見た上、書状にて相談したいと思います。無理なお願いをすることもあろうかと思いますので、その時はよろしく」

「一徹も苦労をするな」

さすがに、疲労の色が浮いている一徹の顔を、輝久はいたわりの籠った目でじっと見た。

（この兄には、昔から迷惑の掛けっ放しだ）

一徹は深く頭を下げて、役宅を辞した。

中原城に帰った一徹が村上義清との会談の模様を報告すると、吉弘は露骨に不機嫌な表情になった。

「何だ、一徹の大言も当てにはできぬな」

その言葉には、吉弘自身が今の豪族同盟の勝算には今一つ確信が持てず、村上義清の参加を心待ちにしていた気持ちが滲んでいた。

（殿が小笠原長時ごときを頼むのが、こんな苦境を招いているのではないか）

一徹は黙っていたが、その思いは吉弘にも通じたのであろう。書院の丸窓の向こうでは、満開の山桜がそよ風に身をゆだねて、盛んに花びらを散らしているのを見ながら、主君と家臣は無言のまましばらく対座していた。

四

八月十二日、村上家と遠藤家の同盟の話をまとめて安曇郡豊科の石堂館に戻った一徹は、作事奉行の門田治三郎を呼んで自分の居室で対座していた。若菜はすでに菊をはじめとする奥女中三人を連れてここに移っており、賄や洗濯、掃除を担当する女中達六人の女主人として家内の一切を取り仕切っていた。

ただしまだ仮祝言しか済ませていない以上は、一徹とともに暮らしていることは公然のものとはできずに、女中達には『奥方様』ではなく、元通りに『お姫様』と呼ばせてはいたが。

若菜が自分で茶を運んできて治三郎に気軽に挨拶をしてから、気を利かして姿を消すのを待って、一徹はゆったりと話し出した。まだ残暑が残っていて、襖も障子も開け放ったままであった。

「治三郎、また無理な注文がある。聞いてくれぬか」

一徹は、この治三郎の朴訥とした人柄に好感を抱いていた。この男の土木や建築に対する専門知識には一徹も舌を巻くほかはなく、身分や出自を超えて親近感を覚えているのだ。

「石堂様は、無理な注文しかなさりませぬ。まずは、お話をお聞かせ下さいませ」

「近々、深志城を攻略する機会が巡ってくるやもしれぬ。深志城には、馬場民部信房が率いる二千の兵が籠っておる。武田晴信は中信濃の攻略はすでに完了し、今後の中信濃の統治の中心としては日常の生活には不便な山城ではなく、平城（平地に立地する城）の深志城こそふさわしいと考えたのであろう。

　しかし敵の攻撃に対する防御力という点から見れば、平城は山城に比較して遥かに劣る。とは言っても、二千の兵が籠る深志城を攻略するには、少なくても六千の兵力が必要であろう」

　城攻めの最大の問題は緒戦の被害が大きいということに尽きる。深志城も周囲の水壕を三間（約五・四メートル）に広げて、守りを固めているという。堀の向こうは水際から二尺（約六十一センチ）までは石垣を積み、そこから上は土塁となって二間（約三・六メートル）の高さがあり、さらに一間（約一・八メートル）の高さの城壁を巡らしている。通常の攻城のやり方では船や筏（いかだ）を用意して堀を渡り、土塁に取り付いてそこを登り、頂点に到れば用意してきた梯子（はしご）を城壁に立て掛けてそれを登って攻め込むことになる。

　しかし、むろん相手はそうした動きを黙って見逃してくれるわけがない。城壁の矢狭間からは弓衆が矢を雨のように放ち、石落としからは大きな石が投げ落とされてくる。甲冑を身に纏っているだけの攻城側は、一方的に城方からの攻撃に耐えるしかない。そして幸運にも城壁の上にまで辿り着いた者がいても、城内には槍衆が穂先を揃えて待ち受けている。たちまち下から突き上げられて、命を落としてしまうのだ。

「そこで私は考えたのだ。堀のこちら側から城壁の上まで橋を架けてしまえば、兵どもを安全かつ大量に城内へ送り込むことができるではないかと」

「橋を架けるのでございますか」

目を丸くしている治三郎に、一徹は薄い微笑を浮かべた。

「むろん、敵の目の前で橋を架ける作事を行うことはできぬ。若い頃に読んだ『墨子』の中に『雲梯』という攻城兵器が載っていた。そこから着想を得て私が思いついたのは、車の付いた移動式の橋だ。台車の上に櫓を組んで必要な長さの橋を載せるもので、私はこれを、『攻城車』と呼ぶことにしたい」

堀際まで攻城車を進めた時には、橋は城壁を超える高さにまで前端を上げておかねばならず、城壁に達してからは逆に前端を下げて城壁に接地させねばならない。そのためには橋には丸い軸、櫓には軸受を設けて可動式とする必要がある。軸と軸受は平安時代から牛車にもちいられた構造だが、問題はかなりの重量のある橋を、どうやって上下させるかだ。

「私には、どうしても思案がつかぬ。治三郎、そこでお主に知恵を貸して欲しい」

「成る程、これは面白い課題でござるな」

門田治三郎は、難問を与えられて目を輝かせた。百姓上がりのこの男は、上級武士でありながら自分を対等に扱ってくれる一徹に深い敬意を払っていた。『攻城車』は、治三郎であればこそ実現できると見込んでの提案であるに違いない。これを自分の手で完成してみせなければ、自分の存在価値がなくなってしまうではないか。

「少し、考える時間を下され」

門田治三郎が、配下の者達に命じて大きな構造物を一徹の居室に運び込んだのは五日ののちであった。それは四輪の台車で、前後に長い三尺（約九十一センチ）余りの橋状の物を、台車上に組んだ櫓の上に載せたものであった。

「これは二十分の一の雛形（模型）でござる」

治三郎はそう断ってから、その構造を説明した。

「橋は十一間（約十九・八メートル）の長さがあり、そのうちの七間（約十二・六メートル）が前、四間（約七・二メートル）が後ろでございます。むろん前後を同じ長さにすれば話は簡単になりますが、それでは台車の全長が大きくなり過ぎ、重量からいっても進退に障害となりましょう。橋の前後の境に軸を、櫓に軸受を設けて橋を上下方向に可動式にするのは、石堂様の仰せの通りでございます」

堀の幅が三間（約五・四メートル）、土塁の高さが二間（約三・六メートル）とすると、堀のこちら側から城壁までは五間（約九メートル）近い距離があると見なければならない。また櫓は台車のできる限り前方に設けるが、それでも前輪の後ろに置かなければ、台車自身が橋の重量で前のめりになってしまう。さらに堀際の地盤によっては、攻城車の位置は少し下げねばならぬかもしれない。あれこれ考えて、橋の前の部分の長さを七間（約十二・六メートル）とした。

なお橋を渡る兵の身の安全を確保するためには、橋の側面も天井も板で覆う必要があるが、橋を上下させる原理を分かりやすくするために、この雛形では天井のみは取り付けぬままにしてあると治三郎は説明した。

「橋は上下する回転の支点が後方に偏しておりますために、そのままでは、今見るように前端が下がっております。これを上げる工夫がなくては、『攻城車』は成立しませぬ」

「それよ。何か工夫があるか」

どんな難問にも「できませぬ」と音を上げることのない治三郎は、日に焼けた頬を緩めつつ、用意してきた碁笥（碁石を入れる丸い器）を自分の前に置いた。そして軸の後ろにある橋の最後方部分に、ざっと三十ばかりの白い碁石を積み上げてみせた。

「お手数でござるが、今畳に触れている橋の前端の下に掌を入れて、橋の重量を掌で受けて下され」

　一徹は、興味津々の面持ちで治三郎の指示に従った。武骨な太い指先に、思いの外軽い感触が伝わってきた。

「今から、橋の後端近くに碁石を加えてまいります」

　治三郎はそう断ってから、碁石を一つまた一つと碁石の山に載せていった。その度に掌で受ける重量が軽くなり、ついに負荷がなくなったと感じた時には、橋はゆっくりと一徹の手を離れて上に動き、前後が水平になったところで静止した。

「橋は前の部分が後ろに比べて長く、前端が畳に触れるまでに下がっておりました。しかし後部に碁石の重量が加わりましたために前後の均衡が取れ、このような水平の状態となって停止したのでございます。それでは、後方にさらに一石を加えればどうなりましょうか」

　治三郎は手妻（手品）使いの口上よろしくそう言いながら、白い碁石をもう一つ碁石の山に載せた。たった一個の碁石の重さで橋の前後の均衡が崩れ、三尺（約九十一センチ）余りもある橋の前側がゆっくりと上がっていくではないか。一徹は息を呑む思いで橋の動きを見詰めていた。

「それでは、碁石を一個取り除きましょう」

　最後に置いた碁石を手に取ると、橋は元の水平に戻った。

「もう一つ取り除けば、どうなりましょうか」

橋はゆっくりと前側が首を垂れて、前端が畳に接地して止まった。

「でかしたぞ、治三郎」

一徹は躍り上がる思いで、感嘆の声を上げた。こんなにも簡単なからくりで橋が自在に上下できるとは、夢にも思わぬことであった。原理が単純であればあるほど、実用化は容易なのに違いあるまい。

「これが、均衡というものの玄妙なところでございます。大きな物を動かすには大きな力が要ると思うのは、誰もが陥りやすい錯覚でございましょう。たしかに人力でこの規模の橋を上下させるのは、無理でございます。しかし均衡の考え方を取り入れれば、これだけ大きく重量のある橋がわずか一個の碁石の出し入れで、思いのままに動かせるのでありますよ」

「よく分かった。これならば申し分ない。早速実機の製作に掛かってくれ」

「それで期限はいつまで」

「無理な注文だが、二ヶ月ではどうだ」

一徹の予測では、武田と村上の攻防はどんなに短く見ても九月一杯は掛かるであろう。村上が勝ったと聞けば、遠藤勢は電光石火の勢いで武田領である筑摩郡南部に攻め込むが、その場合も馬場信房の籠る深志城の攻城戦は最後の仕上げになるに違いない。おそらくはそれは十月中旬から下旬というのが、一徹の読みであった。

　治三郎は普段控えめなこの男には珍しく、不敵な表情を浮かべてみせた。

「無理な注文を受けるのが、私の務めでございます」

　一徹はその言葉に安堵して、ふっと話題を変えた。

「それにしても不思議でならぬ。このような簡単な仕組みで作れるのであれば、どうして今まで誰も実用に供さなかったのであろうか」

「私が思いますに、今までになかった物を作り出すには、二つの条件が揃わねばならぬのではありますまいか。一つはこういうものが欲しいという具体的な提案ができる者、もう一つはそれを実現する技術を持った者。両者が揃って初めて、新しいものが世に出るのでありましょう」

　治三郎は、いかにもこの男らしい控えめな態度で言葉を続けた。

「世にいくさ上手といわれる方は数多くおられます。しかしそのほとんどは陣の敷き方とか伏兵の置き方とか、相手の意表を突く夜討ち朝駆けとか、要するに戦術や駆け引きに長けた武将でありましょう。私が石堂様にこんなことを申すのはまことに僭越でございますが、石堂様はそうした世間一般のいくさ上手の武将よりも、一段と高い視点でいくさをとらえているようにお見受けいたします」

　船岡の砦を築くに当たっては、一徹と治三郎は膝を交えて砦の縄張り（設計）に知恵を絞っていた。そうした時、一徹は自分が見てきた諸国の城の中では、この部分にこうした構造を取り入れていたところがあるが、あれはまことに効果が大きいとか、この城壁のところに非常用の抜け道を設けておくと、攻防ともに使い勝手がよいとか、今までの豊富な経験から具体的な指示を治三郎に与えた。

船岡の砦は、小笠原長時が唱えた豪族同盟の結成によって完成目前で放棄しなければならなかったが、あの建設工事自体は一徹にとっても治三郎にとってもまことに充実しきった日々であった。治三郎は当時を思う遠い目をして、庭に満開の酔芙蓉（すいふよう）の赤い花を眺めた。

「石堂様は味方を犠牲にしないのはもちろんのこと、敵もできるだけ殺さずに、勝ちを収める工夫を常に考えておられるようにお見受けします。その思いが、こういう道具があれば、ああいう工作物があれば、もっといくさは簡単に終わるのだが、という提案に繋がってくるのでありましょう」

一徹には、実戦の豊富な経験からくるこうした物が欲しいという強い思いがあるが、それを具現化する技術は持っていない。一方治三郎はそうした技術は持ち合わせているけれど、何を作ったらいいのか自分ではまったく分からない。

今回の攻城車の一件でも、一徹は堀を挟んで城壁の上まで橋を架けるという素晴らしい着想を示した。それも台車の上に橋を載せる移動式のものというところまで具体的な案を示してくれたのだから、あとは治三郎がいかにして橋の前端を上下させるかのからくりを工夫するだけのことではないか。

「先ほどの石堂様のたいそうなお喜び様は、私にとっては意外なほどでございますが、これがお役に立つようならば、まことに嬉しいことに存じます。それでは早速図面を描き、同時に人手を集めて製作に掛かります」

「実機ができれば、いろいろと試してみて改良する点を見つけねばならぬ。そのためにも、一日も早く動かせるようにしてくれ」

「分かっております」

治三郎は力強く頷いた。この男の力量を高く評価している一徹は、これでもう深志城攻略は半ば成ったとまで思っていた。だがその時、一つの疑問が湧いた。

「実機はこの豊科で作るのであろう。これだけ大きな物を深志まで引いていくのは大変ではないか。また牛車や荷車は二輪だから、方向を変えるのも簡単だ。だが四輪となれば、前後には動けてもどうやって向きを変える」

「方向を変えるためには、前輪を曲げてやらねばなりませぬ。その操舵の機構についても、すでに考えてございます」

治三郎はいかにも優秀な技術屋らしく、すべてのことに周到な検討を済ませていた。

「また橋や櫓は釘を一本も使わない木組み工法で製作します。従って移動前には解体してもとの部材に戻し、台車の上に積んで運んで参りますので、ご心配は無用でございます」

「木組み工法とな」

「神社仏閣の大建築は皆、釘を一本も使わない木組み工法で作られております。そもそも釘は環境にもよりますが、長くても数十年のうちには錆びて朽ち果ててしまうものでございます。従って釘で強度を保つような建築は、数十年の間にすべて崩壊してしまいます。

私はまだ見たことはございませんが、奈良の法隆寺や東大寺の大伽藍(だいがらん)が数百年も健在なのは、すべて木組み工法で作られているからであります」

治三郎は、専門家としての自信に満ちた態度で微笑した。

「棟木にほぞ、柱にほぞ穴を設けて結合するのはよく見るところでありましょう。部材の使われ方、用途によって『落とし蟻(あり)』、『相欠き』、『台持ち継ぎ』、『金輪(かなわ)継ぎ』など様々な木組みの手法がございますが、今回の橋は四角い筒を作るだけの簡単な構造でございますので、難しい木組みは必要ありませぬ。そして組み立てる手順を逆にたどれば、元の部材の状態に戻すことができます。現地に着いたらもう一度、組み立て直しをするだけのことでございます。我が手の者には宮大工の経験者もおりますので、ご安心下され」

「治三郎は、まことに『できませぬ』と言わない男であるな。分かった、万事を任せるぞ」

一徹が笑っている時に、不意に空を暗くして一陣の驟雨が襲ってきた。庭の太い青桐の葉が、大粒の雨に打たれてぱらぱらと激しく音を立てて震えた。

五

村山正則が廊下に片膝を突いて声を掛けると、遠藤館の書院の中から若菜の明るい声が返ってきた。

「お入りなさい」

部屋の中には、若菜とあざみがこの若者を待っていた。この娘は紅白の蓮の花を散らした華やかな小袖を纏っていて、今日のこの時のために着飾ってきたのに違いなかった。鼻筋が通って中高の整った顔に、今はいつも以上に頬にぽっと血の色が差している。

「正則、そちの気持ちを聞いてからすぐに、あざみを呼んで正則からこんな話がありましたと伝えました。あざみは大喜びでありましたが、聞けばまだ二人だけでゆっくりと話をしたことがないというではありませぬか」

若菜はそこで言葉を切って、なんとなくぎこちない二人を微笑しながら見比べた。

「むろん武家の世界では、互いに顔も見ないままに婚儀の日を迎えるという例が、ごく普通にあります。しかしはたの目にはどんなに似合いの男女でも、人には相性というものがあるのです。そこで、今日はこの場を設けました。二人で、どんなことでもよいから心行くまで話し合ってごらんなさい。どちらも打ち解けて気持ちが弾むようであれば、正式に父から原田様に縁談を申し入れてもらうことにします」

若菜はまた小さく笑った。

「話し合った結果が、譬えば正則は出臍の娘はどうもということなら、この話はこの三人限りのものとして、お仕舞いにしましょう」

「何と、あざみ殿は出臍でござるか」

「そんなことはありませぬ」

正則とあざみが大声を上げるのを、若菜は頬を緩めて手で制した。

「これはものの譬えです。あざみのお臍など、私もまだ見たことはありませぬ」

そう言いながら、若菜は軽い身のこなしで立ち上がった。

「私はこれで席を外しますから、あとは二人で好きなようにしなさい。二人が出てくるまで、私は自分の部屋にいます。またほかの女中達にも、この部屋には立ち入らぬようにと申しつけておきますからね」

若菜を見送った二人は正面から向かい合って、どちらからともなく笑い出した。

「若菜様はまことによく気の利く姫ですな」

「ああいうお姫様に仕えるのは、女中にとっても幸せでございます。むろんこちらに手落ちがあった時などには厳しく注意されますが、世間話に興じている時など、きゃっきゃっとはしゃいでまるで朋輩と同じ心地でございますよ」

「考えてみれば不思議ですな。家中の誰もが、姫の一番のお気に入りは自分だと思っているのでは」

「ほんに」

あざみは笑ったが、いつまでもこんな話題を続けていてはいけなかった。娘は真顔になって、正則の髭の剃り跡が濃い顔を真っ直ぐに見た。

「このところ、城内でお見かけする機会がめったにありませぬが、毎日をどのように過ごされているのでございますか」

「私は五十石取りの身分なので、城下にささやかな屋敷、いやあばら屋を構えている。郎党二人に馬二頭、それに百姓の後家の老女を雇って、炊事、洗濯といった家事を任せているのだ」

村山正則は昨年九月に石堂一徹の与力となって以来、朝餉を済ませるとすぐに石堂一徹の住まいを訪ねるのが日課となっていた。そこで一徹と六蔵から厳しい武芸の稽古を受けるのである。

「私は十四歳の時から、家中で槍の名手と呼ばれている、赤坂甚五郎（あかさかじんごろう）殿に頼み込んで稽古をつけてもらっていた。十代の終わり頃から、同年輩の若者達の中では抜きんでた腕前となり、いくさ場でも幾多の功名を立てて、二十二歳で馬乗りの身分となったのだ」

　当然のこととしてこの若者は自分の技量に慢心していたが、一徹に立ち向かってその自信は木端微塵にうち砕かれた。

「あのお方は、身の丈が大きく膂力（りょりょく）抜群の上に身のこなしが素早い。まるで歯が立たぬのよ」

「石堂様はそれほどにお強いのでございますか」

「それどころか、石堂様に所用がある時は鈴村様が稽古をつけてくれるのだが、あの鈴村様にも初めのうちは手も足も出なかった」

　鈴村六蔵は、今年五十二歳になる。村上家にあって「槍の六蔵」と謳われていた盛時ならともかく、頭が半ば白くなった昨年でも、十本立ち合って一本も取れなかったのだ。

『お主は、若があれほどの巨軀で筋力衆に優れていればこそ、一方的に攻めまくられると思っておろう。だが、それは違うぞ。若の槍はあくまでも基本に忠実で無駄な動きがないのだ。お主は槍の技量そのもので、遥かに若に後れを取っているのよ』

　正則は自分の実力を思い知らされて、生まれて初めて発奮した。血気盛んな自分が、頭が白い初老の六蔵に追いまくられて退き下がってなるものか。

「それから一年たって、今ではどうでありますか」

「うむ、鈴村様とは十本勝負なら五分五分というところだ」

「それなら、長足の進歩ではありませぬか。すぐに鈴村様を凌げましょう」

「そんな簡単なものではない」

　正則は苦笑を浮かべて言った。

「十本勝負を前半と後半に分ければ、前半に私が取れるのは一本か精々二本、後半は分がよくなって三本か四本取れるようになる。この意味が分かるか」

　あざみは小首をかしげた。正則の言葉に真剣に耳を傾けているその様子に、若者は満足して言葉を続けた。

「十本勝負を始める時は、どちらも元気一杯だ。勝負は技量の差で決まる。しかし鈴村殿は知っての通りのご老体だ。五本も全力で打ち合えば息が上がって、体が思うように動かなくなってしまう。そうなって初めて、私に勝ち目が出てくるのだ。つまりは、前半は槍の実力で鈴村様の勝ち、後半は体力の差で私の勝ちになるだけの話だ」

　正則は小さく溜息をついた。

「稽古の時は防具を身に着けてたんぽ槍で立ち向かうからこそ、十本勝負などと呑気なことを言っておられる。だが戦場で、甲冑を身に纏って真槍を持って戦う時には、常に一本勝負しかない。鈴村様と私が今実戦の場で槍を合わせれば、生きて戻れることは十に一つもあるまいよ」

正則は、今更のように武芸の道の奥の深さを痛感していた。だが同時にそれは、この一年間での自分の長足の進歩を振り返っての感慨でもあった。

（今の俺と去年の自分が立ち合えば、今の俺は十本のうち一本を取られることもあるまい）

まだ頂上は遠いが、そこに到る道はくっきりと見えてきていた。

だがこのような武芸談は、女性の興味を引く話題ではあるまい。それに気が付いた正則は、慌てて主題を変えた。

「ところでそなたは、石堂様のことをどう思うておるか。やはり、怖いか」

「いいえ」

あざみは意外にもきっぱりと否定して、正則に微笑を返した。

「ご存知の通り、私は行儀見習いとして老女の梶様のお側にお仕えしております」

昨年の五月に石堂一徹が紅葉館にやって来た時には、当然のことながら最小限の身の回りの物しか持ち合わせていなかった。ふとした巡り合わせで一徹は遠藤家に身を寄せることになったが、無禄である以上は、一徹と六蔵の衣食住の一切は遠藤家で面倒を見なければならない。

そこで金原兵蔵は、裁縫が得意な老女の梶に命じて、必要な衣類を整えさせることにした。梶は早速一徹のもとに赴いて二人を採寸するとともに、柄の好みなどを訊き、あざみを含む奥の女中達を動員して三日の内に当座に必要な物を仕立てて、六蔵に届けた。

そして次のいくさ装束に取り掛かっているところへ、六蔵が紫の花が咲き零れる見事な藤の一枝(ひとえだ)を運んできた。六蔵に訊けば、一徹が大里村(おおさと)の検分に訪れた折に、名主の寛右衛門(かんえもん)の庭先にある藤の老木が満開なのに目を留めて、一枝を貰い受けてきたのだという。

先日の衣服に対する一徹なりの感謝のしるしであろう。しかし謝礼がありきたりの金品などではなく、目を奪うほどに鮮やかな花付きの藤の一枝というのが、梶の心にじんわりと染み通った。

それまで梶は無口な一徹に対して薄気味の悪い印象しか持っていなかったが、この件以来あの大男に対する見方が変わった。粗暴殺伐とした男が横行する中にあって、『あのお方は、心根がいかにもゆかしい』と思われてならなかったのである。

それからも、梶は季節の変わり目ごとに衣服をしつらえて届けていたが、その度に一徹は六蔵に託して何がしかの品物を贈って寄越した。

それもある時は梨の実であったり干菓子であったりしたが、いずれも領内でも中原城から遠い里の産物で、城下では容易に手に入らないものばかりであった。

感じ入った梶が機会をとらえて一徹に礼を言うと、一徹は無愛想に、

「六蔵が、そのようなことをいたしたか」

とのみ答えた。しかし、その言葉がまったくの嘘であることを、梶は瞬時に察していた。

この老女が見るところ、六蔵はまったくの武辺者で、とてものことにそのような細かい心配りができる男ではあるまい。一徹が自分の繊細な内面を人に見せたがらない含羞(がんしゅう)の人であることが、梶には思わず笑み崩れてしまうほどに好ましく思われた。

「そういういきさつをお側で見ておりまして、石堂様のいかつい印象とは裏腹な細かな心遣いに、鮮やかな印象を受けておりました。武士が猛々(たけだけ)しいのは当然のことながら、その奥に人一倍の優しさを備えてこそ、まことの武士(もののふ)でありましょう」

あざみの話しぶりは、十七歳という年齢にしてはきちんと筋道が通っていて無駄がなく、この娘のしっかりとした性格を物語っていた。またその言葉には梶に寄せる好意と信頼が溢れていて、それが正則にはまことに好ましいものに思われた。頬を緩め

ていた若者は、ふっと笑いを消して言った。

「そなたがそのように石堂様を理解してくれているならば、まことに有り難い。なにしろ私は、あのお方に巡り合えたことを生涯の幸せと思っているのだからな」

「それは槍の師ということでございますか」

「それどころではない。私はあの方にお会いして初めて、武士とは、いや武将とはいかにあるべきかを思い知らされたのだ。昨年五月に横山郷にあった遠藤館を、高橋広家が奇襲してきたことがあったろう」

それに先んじて、高橋広家は横山郷の南端に近い神戸村に野武士の一団と見せた手勢を放っておいたため、遠藤吉弘はその掃討のために見事に釣り出されてしまい、館にはわずか十名の留守居番しか残っていなかった。

だが館にいた石堂一徹は、敢然としてわずかな兵力を率いて逆に奇襲をかけ、広家、利家の両将を倒し、動転して逃げる高橋勢をさらに追撃した。そして巧妙な作戦で城兵を気死させて、中原城を無血開城させたのだ。

「私は殿に従って神戸村で分宿しているところに石堂様からの急報を受け、布団から飛び起きて中原城へ駆け付けた。そこで石堂様から奇襲のあらましを聞き、中原城が戦わずして落ちるのを、呆然として見詰めていたのだ」

（これは、俺が知っている今までのいくさとは全然違う）

一徹の鮮やかな手腕に、正則は体が震えるほどに大きな衝撃を受けた。

「それまで私達がやっていたのは、敵と遭遇したら行き当たりばったりに目の前の敵に槍を合わせるというものだ。だが石堂様には、それは子供達が田圃の畔で棒切れを振り回して喧嘩をしているのと同じで、いくさと呼べるようなものではないと笑われてしもうたわ」

　正則はその後のいくつかのいくさで石堂一徹の戦いぶりを注意深く観察していたが、最初の直感通り、この巨大漢のいくさはまさに百戦百勝の圧倒的なものであった。

(常に命を懸けて敵と渡り合うだけでは、いつかは自分が負けて命を失ってしまうに違いない。もっと理詰めに、危険を冒さずに勝ちを収める道があるのではないか)

　それがこの若者の常々抱いていた疑問であった。それに対する回答が、石堂一徹の行動の中にあった。

(このお方にとっては、この周辺にいる中小の豪族との争いなどはほんの片手間の仕事に過ぎぬ。事前に必勝の策を立てて、それを実行しているだけだ)

　それを知った時、正則は迷うことなく一徹に弟子入りした。この若者は、命を懸けずに勝利をつかむ道筋を知ろうと思っていた。

「昨年の晩秋から、私は船岡の砦を築くために石堂様とともに彼の地に籠っていた。日のあるうちは砦の構築に追われていたが、夜ともなれば石堂様の周囲に群がって武談に明け暮れたものだ」

一徹は、常にこう言っていた。

『いくさにあたっては、まず勝利に到る筋道を考え出さなければならぬ。その筋書きができれば、次はどこを戦場に選ぶか、軍勢の配置はどうするか、どのようにしていくさを始めるか、どの時期に主力を前線に投入するかといった詳細を決めていく。あとは戦場に赴いて、勝つだけのことだ』

それは、正則にとって目を洗われるほどに新鮮な感動であった。いくさだてとは、九分までは理屈で説明が付くものなのだ。残る一分は一徹の閃きで決まるとすれば、この大男を信じて黙って付いていくだけで、命など懸けずとも勝利は間違いあるまい。

だが正則にとって不思議でならないことに、夕餉の後の武談に参加する者は日を追って減ってゆき、半月の後にはこの若者ただ一人が残るばかりであった。

『何故参加せぬ』

正則が朋輩に問い質すと、相手は決まって、

『石堂様の申すことは、難し過ぎてよく分からぬ』

と答えた。

『そんなものだ。俺は正則一人が残っただけでも、上出来だと思っておる』

首を傾げている正則に、一徹は笑って言った。

『一人の侍大将には、十人の物頭、百人の武士、二、三百の郎党が付いて軍団ができ上がる。つまり侍大将の器は数百人に一人しかおらぬのよ』

一徹は、正則を見詰めてゆったりと微笑した。

『むろん理屈は頭では分かっていても、実戦の場で一つずつ実行していかなければ、本当には身に付かぬ。春になれば、小笠原長時を相手のいくさが始まる。正則にはその中で少しずつ重い場を与える。心して励めよ』

それは自分を近い将来に侍大将の地位に就けると、一徹が約束しているのと同じことであった。若者は頬を紅潮させて頭を下げた。

「私は中山平の合戦以後、石堂様の秘蔵っ子として大役を仰せつかっている。今は必死になって石堂様に付いていくばかりだ」

正則は瞬くことも忘れて聞き入っているあざみに、ふっと溜息をついて見せた。

「それにしても、石堂様というお方の人柄はまことに奥が深く、底が知れない。普段のあのお方は無愛想でずけずけと本音を吐くから、家中にも敬遠する者が多い。だが一旦懐に飛び込んでしまえば、情が深くてまことに優しい」

正則はいくさの仕方を学ぶことから、若菜は絵画を酷評されたことから、一徹の真価に触れることができたのだ。

「山の稜線を歩いていてここが頂かと思っていると、急に霧が晴れて本当の頂は遥かに高いところにあると知って驚くことがある。姫も私もそれを痛感することで、自分の目が開けたのだ」

(石堂殿は、二万石の仁科様でさえ掌の上で転がして臣従させた。あのお方が本当に命を懸けるのは、武田晴信を相手の決戦だけではあるまいか)

正則はそう痛感していたが、それはあざみには理解の外のことであろう。

「どうやら、私の方からはそなたにもう何も注文はない。そなたもそうか」

娘が頷くのを見て、正則はさらに言った。

「ただ一つだけ気掛かりなことがある。原田家は代々の譜代で、しかも遠藤家の分家筋に当たるというではないか。ところが私は百姓の生まれで門地がない」

正則は大里村の百姓、善衛門の三男として生まれた。家には田畑が五反はあったから水呑み百姓とは言えないまでも、三男に分けてもらえる田など一枚もありはしない。

そこで正則は十二歳の時に村を領する関島芳次に小者として取り立ててもらい、武家奉公をすることにした。この少年はよく気がまわって骨身を惜しまず働いたので主人も大いに気に入り、歳の割には体も大きく敏捷なところを見込んで、懇意にしている赤坂甚五郎の道場に通うことが許された。

この赤坂甚五郎は遠藤家の中では槍の名手と呼ばれている男で、幸いその道場は隣村にあったから、正則は毎日通い詰めてたちまち腕を上げた。十六歳の頃からは、関島芳次の郎党として戦場に出るようになったが、その働きは、常に人目に付くほどであった。

そんなある時、遠藤吉弘の命によって出陣した関島芳次は遠藤館の周辺に陣を張ったが、水場を巡って味方同士で争いが起きた。危うく刃傷沙汰になりかねないところを、正則がうまくさばいて血を見ずに済んだ。

たまたまその有様を、遠藤吉弘が見ていた。

（あの男は使える）

そう見た吉弘は、正則を自分の近習に引きたてた。その目に違いはなく、この若者はたちまちいくつかの殊勲の首級を挙げ、二十二歳にして早くも五十石取りの馬乗りの身分となった。同年輩の中では、もちろん出世頭であった。

（だが、百姓の三男坊があざみを望むなど、身分違いにもほどがあると原田殿の逆鱗（げきりん）に触れたらどうしようか）

しかしそんな心配をよそに、あざみは真顔で首を振った。

「石堂様の働きで、遠藤家はこの一年ばかりで三千八百石から六万三千石へと大きく羽ばたいたのです。家中の臣は、譜代などほんの一握りでその大半が新参者ではありませぬか。実力さえあれば、どのようにでも道が開けるのです。村山様は、その中でも石堂様の秘蔵っ子として皆の注目の的でありますよ」

娘はそう言って、可愛く首をすくめた。

「これはお姫様の受け売りでございますけれど」

正則は自信を持って頷いた。今では自分は、石堂一徹に預けられている与力を束ねる立場にある。一徹が常に遠藤家にとって最重要の局面を受け持つ以上は、一徹の意図を正しく読み取ってさえいれば、手柄は立て放題であろう。

「よし、分かった。それでは姫に声を掛けてくれぬか」

第四章　天文十九年八月十九日

一

八月十九日、武田晴信は三千の兵を率いて小県郡の長窪城に到着した。八月も半ばを過ぎたとはいえ、日差しが激しく残暑の厳しい日であった。

長窪城は武田晴信が諏訪頼重を滅ぼして諏訪氏の領地を我がものにして以来、北信濃攻略の拠点として重用してきた城郭だ。規模はさほどに大きくはないが、主郭の南北の尾根筋に幾重にも郭や堀切を巡らしたなかなかの堅城である。

主郭の一室で汗を拭っているところへ、近習の若侍が姿を見せた。

「真田幸隆殿が面会を求めて伺候（しこう）しておりますが」

「おう、待っていたところだ。書院で会うと申しておけ」

晴信はすぐに衣服を改めて、書院で幸隆と対面した。

「仰せの件、うまく運んでおりますぞ」

絶えずあちこちと飛び歩いては村上側の切り崩しに掛かりきりの幸隆は、真っ黒に焼けた頬を緩めて報告した。

八月十日に、真田幸隆は自身で北信濃の高井郡中野郷にある高梨政頼の居館に赴いて密談していた。

「いよいよ、お館様の北信濃への出陣でござる。かねての打ち合わせの通り、高梨殿はこの十五日に村上義清に対して公然と反旗を翻していただきたい」

村上義清と同盟した頃の高梨政頼は、どこかおどおどした印象が拭えない名門の御曹司であったが、十二年の星霜（せいそう）を経た今では、ふてぶてしい貫禄を備えた逞しい面構えの武将に変貌していた。

「かしこまってござる。ついに、信濃に新しい時代の到来でござるな」

そう言う政頼に、真田幸隆は改めて念を押した。

「高梨殿のご謀反と聞けば、村上義清は怒り狂ってこの中野郷に平定の兵を向けるでありましょう。申すまでもないことでござるが、高梨殿のお役目は村上義清をこの地に釘付けにすることでありますぞ。間違っても、正面きって戦ってはなりませぬ」

「分かっており申す。要するに、たっぷりと時を稼げばよろしいのでありますな」

五日もあれば、詰の城である鴨（かも）ヶ嶽（たけ）城（現・中野市に所在）に籠る準備は整う。兵糧と水を充分に手当てして堅く守りを固めてさえいれば、城は短期間で落ちるものではない。

その自信満々の表情に、幸隆は安堵の思いに胸を撫で下ろしていた。村上義清を居館のある坂木から遠いこの地に誘い出してしまえば、今回の北信濃攻略は簡単に成功するに違いない。

その功績の随一は、舞台裏で駆けずり回って幕を揚げる準備を成し遂げたこの自分なのである。幸隆はいくさの後の論功行賞を思って、にまにまと笑み崩れる思いであった。その表情を見て、高梨政頼も不敵に笑った。

「武田勢勝利の最大の貢献者は、村上義清をこの中野郷に引き付けて、坂木へ戻ることを許さなかった拙者でござるな。いや城に籠っているだけで、直臣の諸将に勝る恩賞を与えられるとは、何と美味しい話でありましょうか」

そのぬけぬけとした態度に、幸隆は舌打ちをしたい気持ちであった。

(この男には、すでに莫大な甲州金を与えておる。今度の裏切りは、その当然の見返りではないか)

高梨政頼の思いの外の欲の深さに幸隆は呆然としたが、たしかに勝利への貢献度からいえば、計画を立案する者と実施する者では、後者の方が人目には派手に映るであろう。

（お館様には、余程うまく報告しなければならぬ）

真田幸隆はそう思いつつ高梨氏の居館を辞し、次の目標である埴科郡松代の寺尾重頼のもとへと急いだ。

晴信は頭の回転が速いのに加えていたって慎重な性格だったから、いくさを起こすとなれば、打てる限りの手を打って万全の体制を作ることを常としていた。

今回の策は自身の北信濃進攻に先だって、すでに内通の意を伝えてきている高梨政頼や寺尾重頼といった北信濃の豪族達に、今こそ村上義清に対して兵を起こすように真田幸隆を通して促すことであった。

それを受けてまず高梨政頼が、打ち合わせ通りに八月十五日に詰の城である鴨ヶ嶽城に籠って、反村上の旗を揚げた。十年来の盟友の裏切りを知った村上義清は激怒してすぐに兵を集め、十七日には二千の手勢を率いて中野郷に向かった。

その村上勢の通過を待って、今度は寺尾重頼が松代城（現・長野市松代町松代に所在）に拠って背後を塞ぐ形で兵を起こした。前後を敵に挟まれて、たちまち村上義清は苦境に追い込まれてしまった。

「村上義清の現在の動員能力は、四千がいいところであろうな。そのうちの千名を占める高梨政頼と寺尾重頼が背いたとなれば、村上勢は三千、中野郷に二千が出兵したとなれば、塩田平、坂木には千の兵しか残っておらぬことになる」

晴信は、自分の策が見事に決まったことにほくそ笑んでいた。たしかに中信濃では平定が済んだと思いの外、遠藤家の安曇郡への進出があったりしてまだ問題は残っているが、遠藤勢の攻勢もそこまでであろう。

万一、筑摩郡の武田領にまで攻め込むようなことがあっても、諏訪郡の上原城から宮坂康高(みやさかやすたか)に預けてある二千の援軍が深志城に駆け付けて四千の軍勢で守りを固めれば、二千の兵力が精々の遠藤勢に到底勝ち目はあるまい。

まず急ぐべきは北信濃の制圧で、それさえ成れば中信濃に孤立する遠藤家などは立ち枯れてしまうに決まっている。その北信濃では、晴信の策によって村上義清を本拠の坂木から遥か北の中野郷まで吊り上げることに成功しているのだ。

あとは佐久郡の大井城に参集している武田勢三千が長窪に到着するのを待って、出陣するだけだ。自軍の勝利を確信した晴信は思わず頰を緩めたが、その時不意に軽い咳がこみ上げてきた。

もともとすらりとした長身の晴信は、この二、三年の間に多少肉が付いて恰幅がよくなっていたが、それとは裏腹に季節の変わり目などに頰にぽっと血の気が差して微熱を発することが多くなった。そうなると軽い咳が出てなかなか止まらない。

最初は風邪かと思っていたが、本来は頑健な体質の晴信にしては同じ症状が年に何回も起こるのは変であった。武田家の薬師に診させても、首を傾げるばかりではっきりしたことは言わない。

その煮え切らない態度を見ているうちに、晴信の頭に閃くものがあった。

（労咳ではないか）

この当時、労咳（肺結核）は不治の難病で、滋養分を摂って安静にしているしか対処の仕方がなかった。しかし信濃攻略が山場を迎えつつある今、じっと安静に努めることなど、かなうはずもない。幸いなことに、体調は一進一退で特に悪化する様子はなかったが、いつ病状が一変しないとも限らないのだ。

中信濃攻略から日を置かずに北信濃に進攻するなど、日頃は石橋を叩いて渡るこの男には珍しく性急なのは、その恐れが常に心の底に重く澱んでいるからであった。

（体力があるうちに、せめて甲信の併合だけでも成し遂げておきたい）

晴信は覚悟を決めて、長窪城に集結している諸将を呼び集めた。

「現在の状況は、真田幸隆の報告通りである。村上義清が遥か遠くの北信濃で悪戦苦闘している間に、我らは塩田平に出撃して坂木を占領してくれようぞ。それに先立ち、今井藤左衛門、安田式部少輔、原虎胤、横田高松、大井上野助は明日から交代で塩田平の偵察に掛かれ」

武田晴信が、長窪城に集結を終えた六千の兵を率いて出立したのは、八月二十七日の朝であった。日差しは厳しかったが、吹く風には秋の気配が濃く、軍を動かすには格好の日和（ひより）だった。

塩田平の周辺には塩田城、米山城などの小城はあるが、何と言っても主力は北部にある砥石城だった。ここでは主将の山田国政（やまだくにまさ）を吾妻清綱（あずまきよつな）、矢沢総重（やざわふさしげ）の二人が副将となって補佐し、兵力は五百ばかりであった。

小勢ではあるが、問題はその半分近くが佐久衆であることだった。三年前の志賀城攻めで、武田晴信はこの男には珍しく千三百の男女の捕虜に対してきわめて過酷な処置を取った。捕虜を城の前の広場に引き出し、競（せ）りにかけて奴隷として売り払ってしまったのである。

晴信は常に沈着冷静で感情に流されることのない武将として世に伝わっていたが、その実は激情を秘めた性格であった。

父の信虎が弟の信繁（のぶしげ）を溺愛していて、機会があれば嫡男の自分を廃して武田家の家督を信繁に継がせようと思っていることを、晴信は十代の半ばで察していた。

そのため晴信は自分の器量を隠して何事にも控えめに振る舞い、信虎の神経を刺激しないことに努めてきた。自分の起伏に富む感情を理性で抑制して表に出さず、常に落ち着き払って人に接する態度は長い間に第二の天性として身に付いていた。そして天文十年六月に信虎を駿河の今川義元のもとに追放することによって、現在の甲斐の国主という地位を確立したのである。

信濃への進攻に当たっても、晴信はいつも温情をもって佐久衆に接してきた。だが、志賀城はそれに甘えて反旗を翻すこと数度に及ぶに到って、ついに晴信の本来の激情が爆発して堪忍袋の緒が切れた。

晴信としては、この厳しい処分によって佐久衆が恐れ入って服従することを期待していた。だが、結果は逆であった。武田に降伏しても奴隷として売られるだけだ、それなら死ぬまで抵抗するしかないと佐久衆の覚悟は定まってしまった。

昨年の小室陥落によって、佐久衆の多くは武田家に対する渾身の恨みを込めて、村上家に走った。そして今、その思いが最も強い佐久衆が、今回の標的である砥石城に籠っているのである。

現地を偵察した者達の見解は一致していた。砥石城は天険の要塞で攻めるに難く、ここは打ち捨てて先に進まれるがよいというのである。念のためにこの地に千名の兵を張り付けておけば、五百名の城兵が門を開いて突出し、平地で決戦する可能性は無に等しいであろう。

晴信は納得しなかった。この戦略家は、北信濃の平定はこの機に一気に決めるつもりでいた。村上義清を遥か遠い中野郷まで吊り上げることに成功した以上、時間の余裕はいくらでもある。武田勢の威勢を示すためにも、ここは塩田平の軍事拠点である砥石城をまず血祭りに挙げなければならない。

村上義清の詰の城である葛尾城は、砥石城に比べれば平地からの比高が遥かに大きく、山自体が峻嶮(しゅんけん)で、城の規模も数段上回っている。この砥石城が落とせないようでは、葛尾城の攻略など夢のまた夢ではないか。

二十八日には晴信は本陣を城の見える位置まで前進させ、翌二十九日には自身で城際まで出向いて自分の目で砥石城の状況を確認した。

成る程、砥石城は無類の堅城であった。東三郎岳から南に延びる尾根の山稜を刻んで北から枡形城、本城、砥石城の城郭を連ね、さらに尾根は南に下って南西に折れ、そこから小さく隆起してその山頂に米山城が置かれていた。

武田の進攻は早くから確実なものとなっていた以上、砥石城に充分な兵糧が運び込まれているのは間違いなかった。山城に共通する弱点は水の手を確保することが難しいことだが、砥石城は背後に東三郎岳の巨大な山塊が控えているだけに、少し掘れば豊かな水脈に辿り着くことができた。兵糧も水も充分とあれば、あとは力攻めにするしかない。

北側の東三郎岳は深い森が全山を覆っており、こちらからは大軍を動かすことなど思いも寄らない。西と東の山腹も険しい絶壁であり、重い甲冑を身に纏った武士がよじ登ることは不可能であろう。

もっとも東側には大手門があり、傾斜のきつい山腹につづら折りの道が刻まれてはいる。しかしそれも平服の者が上るにも難渋するほどの急傾斜で、しかもその山際には無数の小さな郭と砦が設けられている。ここを突破するには、数千の軍勢をもってしても容易ではあるまい。

となれば、いくらか傾斜の緩い南の方角から砥石城を目指して攻め上がるしかない。最初は松林の中に延びる緩やかな坂道を西に向かって登って行くと、やがて道は分岐して右手には砥石城、左手には米山城に到る道がある。

そこから右手に進むと、松林の間にきつい傾斜の道が続いて、やがてついに松林も途絶え、雑草の茂るさらに厳しい急斜面が眼前に開けてきた。あちこちに点在する松の切り株が古びているところを見ると、砥石城の防御力を高めるために昨年のうちに切り倒しておいたものと思われた。

ここから三十間（約五十四メートル）ほどの先にそびえる城壁までには、身を隠す一本の木立すらない。甲冑で武装した者達では登ることさえ困難な急傾斜の上に、城壁には無数の矢狭間が設けられており、その間にある多くの石落としが見る者を不気味に威嚇している。

唯一の攻め口であるこの道も、莫大な被害を覚悟しなければ到底落とせるものではなかった。だが晴信は、なおも攻城の意志を変えなかった。わずか五百の兵が籠る城を六千の兵をもって落とせないようでは、武田家の武名も地に落ちるとしか思えないではないか。

しばらく情勢の推移を見守っていた武田晴信は、九月六日の晩に行われた軍議の席で諸将の顔を厳しく眺め渡して力強く宣言した。

「明朝卯の刻（午前六時）に攻撃を開始する。誰か先陣を願い出る者はないか」

諸将は顔を見合わせるばかりで、声もなかった。少しでも勝てる見込みのあるいくさならば、大勇の者が競って先陣を申し出る。しかし今回の砥石城攻めは、誰の目にも敗北は必至ではないか。たとえ攻城に成功するとしても、それは先陣、次陣の全滅の上に初めて成り立つものであろう。

「それではそれがしが」

ようやく場の雰囲気を見かねた丹澤久秀が、声を上げた。久秀にしても、勝算があるわけではなかった。だが主君の命令に対して誰も従う者がないというのでは、家臣の怯懦として世間に伝わることを恐れての発言であった。

九月七日の卯の刻（午前六時）、丹澤久秀は五百の軍勢を率いて砥石城に向かう山道を登って行った。その胸中は悲痛なものであった。久秀は譜代重臣の自分が戦場で空しく命を捨てることで、砥石城を攻めることの無謀さを晴信に思い知らせようとのみ念じていた。

松林が尽きる地点まで来て、久秀は全軍に休息を取らせた。這うようにして急斜面を登ってきた者達は、甲冑の重みに荒い息をつき、全身は朝露に濡れて折からの朝日にきらきらと光っていた。

ここから見上げれば三十間先に城門があり、その上の見張り台にはびっしりと敵の軍勢が群れている。その両側の城壁のどの矢狭間にも弓衆の姿が遠望できた。

高台にある城門からは、塩田平の全域が一望のもとに見渡せる。丹澤勢の動きは、出立の時から主将である山田国政以下の敵の全軍の視界に入っているであろう。天険に拠って圧倒的な優位にある相手は、胸を躍らせつつ手ぐすね引いて待ち構えているに違いない。

丹澤久秀は、ついに意を決して叫んだ。

「進め！」

久秀は先頭を切って急坂に取り付いた。こんな状況では、大将が後方にあって采配を振るっていては家臣達は怖気(おじけ)づいて跳び出す者は一人もおるまい。久秀自身が前に立ってこそ、家来達も勇気を奮い起こして後に続くのだ。

しかし甲冑を着けた身でこの急斜面を登るのは至難の業であった。前に進もうと気が焦るばかりで、ともすれば足が滑ってずり落ちるのを防ぐのに必死であった。

そして半分も行かないうちに、城方で太鼓が激しくうち鳴らされた。それを合図として、無数の矢狭間から矢が雨のように降り注いできた。

上から射おろす矢には威力があり、狙いも正確だった。たちまち久秀の周りで、何人もが絶叫を残して坂道を転げ落ちて行った。その落ちて行く負傷者にぶつかって、さらに何人かが均衡を失って後ろに倒れた。

「進め、進め！」

丹澤久秀は、絶叫してさらに進んだ。この場に居すくんでいれば、皆殺しになるのは目に見えている。何としてでも城壁に辿り着いて、石と矢から身を守らなければならない。

だが五間（約九メートル）も行かないうちに、今度はあちこちの石落としが開いた。そしてそこから五個、十個と人の頭より大きな石が投げ落とされた。石は斜面で弾むたびに加速度がついて、勢いを増した。五貫、六貫の石に直撃されては、頭、胸、腰、足のどこに当たっても、その武者は弾け飛んだ。

石が自分に向かってくると直感しても、足元が不安定な急坂とあって素早く避けることはできなかった。そして、ついに一つの大石が丹澤久秀の顔面を直撃した。久秀は声を上げる暇もなくその場に昏倒した。

そばにいた郎党達が駆け寄って助け起こしたが、久秀は顔が潰されてすでに絶命していた。郎党達は主君の遺体を抱えて、途中で何人かを失いつつ何とか松林まで降りた。

振り返れば、目の前に広がるのは惨憺(さんたん)たる光景であった。丹澤勢はもう前に進む者はなく、必死になって累々たる死体の中を下ってくるのが精一杯なのである。

松林の中の坂を下って平地に降りてから数えてみれば、死者百七十名、負傷者二百五十名の惨状であった。無傷で残っている者は百人もいない。しかも敵の死傷者は皆無という完敗なのだ。

丹澤久秀の首は、家臣の手によってすぐに武田晴信のもとに届けられた。晴信は一瞥し顔を背けた。久秀の頭は石の直撃によって額から下顎までが打ち砕かれていて、脳漿(のうしょう)が飛び出していた。久秀の家臣がわざわざこの跡形もなく潰れた首を晴信に見せたのは、砥石城攻めがいかに無謀なことかを諫言するためであろうと晴信は直感した。

だが、晴信は攻城を諦めなかった。丹澤久秀の惨敗のわずか二日後、今度は小山田信有に攻撃を命じた。

(久秀は俺に砥石城攻めを諦めさせるために、わざと何の策も用いずに諫死したのだ。だが、落とす策は必ずある)

晴信の信念は揺るがなかった。小山田信有は晴信から策を授けられ、勇躍して五百の兵を連れて出立した。

丹澤勢がそうしたように、松林が途切れたところで小山田信有も兵を休めた。そして小柄で身の軽い兵達の腰に長い縄を付けて斜面を登らせた。兵達は左手に付けた木の盾で相手の矢を防ぎつつ、素早く前進した。すぐに石落としから石が投げ落とされ、吹き飛ばされる者が続出したが、何とか二名の者が城壁に取り付くのに成功した。

二人は矢狭間の間に身を置いて、腰に付けた縄を手繰（たぐ）った。縄の先には縄梯子が結び付けられており、すぐに手元に届いた。二人は城壁に近い松の切り株に、その縄梯子を結びつけた。

その縄梯子を伝って、小山田勢は城壁を目指して登坂を始めた。もちろん城方からの矢と石による攻撃は激しかったが、足元がしっかりしているだけに、大きな犠牲を払いつつも城壁に張り付く者が続出した。

少なくとも二百名が城壁に辿り着かなければ、攻撃には移れない。信有は胸を躍らせつつ、その時を待った。

だが、二百名が城壁に到達するのと同時に城方の攻撃が始まった。城壁は地形を生かして屈曲しており、矢の届かない死角がどこにもなかった。今まで山田国政が攻撃を手控えていたのは、小山田勢を目の前までおびき寄せるための罠だったのだと、小山田信有が直感した時はもう手遅れであった。

間近から放たれる矢は、すさまじい威力を持っていた。反撃の手段もないままに、小山田勢はばたばたと倒れた。

そのうちに急斜面に身を投げて転げ落ちることで、生き延びようとする者が現れた。いったん転がり始めれば、加速度がつくために松林の松の木に衝突するまでは自力で止まることはできなかった。

それを目にした小山田勢の中から、勇気ある者は競って斜面に飛び出して行った。松林まで落下して来た者のうち、半数は打ち所が悪くて絶命しており、残る半分も全身打撲の重傷で身動きもできなかった。重傷者に松林に残っていた者達が肩を貸して、小山田勢は山を下った。今日の攻撃での死者は百八十名、負傷者は二百名に近かった。そして今回も、敵には一人の死傷者もいないという完敗であった。

(砥石城を力攻めにするのではなかった。皆の言う通り、こんな城は千の兵を麓に残して山田勢の突出を防がせておき、主力は一気に坂木に向かうべきだったのだ)

近臣達を退けて一人本陣に残った晴信は、二度の敗北を目の当たりにして内心では激しく後悔していた。だが城攻めを始める前ならば砥石城を相手にせずに行き過ぎることもできたが、重ねて惨敗を喫した今ではもう手を引くことは不可能であった。

もし砥石城をこのまま放棄して攻撃目標を変えたりすれば、城将の山田国政はこの時とばかりに、

「武田は六千の大軍を率いて攻撃しながら、わずか五百の兵が籠る小城も落とせずに、尻尾を巻いて逃げ出したぞ。しかも我らには傷一つ負った者もいない。武田の軍勢など張り子の虎より弱いではないか」

と、世間に喧伝するであろう。

これから北信濃攻略に掛かろうという時に、敵を勇気づけ、味方の士気を落とすような事態は絶対に避けなければならない。沈みきった現在の武田勢を活気付かせるには、何としてもこの砥石城を落として見せるしかなかった。

（俺は慢心していたのだ）

思えば昨年の小室の奪取によって佐久郡を完全に手に入れて以来、中信濃では馬場信房の暗躍で仁科盛明を内通させて小笠原長時を追い払い、今また真田幸隆の謀略によって高梨政頼を味方に付け、村上義清を遥か遠くの中野郷まで引っ張り出すことに成功している。

打つ手がすべて実を結んでいるとあって、北信濃進攻はまずこの砥石城を落として華々しく初戦を飾ろうと思ったのは、武田晴信の見栄（みえ）であった。いくさはあくまでも実利によるべきというのが日頃の晴信の信念であり、見栄を張ることなど今までにはついぞなかった。

晴信ほどの男が、北信濃攻略に当たって砥石城の堅固さを自身の目で確かめながら、武田の武力をもってすれば一日か二日で攻略できると思ったのは、慢心以外の何物でもあるまい。

（南側の斜面からの攻撃では、味方の被害が増すばかりだ。何かほかに、攻め手はないか）

一刻（二時間）ほども沈思黙考していた晴信はやがて手を打って近習を呼び、真田幸隆を呼ぶように申し付けた。幸隆はすぐにその濃い眉を吊り上げた剛毅な風貌を、晴信の前に現した。

この男は、北信濃の村上方を切り崩す謀略を一手に引き受けている智将であった。だがそれはこの謀将の裏の顔で、表の顔はあくまでもいくさ上手の猛将なのだ。実際戦場での真田幸隆は、余人ならば顔を背けるほどの窮地に落ちても、少しも怯む色もなく大声で部下を励ましては敵を撃退してきた。

その表の顔があればこそ、この男の裏での働きかけは大きな成果を上げていた。謀略家であると知れば、相手も初めからそうした目で幸隆を疑って掛かる。だが幸隆は世間に名高い猛将である。武辺一辺倒の武将であればあるほど幸隆に親近感を抱き、その言葉を信じた。

そうして大きな成果を上げつつある幸隆は、引き締まった表情で晴信に対した。

「砥石城を落とすには、力攻めではどうにもならぬ。そこで、幸隆の知恵を借りたいのだ」

晴信はそこで言葉を切って、幸隆の顔を正面から見据えた。何か重大なことを相談する目であった。

「何事でも、仰せつけ下され」

「砥石城のある尾根は、東も西も絶壁で到底攻略することはできぬ。そこで、南方から攻めてみたのだが、これも散々な敗北を喫した。とすれば、後は北から攻めるしかない」

「北からでございますか」

幸隆は驚きの声を上げた。砥石城の北にあるのは東三郎岳の山塊で、鬱蒼たる森林が地表を覆いつくして登る道は一筋もないのだ。

「幸隆の真田本城は、砥石城の北東わずか一里（約四キロ）の地点にある。東三郎岳は、いわばお主の庭ではないか。誰かあの山の地形に詳しい者はおらぬか。いや猟師でも樵でもいい、東三郎岳の山麓から砥石城が載る尾根に到る道筋を知る者を探してくれ」

幸隆は晴信の考えていることを、ようやく理解することができた。あの尾根の頂に到ることができれば、あとはその尾根筋を下って行くだけで枡形城、本城、砥石城の順に攻略できるのだ。

それは砥石城の南の急斜面をよじ登るよりは、遥かにたやすいことであろう。しかしその攻略法は、ひとえに尾根の頂点に甲冑を纏った大軍を送り込む道があってこそ初めて成り立つのである。幸隆が知る限りでは、そんな立派な道はどこにもない。

「あの山は深い樹林が空を覆い、地表には丈高く熊笹が生い茂っております。大軍の行動にはまことに不向きでございます」

「だから、まず道筋を探せと申しておるのだ。攻略点さえ見つかれば、あとは樹木を伐採し、熊笹を刈って道を作るだけのことではないか」

幸隆はあっと声を上げて、思わずその場に平伏した。攻略の目途がついたならば、あとはそこまで一里でも二里でも道を付けるだけのことだと問題を単純化して即決するのが、誰にも真似ができない晴信の気宇の広大さであった。

「幸い、稲の刈り入れにはまだ間がある。百姓達を動員するのは容易であろう。よいか、日当を惜しむな。思い切って払ってやれば、人手はいくらでも集まる。北信濃の攻略がなるかならぬかは、この作事に掛かっておる。心して励め。そうだ、作事奉行の雨宮弥四郎（あまみややしろう）を連れて行け」

幸隆は、小躍りして晴信の前を辞した。与えられた任務が大きければ大きいほど、勇み立つのがこの男の真骨頂であった。

地元の猟師を案内役にして、幸隆と弥四郎はそれぞれ数人の家臣を率いて自ら東三郎岳の山塊に足を踏み込んだ。一刻（二時間）の厳しい藪漕ぎを経て、幸隆はついに枡形城を眼下に望む地点に立つことができた。

尾根筋に深い堀切がいくつも設けられてはいるが、砥石城南面の急坂を登るのに比べれば、尾根を下って行くだけで城壁に取り付けるのだから、こちらの方が遥かに攻めやすい。主君の慧眼通りに、ここからの攻城戦ならば敵の十倍以上の兵力を持つ武田勢の勝利は間違いあるまい。

下山した幸隆と弥四郎は、こもごもに晴信に報告した。

「我らが今日辿った道は十町（約千百メートル）ほどでござるが、我らは小人数かつ軽装でありますれば、谷を下ったり斜面を攀じたりしたところがござる。甲冑を纏った大軍を動かすとなれば、急斜面はつづら折りに迂回する必要がありましょう。さすれば、必要な道の長さはまずは十六町（約千八百メートル）ばかりと思われまする」

甲斐の国では、金山の採掘のために高度の土木技術が発達していた。これらに従事する技術者集団は穴太衆と呼ばれ、戦時には作事奉行の雨宮弥四郎の配下にあって、必要に応じて橋を架けたり井戸を掘ったりと土木工事の一切を受け持っていた。現代の言葉で言うならば、工兵隊であろう。

「日程が切迫しておりますれば、ここは割普請でいくべきと考えます」

雨宮弥四郎は四十代半ばながら額が禿げ上がっていて、大きな顔に不釣り合いな小さな髷しか結えないところが、どこか滑稽で憎めない印象を人に与えた。弥四郎は技術屋らしい説得力のある落ち着いた口調で、説明を続けた。

「二十人を一組とし、十人は木の伐採、十人は熊笹の刈り込みに当たります。組ごとの受け持ちの長さを一町（約百十メートル）として、各組が同時に作業に掛かる割普請とすれば、工期はまず十日ほどでございましょう。工事の進捗管理には、一組ごとに穴太衆を一人ずつ貼り付け、問題があれば臨機に対応する体制を取ります」

必要な人手は十六組として三百二十人、そのほかに伐採した樹木や熊笹を処分する者、作業場に昼餉を届ける者など補助の要員も見込めば、ざっと五百名の動員が必要であろう。

登攀路は軍勢の移動を容易にするために幅一間（約一・八メートル）とし、極力急勾配は避けるように設定するが、一ヶ所深い谷があり、これを迂回するとさらに四町（約四百四十メートル）の工事が増えるので吊り橋を掛けて対処したい。

「私の手の者がすでに山に入って、登攀路とすべき道筋に一間（約一・八メートル）の幅をおいて二本の紐を張る作業を始めているところであります。これは今日中に完了する予定でございますから、人手が集まり次第、明日にも作業は開始できます」

弥四郎の力強い言葉は、このところ気が沈みがちだった晴信の表情を明るくするのに充分なものであった。

「分かった。幸隆と弥四郎は仕事の分担を定めて、早速取り掛かれ。出費を恐れてはならぬぞ。この切所(せっしょ)では、一日の工期短縮が千金にも値する。人数が不足ならば、荷駄衆とか各将の雑兵達の中から、山仕事に慣れた者を必要なだけかき集めよ。各将へは、俺から通達を出しておく」

晴信は自分の案が成功することを疑わなかった。いくさ上手の真田幸隆と作事の名人、雨宮弥四郎が力を合わせれば、十日のうちに道は通じるであろう。

真田幸隆は真田本城に戻ると、すぐに家臣を集めてこう申し渡した。

「このような次第で、人手と作事に必要な草刈り鎌とか斧といった道具を集めねばならぬ。農家には草刈り鎌や斧は必ず備えているものだ。道具持参で参加する者には、日当のほかに道具の賃料も払うと伝えよ。本人が参加できなくても、道具を貸してくれれば賃料は払うぞ。皆は近郊の村に走って、明日の朝までに少なくとも三百二十の人手と道具を集めてくれ」

翌日の早朝から、東三郎岳の東の平地は斧や草刈り鎌を手にした百姓達で溢れた。その数はおよそ四百、ほかに武田勢の中から集めた百人の手勢が加わって、総勢は五百人の大人数であった。まず雨宮弥四郎が工事のやり方について説明し、十六の組とその補助要員に分かれて整列した。

朝日を正面から浴びつつ、真田幸隆は床几の上に立って大声を張り上げた。

「割普請とは、各組の競争なのだ。一番早く作業を終えた組には、十貫の褒美を与える。また、八日で終わろうと九日で終わろうと、日当は十日分を支払う。者ども、励めよ」

五百の群衆から、どっと歓声が沸き起こった。これが村上家に駆り出された普請役ならば、一文の銭にもならない。しかし今度の作事は過分の日当が貰える上に、早く済ませれば褒美まで出るのだ。意気が上がるのは当然であろう。

雨宮弥四郎の指示によって、各組は穴太衆に先導されてそれぞれの持ち場に急いだ。すぐに作業が開始された。

ただ、最も先端の組だけはほかの組とは違う目的のために働いていた。それは山稜の頂点に近い比較的平坦な土地に、二百坪ばかりの広場を作ることであった。

砥石城からは、塩田平の全域が一望できる。当然今朝から五百名ばかりの人数が東三郎岳に踏み入っていることは、城勢には察知されていよう。

何の目的でそれほどの人数が駆り出されているのか、それを探るために枡形城から偵察の者達が現れるのは必至であろう。それに備えるために、真田幸隆としてはここに常時百名の兵を籠めておくべきだと考えていた。

その広場ができるのを待ちかねたように、幸隆自身が率いる百名の真田勢が麓から登ってきた。その手勢は藪を漕いでさらに進み、最も枡形城に近い堀切の手前に木の盾を並べて、屈強の弓衆をその裏に配した。

果たして間もなく枡形城の城門が開き、十名ほどの軽兵が姿を見せて三段の堀切を下っては登りして近付いてきた。充分に引き付けておいてから、幸隆の合図で弓衆が一斉に矢を放つと、城兵はばたばたと倒れて全滅した。

その様子を見て、城を預かる山田国政は何か大掛かりな攻城戦が計画されているに違いないと思ったが、ここではたと当惑した。このところの村上勢の強さは城に籠ってこそのもので、城を出て戦えば数で圧倒的に勝る武田勢に抗すべくもない。

武田勢が枡形城をしゃにむに攻めてくるならばいかようにも戦えるが、相手が弓衆を並べて待ち構えているところへ城門を開いて攻めていくのでは、とても勝ち目はない。山田国政は悪い予感を覚えながらも、なす術もなくじっと推移を見守るしかなかった。

この幸隆の策略が功を奏して、工事は順調に進んだ。その進捗状況の報告を受けた晴信は、自ら山に登って各組を激励して歩いた。この調子ならば登攀路は予定通りに二十二日には完成するはずであった。この時点では晴信は高梨政頼の内通を信じていたから、まだまだ時間は充分にあると思っていた。

二

二十一日の夕刻、真田幸隆が中野郷に撒いておいた配下が幸隆の陣に転げ込んできた。北国街道を避けて松代から山道を東に抜け、泥まみれ埃まみれになりつつこの上田まで駆け通してきたのであろう。

袴が破れ、髷も崩れたその男は、幸隆を見るなり吠えるように叫んだ。

「鴨ヶ嶽城で対峙していた村上義清と高梨政頼が十九日に急転直下和睦し、馬腹を並べて坂木に向かいつつありますぞ」

それを聞いた幸隆は顔色を変えて、武田晴信の陣へ急いだ。報告を受けた晴信は表情こそ変えなかったが、明らかに思いも掛けない事態に動転していた。

(高梨政頼が武田に通じていると信じたのは、過ちであったのか。高梨政頼は村上義清と申し合わせて、戦うふりをしてこの俺を塩田平におびき寄せたのだ)

晴信は、背筋が寒くなった。登攀路が完成しても、それからの城攻めには少なくとも十日は掛かると見なければならない。だが、十九日に和睦した村上、高梨合わせて三千近い軍勢がこの瞬間にも塩田平に殺到しつつあるのだ。村上の主城である葛尾城に籠る軍勢と砥石城の五百の軍勢を加えれば、村上の勢力は四千にも手が届こう。

相次ぐ敗戦に意気消沈している武田勢に比べて、策がうまく当たった村上方は大いに士気が上がっているに違いない。さらに翌々日には、反旗を翻した寺尾重頼が籠る松代城を、村上勢が坂木に戻る途上で攻め落としたという報告がなされた。武田にとって、事態は圧倒的に不利であった。

登攀路は予定通りに二十二日に完成したが、ここで晴信は難しい決断を迫られた。攻撃路が開かれたのはいいが、村上方が塩田平に姿を見せるまでに果たして砥石城を落とせるであろうか。もし落とせなければ、武田勢は背腹に敵を迎えて惨敗は必至であろう。

苦慮を重ねた挙句に、晴信はこう決心した。

(二十三日に城攻めを開始し、六日のうちに落とせなければ長窪城に退き上げよう)

武田勢は総力を挙げて、枡形城の攻略に取り掛かった。だが枡形城、主城、砥石城のいずれもが東西が急斜面になっている尾根を平削して築いた砦なので、攻め口は狭い尾根筋しかない。武田勢が大軍といっても、同時に攻撃に参加できる人数は限られている。しかも村上勢、特に佐久衆の抵抗は頑強を極めた。六日掛かってようやく枡形城の占拠には成功したが、もうそこで攻城戦の期限が尽きてしまった。

武田勢は山を下り、撤退の準備に掛かった。晴信はここでも粛然とした退却をしなければならぬと考えていた。これは敗北ではなく、戦略的撤退なのである。きちんとした態勢を作って、整斉と退かなければならない。

しかし晴信が体面にこだわったために、先頭から殿（しんがり）までの隊列を作るのに時間を要して、出立の時刻は十月一日の午（うま）の刻（正午）になってしまった。武田勢が長い列となって長窪城に向かって間もなく、西の方角に大軍が群がり起こるのが遠望された。ついに、室賀光氏を先陣とする村上勢が塩田平に姿を現したのである。

それに気が付いた砥石城に籠る五百の兵は、城門を開いて急坂を下り武田勢の追撃を開始した。背後と側面からの同時攻撃を受けて、武田勢は大混乱に陥った。退却を始めてしまえば、思いはすでに長窪城へと飛んでいる。取って返して村上勢と戦うよりも、少しでも早く長窪城に逃げ込む方に気持ちが行ってしまう。

殿（しんがり）の原加賀守が村上勢の急迫を支えきれずに後退して本隊に合流してしまうと、あとは武田勢は全面敗走に追い込まれた。これが世にいう『砥石崩れ』である。

群集心理ほど、恐ろしいものはない。一角が破綻しただけで一波が千波を呼び、たちまち全軍が雪崩れを打って敵に背を向けてしまった。向かい合っての戦闘など今やどこにもなく、武田勢も村上勢も全員が南を目指して走っていた。

逃げる敵を追うほど士気が上がるいくさはない。何しろめぼしい敵に追い付いたら、背後から槍を付けるだけで兜首が手に入るのである。村上勢にとってこれは戦闘ではなく、まさに狩猟であった。

武田勢は敵から一歩でも遠ざかるために、将は兵を置き去りにし、兵は将を守ることを忘れてひたすらに走った。武田勢にはもはや軍としての統制が失われ、各人が必死になって逃げ惑うだけであった。

敗走の途中で、兵達は身を軽くするためにまず旗を捨て、兜を捨て、鎧を捨て、ついには武器さえも捨てて、身一つになって魂を宙に飛ばしてただ駆けた。

この数年、武田晴信は甲斐の豊富な産金を武器として、敵方の有力武将をいわば甲州金を懐にねじ込む形で内通させておき、必勝の体制を作ってからいくさを始めるのを常としていた。従ってどの合戦も表向きはともかく、実態としては味方の被害がごくわずかで済む楽勝の連続であった。

しかし、ここでその弊害が露呈してしまった。武田勢が天下に名高い無敵の甲軍としてその名を轟(とどろ)かせているのは、たとえ不利な状況になっても歯を食いしばって持ち場を守り抜き、相手が根負けして退きに掛かれば一気に痛烈な反撃に出て、その比類のない精強さを発揮するからなのだ。だが楽勝に慣れた武田勢はいつしか苦境に耐える粘り強さを失い、劣勢を支える気力をなくしてしまった。

晴信でさえ五十人ほどの旗本だけに守られて、夢中で馬を走らせていた。晴信には、周囲で起きていることがとても現実とは思えなかった。ここまでの惨敗は、生まれて初めての体験だった。

　二年前の上田原の合戦も死傷者の数は同等だったし、武田勢の退き上げは整然と隊列を組んだ行軍で、村上勢にそれを追う余裕はなかった。世間では武田の負けと見る者が多いが、晴信は負け惜しみではなく互角の分かれだと思っていた。

　しかし、今日の敗北は言い繕いの仕様がなかった。何しろ身辺にも矢が飛び交い、「武田晴信殿はどこにおわす」と叫ぶ声があちこちでする危機が身に迫っているのである。晴信は生きた心地もなく、ただひたすら馬腹を蹴っていた。

　その時、小尾豊重が乱軍の中で馬を寄せて叫んだ。

「お館様、兜を貸して下され」

　小尾豊重は武田晴信に顔形、背格好ともによく似ていた。この男はそれを奇貨として晴信の兜を身に着けて主君に成りすまし、自分が身代わりとなって晴信が逃げ延びる時間を稼ごうと考えたのである。

　晴信はためらった。自分の身代わりとあれば、確実に命を落とすに違いあるまい。だが事態は切迫していた。晴信は豊重と兜を交換し、「済まぬ」と叫んでその場を去った。

　小尾豊重は、晴信とは違う方向に馬を走らせた。晴信の兜は金箔を貼った大鍬形の前立に特徴があり、村上勢は小尾豊重を晴信と信じ切って争って追撃した。

「武田晴信殿か」

その声に応じて、小尾豊重は馬を止めて振り返った。

「いかにも、武田晴信である。我が槍の味を見せてくれようぞ」

豊重は十人ほどの郎党とともに、村上勢に突入を敢行した。圧倒的多数の村上勢の包囲を受けて、小尾豊重の手勢はたちまち全員が討ち取られた。豊重の首は、直ちに村上義清のもとに届けられた。

村上義清は十年前に武田の佐久郡進攻を退けた時に、武田晴信と身近に接したことがある。その時の古い記憶に照らし合わせて見れば、目の前にあるのは晴信の首級に間違いない。

義清はついに長年の宿敵武田晴信を討ったことで、感無量の思いとともに勇気百倍して武田勢を追い続けた。長窪城はもう目と鼻の先であった。

城攻めの態勢を作るために、義清は一旦馬を止めて自軍の集結を待った。ところが二人の副将をはじめとする上級武士はすぐに顔を揃えたが、弓衆、槍衆を構成する雑兵達はいつになっても姿を現さないではないか。

雑兵達にとっては、それどころではなかった。進むにつれて、目の前にはいかにも高価そうな兜や槍、太刀、さらには鎧までが無造作に転がっているではないか。雑兵達はこういう物を手に入れるのが楽しみで、いくさに参加しているのである。

誰もがこの宝の山に踏み込んだとたんに、先を争って獲物を手にするのに夢中になった。時には雑兵同士での争奪戦さえ、あちこちで起きた。そして両手が一杯になった者達は、もはや先に進む気にはなれなかった。すでに持ち切れないほどの財宝を抱え込んでいるのに、なんでこれ以上いくさを続ける意味があろう。

兵が集まらないのを見て、義清は攻城を諦めることに決めた。晴信が長窪城に逃げ込んだのならば、むろんただちに城攻めを始めなければならないが、その晴信の首級はすでに自分の手にあるのだ。

晴信はこの時三十歳、嫡男の義信は元服こそ済ませたものの、まだ初陣も経験していないたった十三歳の少年である。義信が父の跡を継いで村上義清という難敵に立ち向かうには、まことに心もとない。

それに武田家には晴信の四歳下の弟、信繁がいる。この弟は子供の頃から先代の信虎に寵愛され、信虎はこの可愛い信繁に家督を譲る腹づもりでいた。それを察した晴信は実の父を駿河の今川義元のもとに追放し、武田氏の跡目を相続したのである。

晴信が実権を掌握した後は、信繁は表舞台で派手に手柄を誇るところがなく、常に兄を立てて裏方に徹していたが、武将としての器量は信虎が見込んだように晴信に匹敵するものがあり、家臣の間での評価も高かった。

（晴信を失ったとなれば、衆望はむしろこの信繁に集まるのではあるまいか）

しかしむろん義信には、この武田家本家の嫡男を次の主君とすべく仕えている家臣団がある。この二派が武田家の跡目を巡って争うような事態が起きれば、何もここで攻め急ぐまでもなく、武田は内部から崩壊するに違いあるまい。

それにこの十日に近い強行軍で、義清自身が疲れ切っていた。

長窪城はまた日を改めて攻めるとして、今日のところは砥石城に戻って久し振りの快勝を大いに祝おうではないか。

砥石城に帰った義清は、まず一ヶ月にわたって城を守り抜いた山田国政、吾妻清綱、矢沢総重の三将の労をねぎらい、続いて盛大な祝宴を催した。何しろ、宿敵の武田晴信を討ち取ったのである。頭上に吊られていた大石が取り除かれた心地がして、気分は澄み切った秋空のように一点の雲もなく爽快だった。

中でも上機嫌だったのは大老である屋代政国であった。武田晴信の首を得たのは、政国の郎党の峰村元澄（みねむらもとずみ）だったからである。坂木に戻ってからの論功行賞では、一番手柄になるのは間違いなかろう。

だが翌日まだ酔いが残る政国が城の麓にある自陣に帰ると、昨日殊勲を立てた峰村元澄が浮かない顔で待ち受けていた。

「あの武田晴信の首は、どうやら偽首のようでござります る」

政国は、顔色を変えた。あの首級が偽首だとすれば、晴信は今もどこかで健在だということになる。昨日からの大感激はまったくの糠喜びで、いくさはまだ決着がついていないではないか。

「何故、偽首と分かったのだ」

元澄の言葉によれば、昨晩の宴席で同じく武田晴信を追っていた郎党の中に、

「どうもおかしい。俺が少し前に追っていたのは、兜こそ昨日の晴信が被っていた物に間違いないが、その武者の鎧は紫裾濃(すそご)であったぞ。だがお前が討ち取った武者は緋縅(ひおどし)の鎧を着ていたではないか。あの混乱の中で、鎧を着替える暇はあるまい。とすれば、どこかで武田の家臣が晴信と兜を交換して、晴信に成りすましていたのではあるまいか」

と首を傾げる者があったという。

「そこで念のために遺体から鎧を脱がして調べたところ、胴丸の引き合わせの中からこのような書付が出てまいりました」

それは一枚の和紙に辞世の和歌と氏名を書いたものであった。当時の上級武士には、いくさに臨んでこうした紙を、鎧の引き合わせの中に入れておく者が多かった。相手が心ある武将ならば、首実検を済ませた後に、首級を自分の家に届けてくれるからであった。

元澄の差し出した紙には、『小尾豊重』と書かれていた。政国が家中の者に問いただすと、一人の者が進み出て言った。

「小尾豊重ならば、武田の家中にあって武田晴信に歳も近く顔や背格好がよく似ていると評判の武将でござる」

そう言われてみれば、追う村上勢から「武田晴信殿か」と声を掛けられても、本物の晴信ならば振り向きもせずに馬に鞭を当てて懸命に逃げるはずであろう。「いかにも」と答えて多勢の敵の中に引き返して戦うという行動には、わざと相手に首を与えようとする不自然なところがある。いよいよ偽首に紛れもない。

政国は砥石城の大手門から険しい坂を登って、村上義清の居室に急いだ。義清はまだ昨夜の酒で顔がむくんでいたが、武田晴信の首級が偽首と聞いて顔色を変えた。

「あれが小尾豊重の首だと」

義清は晴信の顔はよく覚えているつもりであったが、それは十年も前の遠い記憶である。それに同じ人間でも、二十歳(はたち)の男が三十になれば顔の印象は変わる。義清があの首級を晴信の物と断定したのは、目の上の瘤(こぶ)が取れた嬉しさのあまりの欲目のせいもあったろう。

「だとすれば、晴信はまだ生きていることになる。長窪城に物見の者を出して、情報を探らせよ」

　暮れるに早い秋の日が西の空を鮮やかな朱色に染めて落ちた頃になって、やっと物見の者が帰ってきて報告した。それによると村上勢の退き上げを知った晴信は、すでに昨日のうちに佐久郡望月（もちづき）（現・佐久市望月）まで落ち延びたというではないか。佐久郡はもはや全域が武田領だから、これからの追撃は容易ではない。

（千載一遇の機会を逸してしまった。昨日のうちに長窪城を攻撃しておけば、大敗に意気消沈している武田勢は一溜（ひとた）まりもなかったろう。いや、せめて砥石城に戻らずに長窪城を囲んでおれば、むざむざ晴信を望月へ逃がすこともなかったのだ）

　義清は唇を噛んだ。武田晴信の首級を得た喜びに目がくらんで、念には念を入れて打っておくべき手に抜かりがあったのだ。

　このいくさは砥石城の攻防から砥石崩れに到るまで、徹頭徹尾村上方の圧勝であった。武田勢の死者は千五百に達し、負傷者はその倍はあろう。それに比べて、村上方の死者は二百にも届いていない。史上にも珍しいほどの完勝だったが、最後の最後に大魚を釣り落としてしまったのだ。

　晴信が戦場を去ったことにより、武田側は長窪城や小室の諸城を堅く守って動かなくなった。さらに悪いことには、大勝に驕った村上勢にはもういくさは終わったとして坂木へ凱旋する気分が溢れていた。今から義清がいかに督励したところで、一ヶ月半に及ぶいくさに疲れた村上勢には、これから続けて小室に出兵する闘志はさらになかった。

（勝機は二度ない）

義清は白髪が増えた鬢に手をやると、深い溜息をついた。その日のうちに、村上義清は武田勢が戦場に遺棄していった大量の兵糧や攻城道具などを、坂木へ運ばせる手配を命じてから砥石城の麓の陣を引き払い、出迎えのかがり火が夜道を明るく照らす坂木の村上館に帰還した。

一方晴信は、義清が坂木に戻ったのを確認できるまで望月にとどまっていた。これで当面の危機は去ったが、問題はその後の村上義清の矛先がどこに向かうかであった。

（俺が今度の敗北でしばらくは動けぬ以上、義清はすぐにも中信濃に兵を動かすやもしれぬ。その中信濃では、遠藤吉弘が暗躍してすでに安曇郡を手中に収めている。一徹のことだ、砥石崩れを知れば勇躍して深志平に進撃するに違いない。馬場民部に預けてある兵力は二千、遠藤家の兵力も同じく二千となれば、民部は深志城に籠って守りを固めるしかあるまい。さらに、かつて主従だった縁で村上義清と石堂一徹が手を組むようなことになれば、筑摩郡の命運は風前の灯ではないか）

それにしても解せないことがあると、晴信は思っていた。村上義清は、武勇一筋に突進するのが持ち味で、策を巡らして相手を罠に追い込むような芸当ができる男ではない。

それにしては、今回の高梨政頼と組んで一芝居うち、遠い中野郷で戦っているように見せかけて、武田勢が砥石城攻めで悪戦苦闘して士気が落ちるのを待ち、取って返して砥石崩れに持ち込む手際のよさは際立ったものがあるではないか。

(誰か裏で筋書きを書いた者がいるのでは——)

そこまで考えて、晴信は思わずあっと声を上げた。石堂一徹に違いあるまい。あの男の手に掛かれば、あのような巧緻極まるいくさだても、瞬きする間に生まれてくるのに決まっている。

(一徹から見れば、村上義清も遠藤吉弘も持ち駒の一つに過ぎぬ)

晴信は、真の敵がどこにいるのか初めて思い知った。晴信は諏訪郡の上原城城代、宮坂康高に深志城の応援のために出撃を命じておいて、七日に躑躅ヶ崎の武田館に退き上げた。

三

坂木の村上館には、思わぬ武将が義清の帰着を待ちわびていた。二ヶ月半ほど前に、中山平で武田に敗れた小笠原長時であった。この男はあれからも筑摩郡の北部を転々としながら再起を図っていたが、林城を戦うことなく武田の手に明け渡して自落してきたとあっては、豪族達は長時に数日の宿泊を認めるのが精々のところで、もはや力を貸す者など一人もなかった。

小笠原氏の家名のもとになった小笠原の地名は、甲斐の巨摩郡にある。だが勢力を拡げたのは鎌倉時代に本拠を信濃に移してからで、室町時代には足利幕府から信濃の守護に任じられるに到った。

小笠原長秀が応永八年の大塔合戦で信濃を追われるなど、勢力はまだ不安定であったが、長時の父・長棟の時代には信濃守護として中信濃の統一に成功し、信濃の一方の勢力となった。

だが現在の当主、長時は信濃守護の肩書を誇るあまりに、周囲の豪族を見下して専横の振る舞いが多く、人望はさらになかった。村上義清が豪族軍に力を貸さなかったのも、中山平の合戦に敗れてしまうと誰も助けようとしなかったのも、すべては長時自身の人を人とも思わぬ驕り高ぶった性格が、招いたことであった。

義清と書院で対面した長時はいかにも尾羽うち枯らした風情で、この傲慢な男には珍しく義清に頭を下げて頼み込んだ。

「この度の大勝については、慶賀にたえない。そこでものは相談だが、それがしに力を貸して下さらぬか。それがしとしては何としてでも、中信濃の旧領を武田から取り戻したいのだ」

（これは、悪い話ではない）

義清はとっさにそう判断した。

（武田に千五百もの死者が出たということは、遺族への面倒見だけでも大変な手間が掛かる。また欠員の補塡にも、かなりの時間が必要だ。また戦場に棄てていった武具や甲冑の補充にも莫大な費用が掛かる。あれこれ考え合わせれば、少なくとも二、三ヶ月は晴信も身動きがとれまい）

となれば、背後を襲われる心配のない今こそ、中信濃進出の絶好機ではないか。小笠原長時は仮にも信濃守護だ。今まで中信濃に縁がなかった義清が先頭に立つよりは、これまで中信濃を制圧してきたこの長時を押し立てる方が、中信濃の攻略には何かと便宜があろう。幸い村上勢四千の手勢は、すべてこの坂木に集結している。いつでも全軍挙げての進軍は可能だ。

村上義清は、快諾してこう言った。

「我らは誓って小笠原殿を支援いたしまする。そのためにも早速、遠藤吉弘にこの旨を伝えておきましょう。遠藤勢はそれを聞けば、ただちに筑摩郡へ侵攻する手筈が整っておりまする。我らも一日も早く出兵しないと、筑摩郡も安曇郡も遠藤勢のものとなってしまいますぞ。何しろ、遠藤勢にはあの石堂一徹がおりますでな」

親切ごかしにそういいながら、義清には別の思案があった。

(これでようやく、論功行賞ができる)

久々の大勝とあっては、砥石城を守り抜いた三将を始め、一緒に芝居を演じて武田晴信を油断させた高梨政頼など、恩賞を与えなければならない者は数多い。しかし砥石城は初めから村上領であり、長窪城は依然として武田の支配下にあるとなれば、このいくさで手に入れた新領は寸土もないのだ。わずかに得たものといえば兵糧と武具ばかりで、これでは褒賞の対象にはなるまい。

しかし武田晴信が動けない間に中信濃を平定できれば、あとは遠藤吉弘と二人で折半してもかなりの新領を手にできる。小笠原長時には、ほんの二、三村を与えてお茶を濁しておけばよいではないか。

これで家臣達にも久し振りにいい思いをさせられる。自分の策にすっかり満足して義清の頬にはだらしなく笑みが零れた。


砥石崩れの翌々日の十月三日には、安曇郡豊科の石堂館に一ノ瀬長治が参上して、砥石崩れで村上側が大勝したことを伝えた。その折に長治は、一徹にとって聞き逃せない情報をもたらした。一ノ瀬三郎太の後を継いで郎党頭から馬乗りの身分になっていた星沢秀政が、追撃戦の間に戦死したというのである。

「それほどの楽勝ならば、どうして星沢秀政ほどの剛の者が命を落としたのだ」

「逃げる敵を追う追撃戦の面白さに、つい自分の立場を忘れた郎党の一人が勝手に敵の騎馬武者に槍を付け、逆に敵の郎党達に反撃されて窮地に立たされたそうでございます。それを知った星沢様は、とっさに馬を寄せて敵の槍から郎党を救ったのでありますが、無理な体勢になったところを敵将の槍を受けて、あえなく討死されたとのことでございます」

「あの郎党思いの星沢秀政ならば、ありそうなことだ」

一徹は思わず涙を落とした。一徹が手塩にかけた郎党達から、こうして一人ずつ欠け落ちていく者が出てゆくのである。

一徹はすぐに遠藤館に出向いて、遠藤吉弘にこう言上した。

「村上義清が武田に快勝し、敗れた武田晴信は当分身動きが取れませぬ。今こそ全軍を挙げて筑摩郡に向けて出兵すべき時でござりまする」

「いよいよ好機が到来いたしたか」

吉弘は、頬を緩めた。深志平の合戦以来、自分と一徹の得意分野がまったく違うことを思い知ったこの男にとっては、いくさに関しては一徹という千里の馬にすべてを任せる覚悟が固まっていた。

「いつでも出陣できるように、家臣の者達には命じてある。明日にも出立できるぞ」
「それでは、その旨を諸将に伝えて下され」

翌朝の出陣に先だって、石堂一徹は一ノ瀬長治を呼んで言った。

「ここに二体の観音像がある。一つはお秋に、一つはお花に届けてくれ。今はいくさの支度に追われてこんな粗彫りしか作れぬが、余裕ができたらちゃんとしたものを作って送ると伝えて欲しい」

長治はすぐに石堂村の自宅に取って返し、小者に命じて星沢秀政の妻の秋を呼び寄せた。

「星沢様の最後の様子をお伝えしたところ、若ははらはらと落涙されて、その晩のうちにこの二体の観音像を彫り上げて下さった。今日、明日にも兵を動かさなければならないので今はほんの粗彫りだが、いつか必ずきちんとした仕上げのものを作って届けるとのことだ。有り難く受け取るがよい」

長治が取り出した二体の観音像を前にして、花と秋は顔を見合わせた。

「これは、朝日様ではありませぬか」

花が叫ぶのとほとんど同時に、秋も声を上げた。

「ほんに、朝日様でございます」

それは、長治がこの観音像を目にした時に受けた印象と同じであった。粗彫りながらこの像には、下膨れの顔立ちといい、慈悲の思いが籠った優しい表情といい、たしかに朝日の面影が色濃く匂っていた。

この場の三人にとって、九年前にこの世を去った朝日はある時は厳しく、ある時は包み込むように優しく、まさに観音様と呼ぶべき存在であった。

「お花様、どちらかお好きな方をお取りなされ」

花と秋とはどちらも郎党頭から馬乗りの身分となった武士の妻で同格の身分だが、花は一徹と朝日の養女であるために、秋は年上でありながらも花を立てて常に一歩下がっていた。

「それでは、私はこちらを」

花が一体を手に取ると、秋も残された一体に手を伸ばした。二人はそれぞれの観音像を前にして、涙を零しながら伏し拝んだ。

四

一ノ瀬長治から砥石崩れの詳細を聞いた遠藤勢は、十月四日、二千の兵を率いて勇躍深志平へ進攻した。まず村井城を一日で攻め落とし、そこを本拠地として馬場民部信房が籠る深志城を堅く囲みつつ周辺の鎮圧に掛かった。この情勢を聞けば、諏訪の上原城から深志城への応援が駆け付けるのは必定であろう。

　一徹は村井城の攻城の前に早くも門田治三郎を呼び、かねてからの計画通り次の戦場の準備に掛からせていた。

「治三郎、戦場となるのはここから一里（約四キロ）ばかり南の広丘のあたりとしたい。あの辺ならば、深志城からは約三里（約十二キロ）、馬場勢がいくさの起こっているのに気が付いても、加勢に駆け付けるには二刻（四時間）は掛かろう。それまでには、いくさは片付いている。早速に現地を検分し、明日からは作事（土木工事）に掛かれ。諏訪からの援軍は数日のうちに参ろう。一日も早く、作事を完成せねばならぬぞ」

「お任せ下され」

　門田治三郎は、穏やかな微笑を浮かべて頷いた。この男は、いかなる無理難題にも決して弱音を吐かない頼もしい家臣であった。

　治三郎は十人ほどの配下の者を引き連れて南へ去ったが、三日目の夕刻には肩幅の広いがっちりした体軀を一徹の前に見せた。

「仰せの件は、すべて完了いたしました」

「もう済んだか。思っていたよりも一日早かったぞ。あとは四里から武田勢の諏訪出立の報が届くのを待つばかりだな」

待ち構える遠藤勢に、上原城を預かる城代の宮坂康高が二千の兵を率いて明日早朝に出立する予定との報告が届いたのは、八日の夕暮れ時であった。

一徹が得ている情報によれば、宮坂康高は信虎、晴信の二代にわたって武田に仕えてきた勇将で、いくさぶりに派手なところはないが、「この地点を死守せよ」と命じられればどんなに不利な状況になっても一歩も引かずに守り通す、謹厳実直な人柄そのままの堅実な働きをする男だという。

翌九日は、薄い綿雲がいくつも長く広がる高く澄んだ空の下、見渡す限りの薄の穂が秋の風に爽やかになびいていた。正午に塩尻峠を越えてしばらく来た広大な広丘の地で宮坂康高が目にしたのは、行く手の小高い丘に陣を構える五百名ほどの軍勢であった。

その背後には『旭日昇天』と大書した旗が翻っていたが、それが誰の幟旗であるのか誰も知る者はなかった。遠藤勢の主力となるのは遠藤吉弘のほかには石堂一徹、仁科盛明の二将であるが、その旗印のどれとも違っている。

それは村山正則が率いる軍勢だったが、一徹が目を掛けて育てている秘蔵っ子とはいえ、世間的にはまったく無名の武将とあって、武田勢に知る者がないのも当然であった。

(遠藤勢は深志城を攻めるのが急務で、ここには主力の将を配する余裕がないのであろう)

そう判断した宮坂康高は、まずは型通りに弓衆同士の矢合わせから始め、それが優勢に進むのを見て槍衆に突撃を命じた。二千対五百と圧倒的に優位にある宮坂勢は、大いに意気上がって村山勢に殺到していった。

突然、前線から絶叫が湧き起こった。一面の草原にしか見えなかったが、そこには空堀があった。そこに板を渡し、草を置いて隠蔽していたのであった。いや空堀というよりは、垂直に近い角度で幅二間(約三・六メートル)、深さ二間の溝が掘られているのだから、落とし穴という方が実態に近いであろう。

宮坂勢は、雪崩れを打ってその空堀に嵌まり込んだ。しかもそれと同時に背後からも悲鳴が上がった。森陰から一目でそれと分かる大柄な石堂一徹が率いる五百の兵が群がり起こって、攻撃を始めたのである。澄んだ青空を背景に翻る『無双』の大旗が、目に鮮やかであった。

一徹は自ら先頭に立って軽々と槍を振るい、一糸乱れぬ陣形で宮坂勢を圧迫し始めた。それでなくても動揺しているところを勇名高い石堂一徹の猛攻を受けて、宮坂勢は背後から崩れさった。

「止まれ、止まれ！」

宮坂康高は背後の味方に絶叫した。味方の圧力によって、空堀の縁に踏みとどまっていた者達が次々と落とし穴に嵌まり込んでいくのだ。しかも前方の村山正則の陣からは、弓衆が前に出て混乱している宮坂勢を散々に射すくめてくる。

落とし穴の中には多数の乱杭が打ち込まれており、落ちた者は縦横に張り巡らされた縄に足を取られて身動きもできない。そこへ上から上から味方が落ちてくるのだから、下になった者達はもう息をつく余裕もなかった。

（もう二百名は、空堀に落ちているだろう。このままでは、反撃のしようもない。ここはひとまず退いて、態勢を立て直すしかあるまい）

信虎の代から武田家に仕えて二十五年、数々のいくさを体験している康高は戦場を眺め渡すと、即座に敵の圧力の弱い西側を突破する決心をした。

「西だ。西へ進め」

宮坂康高は采配を大きく西に向けて振ると、先頭を切って馬を走らせた。たちまち宮坂勢は一塊となって西へ走った。石堂勢は南東から、村山勢は北東から、宮坂勢を付かず離れずの間隔を保って柔々と追っていった。このあたりは両側から森が迫って、その中に穂を一杯に伸ばした薄の原が開けている。

八町（約八百八十メートル）ばかり緩やかな坂を下って来て、宮坂康高は馬を止めた。前方の一町（約百十メートル）のところに旗印から仁科盛明の手勢と分かるこれまた五百名が、粛然として待ち受けていた。

（おのれ、反復常無き憎き仁科盛明め）

一旦は武田になびきながら、今では遠藤勢の有力武将となっている仁科盛明に対する悪感情は、武田勢に共通するものであった。

（一思いに蹴散らしてやるか）

だがその時、宮坂康高は左手前方に立っている白い小旗に気が付いた。その旗に見覚えがあった。先ほど村山勢の陣に迫った時、左手に白い小旗、右手に赤い小旗が立っていたのを康高は覚えていた。あれは自軍の軍勢が空堀に落ちないように、空堀の両端を示す標識ではないのか。

康高は郎党の後町幸久（ごちょうゆきひさ）を呼んで、前方を探らせた。幸久は慎重に足を伸ばして感触を探っていたが、すぐにあっと声を上げて爪先で土を払った。すぐに土の下から、板が現れた。

「この下は、空堀でありましょう」

幸久の言葉に、康高は大きく頷いた。

「石堂一徹の浅知恵も、底が見えたわ。また我らを空堀に誘う腹づもりであろう。誰が二度と同じ手に乗ろうぞ。幸久、左の白と右の赤の旗の中間に立て。いいか皆の者、あの二つの旗の向こうには空堀がある。後町幸久の左の者は左に、右の者は右に移動して、旗の外側を回って仁科盛明の陣に突撃せよ」

一同は憎い仁科盛明を討つのはこの時と勇み立って、左右に分かれて走った。その直後に、左右双方から野太い絶叫が湧き起こった。なんと、北にも南にも落とし穴が仕掛けられていたのだ。それも今度は満々と水をたたえた水壕であった。さっきの村山正則の陣は小高い丘の上だったから空堀だったが、こちらは低地なのでどこかに水の手があるのであろう。

堀の深さは一間（約一・八メートル）ばかりだったが、成人男子の平均身長が五尺二寸（約百五十八センチ）の時代だ。重い甲冑を纏った武士達は、とてものことに水面に顔を出すことなどできなかった。

それどころではない。次々と落ちてくる味方にのしかかられて、身動きもままならないままにしたたかに水を飲んで絶息した。

ここでもまた混乱の極に達した宮坂勢に対して、仁科勢の弓衆から容赦なく矢が雨のように降り注いだ。弓衆は狙いをつける必要もなかった。胸の高さに構えて矢を放てば、密集している宮坂勢の誰かに必ず当たるのである。

宮坂康高が振り返ってみれば、背後の情勢はさらに絶望的なものであった。石堂一徹と村山正則は水も漏らさぬ連携を保ちながら、宮坂勢を三方が水壕に囲まれた一画に追い込もうとしていた。

水壕は南北二十五間（約四十五メートル）、東西もそれぞれ二十五間にわたって設けられていた。従って三方を水壕に囲まれた正方形の土地は、わずか六百坪（約二千平方メートル）強の面積しかない。そこに一千八百の軍勢と二百頭の馬が押し込まれたらどうなるのか。

宮坂康高の周囲のあちこちで、絶えず悲鳴が上がった。もはや互いに体をぶつけ合わなければ、立っていることもできなかった。そして、体の均衡を崩して水壕に落ち込む者が続出した。絶叫と怒号が渦巻いて、耳が痛いほどであった。

馬乗りの武士も興奮して暴れる馬の制御ができずにとうに下馬していたが、郎党が手綱を懸命に絞っていても荒れ狂う馬の動きはとても抑えられなかった。何人かが馬に蹴られて負傷するうちに、誰からともなく、

「馬を堀へ落とせ」

という声が上がった。身の危険もむろんあったが、それよりなにより馬一頭を堀に放り込めば、人間三、四人の居場所が確保できるのである。

「大小を胸に抱け！」

腰に差している大小は、その分周囲に場所を取る。胸に抱けば甲冑が触れ合う距離まで互いに接近できるのだ。

（これはもういくさではない。今の武田勢は、必死になって自分の身を置く場所を確保しているだけだ）

宮坂康高は押し合いひしめく周囲の者達に目をやって、深い絶望感にとらわれた。ついに正方形の一画は立錐の余地がないまでに人が溢れた。だがまだそこに入りきらない数百の武田勢は、石堂一徹と村山正則の手勢に追われて必死で中へ中へと雪崩れ込んでくる。

百人が飛び込めば百人、二百人が前進すれば二百人、その圧力に押し出されてもといる者達が相次いで水壕に落ちた。ついには水壕の底に死体が積み重なったために、何とか背が立って向こう岸へ歩いていける者まで現れた。

しかしその時には、とうに南北の堀の外側に仁科盛明の手勢が槍を構えていた。足場の悪い水中でもがいている武田勢は、戦う余裕もないままに相手の槍の餌食となるばかりであった。

その時、全滅を覚悟した宮坂康高の耳に、石堂一徹の陣から太鼓の鳴る音が響いた。それと同時に、四方からの攻撃が同時に止んだ。

すぐに石堂一徹が、堀のない東側の草原にその雄偉な姿を見せて大声で叫んだ。

「遠藤吉弘の家臣、石堂一徹でござる。上原城城代の宮坂殿はおいでか」

宮坂康高は右手を上げたが、周囲にひしめく味方の勢に阻まれて、移動することもままならなかった。それと察した一徹は自分の手勢を十間（約十八メートル）ほども下がらせ、目の前の武田勢に呼び掛けた。

「お前達に危害は与えぬ。城代に相談したき議がある。道を開けよ」

石堂一徹に直面する武田の兵士達は互いに顔を見合わせていたが、やがて一人の者が敵意のない証拠に手にした槍と大小を投げ捨てて、前に進み出た。すぐに何人もがそれに倣い、やがて宮坂康高の前に一条の道が開けた。

おずおずと進み出た康高に、一徹は場違いなほどに穏やかな調子で語りかけた。

「このままいくさを続ければ、武田勢の全滅は必至でありましょう。だが拙者は無用の殺生は好みませぬ。そこで提案でござるが、宮坂殿お一人の首を差し出せば、軍勢は残らず無事に上原城に戻すとすれば、いかがでありましょうか」

それは耳を疑うほどの好条件であった。宮坂康高は即座にこう考えた。

（このままでは、自分を含めた武田の全軍がここで討たれてしまうだけだ。自分が命を差し出すことで千名余の与力衆を救えるならば、何の思い残すことがあろうか）

だがその時、康高はふとあることに思い到った。

「命を助けると申しても、我らの一族に身代金を求めるとか、奴隷として売り飛ばすことではありますまいな」

康高が懸念していたのは、三年前の志賀城を巡る攻防戦の結末であった。武田氏は信虎以来懐柔策で佐久衆を手なずけていたが、ともすれば佐久衆はそれに狎れて、武田に背いたとて厳罰を受けるわけではないと見くびり、安易に反旗を翻すきらいがあった。

天文十六年（一五四七年）七月、志賀城・城主の笠原新三郎清繁は八百名の将兵と七百の女子供を率いて城に籠り、武田への抵抗の狼煙を上げた。笠原が頼みとしたのは、関東管領上杉憲政の三千の援軍であった。

しかし武田晴信は小田井原（現・北佐久郡御代田町小田井原）で金井秀景が率いる上杉勢を迎え討ち、大将を含む五百人ばかりを討ち取って大勝した。晴信はその五百余りの首を志賀城の城外に並べて城兵に見せつけたので、援軍が来ないことを知った城内の士気は一気に沈んだ。

それに付け込んだ晴信は猛攻を仕掛け、一昼夜に及ぶ激戦の末に笠原清繁は荻原弥右衛門に討たれ、城は落ちた。

降伏した城兵と女子供合わせて千三百名近い捕虜のうち、上級武士は、その一族に家格に応じた身代金を要求することとし、残りの者達は、城の前の広場で競売にかけられた。

若くて美しい娘は武士が自分の妾として、あるいは宿場女郎として転売するために高値で売れた。屈強な男も、作男として人気があった。

中でも最高額だったのは無双の美貌を謳われた笠原氏の正室で、郡内（現・山梨県都留郡）に領地を持つ小山田信有が二十貫で競り落とした時には、周囲の観衆から感嘆の声が上がったほどであった。

売れ残った者は甲府へ連れて行き、男は過酷な労働条件から人手が集まりにくい金山の人足として、女は金山の雑役のためにまとめて売られた。雑役と言ってもそれは昼間のことで、夜になれば人足達を相手の女郎役を務めなければならないのは言うまでもない。

晴信としてみれば、佐久衆の叛意を殺ぐためにことさらに厳しい処置をしたのだが、結果としては晴信の目論見は大きく外れた。佐久衆は一旦背いたからには降伏しても奴隷に売られると知って、全員が死ぬまで徹底的に戦う道を選んだのである。

このために、武田氏による信濃平定は数年は遅れたと後年評されたほどの大失敗であった。

宮坂康高の心配は、遠藤家がそれに倣って捕虜達の命を金に換えようとしているのではないかということであった。今の状況では遠藤勢が武田勢を皆殺しにするのは簡単だが、それでは一文にもならない。ざっと見てもまだ残兵は千名以上おり、身代金だけでも一万貫を軽く超えるであろう。

　しかし一徹は笑って言った。

「我が殿は仁君でござる。武田晴信のごとき計算高い冷血漢と一緒にされるとは、無礼でありましょうぞ」

　康高は、一徹の言葉は信じるに足ると思った。今日のいくさぶりを見ても、この巨大漢は槍の腕前もさることながら、常に沈着冷静で康高が過去に見たこともない知恵者であった。武田家の家臣の間でも、「あれだけは殿の失敗であった」と囁かれているあの志賀城の後始末を、これほどの男が追従するとは到底考えられなかった。

　康高は背後の味方を振り返った。城代が一命を差し出せば、残る全員の命が助かると知って、誰も同じように縋(すが)るような眼の色であった。

「分かり申した。それではそれがしは、今ここで腹を切ります る」

　そういう康高に対して、一徹は首を振った。

「武田の衆も、目の前で城代が腹を切るとあっては正視に堪えないでありましょう。ここは一つ、上原城に帰る者達を見送って最後の別れを告げて下され」

　一徹は自分と村山正則の軍勢をさらに五間（約九メートル）ほど後退させて武田勢の退路を確保してから、宮坂康高を自分と並ばせて自軍の先頭に立った。康高が徒歩であるために、一徹も下馬して並んで立った。むろんその背後には弓衆、槍衆が堅い陣形を保っていて、万が一にも武田勢に不穏な動きがあれば即座に対応できる構えであった。

武田勢はなおもしばらくは動かなかったが、やがて一人の雑兵が槍と腰の刀を投げ捨ててから、一礼して康高の前を通り過ぎた。康高も目礼して見送った。

侍大将から雑兵に到るまでの一千名以上の武田勢は、一筋となって一徹と宮坂康高の前を通過して行った。その中には手にした武具を投げ捨て、叛意のないことを示す者も少なくなかった。

「さらばでござる」

康高と親しい多くの武将達は、惜別の挨拶を掛けて去って行った。康高も万感の思いを込めて、今まで幾多のいくさをともに戦ってきた戦友達に涙にむせびながら別れを告げていた。

不意に一徹が顔を正面に向けたまま、康高に声を掛けた。

「時に武田殿は、すでに躑躅ヶ崎の館にお戻りになったのでありましょうな」

康高は意表を突かれて、思わず一徹の顔に目を移した。

「そのようなことに、お答えすることはできませぬ」

「成る程」

一徹は、微笑を浮かべてさらに言った。

「それで自身には深志城を救援する手勢がなく、宮坂康高殿に出兵を命じられたのでございますな」

一徹の真意がつかめないままに、康高は首を横に振った。

「拙者は上原城の城代でありまするぞ。武田家の機密を石堂殿に洩らすことなど、あってはならないことでござりまする」

「もちろんそうでありましょうとも」

一徹はその言葉とは裏腹に、さらに質問を続けた。

「次は中信濃の危機に対して、甲斐に残る兵力を動員しての、いくさでござりましょうな」

「お答えできませせぬ」

康高は憤然としてそう言ったが、一徹は少しも気にする気配はなかった。

「武田晴信はこのいくさに、果たして勝算がありましょうか」

「お答えできませせぬ」

どういうわけか、一徹はそこで声を上げて笑った。五間（約九メートル）の先を通り過ぎる武田勢は、石堂一徹と宮坂康高が何事か談笑しているのを、訝しげな眼差しで見やっていた。

「この中信濃には、明日にも村上義清以下の四千の兵が殺到して参りまするぞ」

「……」

「我が兵力はすでに二千五百、これに村上義清の四千を加えれば、深志城も到底持ちこたえられますまい」

「……」

「まことに申し上げ難いことでありますが、中信濃の帰趨はすでに定まりましたな」

「……」

ついに何も答えなくなった康高に、一徹はなおも勝手に質問を重ねていた。その意図は謹厳実直な康高には量りかねたが、援軍が大敗北を喫した今、村上義清の中信濃進攻が実現すれば深志城の陥落も時間の問題と思わざるを得なかった。

半刻（一時間）ばかり掛かって、ついに武田の残兵は一人残らずこの戦場から姿を消した。すでに夏の夕日が西に傾き掛けて、さらさらと草原を渡る風の音が爽やかであった。

「退き上げた武田勢は千百九十五名でござる」

石堂一徹の郎党が、そう報告した。

（それでは、八百名もが命を落としたのか）

宮坂康高は、改めて涙を落とした。しかもその中に、敵と華々しく戦って討ち取られた者はほとんどおるまい。死因の大半は圧死と水死であろう。こんな無念の敗北があろうか。

しかもいくさの経緯から見て、遠藤勢には一人の死者も出ておらず、負傷者さえごく少数に違いあるまい。まさに見たことも聞いたこともない完敗であった。

（それもこれも、すべては俺の責任なのだ）

康高は深く頷いて、自分の務めを果たす気持ちを固めた。

「もはや、思い残すことはござらぬ。それでは、拙者はここで腹を切らせていただきまする」

覚悟を決めた宮坂康高は、涼やかな声音でそう言った。しかし、一徹は穏やかな微笑を浮かべて答えた。

「自分の身を犠牲にして、配下の者達を助けようとなさる宮坂殿の潔いお覚悟はまことに尊く、まさに武士の鑑でござる。また別れを告げて去っていく武者達の惜別の表情にも、日頃の宮坂殿の人望がしのばれて、我らもほとほと感服つかまつった。宮坂殿のような高潔な武将をこのような無名のいくさで失うことは、我らにとっても耐え難く存ずる。今はこのまま、上原城にお戻りあれ。またいつの日にか、戦場で相見えましょう」

一徹は顔に尊敬の念まで浮かべて、なおも続けた。

「我らはこれから戦場を検分いたしますが、重傷を負って動けぬ武田の手の者がいれば、我らの手で治療いたし、食事も与えておきましょう。明日は遺体収容に参られると存ずるが、その時に重傷者も引き取っていただきたい。今晩は空堀、水壕の周りにはかがり火を焚き、遺体から甲冑や武具などを略奪する者が出ぬよう、見張りを立てておきますぞ」

戦場に近い村々の百姓達にとっては、遺棄された死体から甲冑や武具を手に入れることは、この上ない楽しみであった。いやそれどころか、下帯まで奪われて丸裸の死体が累々と転がっているのが、戦場の常なのである。

一徹が武田勢に寄せる好意は、この時代の常識からすれば桁外れのものであった。それどころではない。

「誰か、馬を引け」

一徹は宮坂康高に馬まで与えて、上原城に戻らせた。切腹を覚悟していた宮坂康高も、命拾いをした嬉しさに笑みさえ零して帰路を急いだ。相手の温情に感謝しつつも、この城代の胸には一徹の好意を嘲笑(あざわら)う思いが強かった。

(成る程石堂一徹はいくさこそ強いが、何と甘い男よ。俺を生かして帰せば、次はこの復讐戦だ。今度こそ、武田勢の強さを思い知らせてくれるわ)

むろんこの処置に、遠藤勢には不満が満ちた。仁科盛明などは、面と向かってこう詰問したほどであった。

「敵の大将を手の内にしながら、首を取らぬとはどういうことだ」

一徹は、この男には珍しい凄味のある微笑を浮かべて言った。

「黙って、俺の手並みを見ていよ」

五

こうして宮坂康高は上原城に帰ったが、康高が切腹するものと信じて涙まで流していた与力の衆は、あっけにとられてこの城代を迎えた。

康高は与力達を大広間に集めて、あの後の一徹とのやり取りを話して聞かせた。

「こんなわけで、拙者はこの通り無事に上原城に戻ってこられた。それにしても、石堂一徹も甘い男よ。虎を野に放てばどんなことになるか、次のいくさではあの大男に思い知らせてやろうぞ」

明日は、広丘の戦場に遺体収容に出向かなければならない。こうした場合、相手側に申し入れさえすれば休戦が成立して、一切の戦闘行為は停止するのが当時の習慣であった。

遺体の収容は双方にとって必要なことなのだから、この約束事が破られることなどどの地域でも一度もなかった。

もっとも今日の戦いで戦場に残してきたのが八百名、若干の重傷者は引き取れるとしても、それだけ多数の遺体を上原城まで運んでくるのは不可能であった。

上級武将だけは首にして持ち帰り、あとの者達はまとめて荼毘(だび)に付し、現地で諏訪から連れて行った僧侶に読経してもらうしかない。

そうした段取りをすべて済ませてから、宮坂康高は全員に酒を振る舞った。大敗に意気消沈しているばかりでは、今後のいくさに立ち向かう闘志が湧いてこない。

しかし翌朝、出立に備えて準備に余念のない康高のもとに重臣の厚芝源吾(あつしばげんご)が駆け込んできた。城下、城内に不穏な噂が流れているというのである。本来ならば腹を切るはずの宮坂康高が、何事もなかったように上原城に戻ってきたのは、一徹との間に遠藤勢に内通する話がまとまったからだというのだ。

この噂には信憑性があった。何しろ、昨日宮坂康高が石堂一徹と並んで上原城に戻る武田勢を見送ったのを、帰城した一千二百名の兵がすべて目撃しているのである。

「宮坂殿は、石堂一徹と盛んに話をしておったぞ」

「石堂一徹は、宮坂殿の言葉に笑いさえ浮かべておったわ」

康高は血の気が引く思いであった。自分には、遠藤吉弘に内通する意志など毛頭ない。だが客観的に見れば、情勢は自分にとって圧倒的に不利であった。

戦国の世である。常識で考えれば、敵の大将を手元に押さえておきながら、馬まで与えて無条件で解放する武将などいるはずがない。まして相手の石堂一徹は戦場を往来すること二十年、すれっからしの合戦屋ではないか。

（あの石堂一徹が宮坂康高を上原城に戻すからには、何か裏に深いわけがある）

与力の衆がそう邪推するのは、当然過ぎるほどに当然であった。

宮坂康高は、主だった与力の衆を直ちに広間に呼び集めた。そして昨日のいきさつをもう一度嘘偽りなく申し述べたが、与力衆の反応を見ているうちに、全身から力が抜ける思いがして言葉を失った。

（俺はあの時、一徹の甘言に惑わされることなく、腹を切るべきであった。そうすれば、俺は自分の命を投げ出して一千二百の手勢を救った天晴れな武将として、千載の後まで美名を残すことができたのだ。しかもその最期が上原城まで伝われば、生き永らえた与力衆は感激して奮い立ち、宮坂殿の弔い合戦ぞと、一致結束して大いに意気が上がったに違いない）

それが一度は捨てたはずの命が戻ってきた嬉しさに舞い上がって、うまうまと石堂一徹の口車に乗ってしまった。今目の前にいる与力の衆の目は、もはや宮坂康高を信用していない。

遠藤勢が深志に進攻したのは、武田晴信が砥石城攻めで大敗したという情報を得たからであろう。負けいくさの痛手で晴信がしばらくは動けないとあれば、勝ちに乗じた村上勢もまた中信濃に殺到してくるに違いない。

深志城は、村上義清、遠藤吉弘の猛攻にさらされて、今や存亡の危機にある。だが深志城に救援に向かおうとしても、康高がいかに叱咤激励したとて、命を捨ててまで自分についてくる者がどれだけおろうか。

宮坂康高は、石堂一徹という男の恐ろしさを骨身に染みて感じ入った。一徹のことを甘い男よと嘲笑った自分こそが、本当に甘い男であったのだ。本来ならば武田家の歴史に芳しい名を刻んだであろうに、今や上原城内でも城外でも内通者の汚名を着せられ、疑惑の目で見られているではないか。いや遠藤家への内通の噂自体が、一徹の手の者によって撒かれたのに違いあるまい。

康高は、しらけきった雰囲気の一同の顔を眺め渡し、即座に決心した。

「どうやら、誰もが俺の本心を怪しんでいるようだな。相手側に内通したと疑われるだけでも、武士にとってはこの上ない恥辱じゃ。俺はここで腹を切る。そうすれば、噂が根も葉もないものだということが分かるであろう」

康高は素早く小刀を抜くと、両手で握りしめて下腹に突きたてようとした。すぐ前に座っていた古畑義昌、弥彦甚五郎、保坂友政などが躍りかかるようにして康高を押さえつけ、その手から小刀を奪い取った。

「短慮めさるな。宮坂殿が遠藤に内通しているなどとは、誰も思っておりませぬぞ」

（腹も切らせてもらえぬのか）

康高の全身から、力が抜けた。

「俺は今日の遺体収容には行けぬ。代わって古畑義昌殿が、指揮して行って下され」

そう言うのが精一杯で呆然としている康高を、近習の者達が抱きかかえるようにして別室へ導いた。大広間に集まっていた与力衆も、その場にいたたまれずに三々五々散っていった。

康高は脇息に右ひじを載せて上体を預けつつ、大きく息をついた。

（あの者達も、俺を信じていればこそ止めたのではあるまい。城代が目の前で腹を切るとあっては、与力という立場上座視しているわけにもいかずに、やむなく飛び出してきたのであろう。本心では「どうぞご随意に」と思っていた者も少なくないのではなかろうか）

武田信虎、晴信の二代にわたって武田に仕えて二十五年、剛毅で知られた康高がこれほどまでに落ち込んだのは初めてであった。

（そもそも石堂一徹と俺では、いくさに対する考え方がまるで違うのだ）

康高はそのことに思い到って慄然とした。自分にとって今度のいくさとは、村山正則の手勢が待ち受けているのに気付いた時に始まり、散々な敗北を経て、愚かにも一徹の策に掛かって切腹を思いとどまり、与えられた馬に乗って戦場を後にするところで終わっていた。

だが、一徹のいくさとはそんな単純なものではない。遠藤勢が深志平に攻め込んだのが今月の四日、広丘での戦いが昨九日だから、石堂一徹はあの大規模な空堀と水壕をわずか数日の間に作り上げていたことになる。作事方に余程優秀な人材が揃っているには違いなかろうが、深志進攻の前から構想を練っていなければ、あれほどの大工事が短期間に完成するはずがない。

一徹にとってのいくさとは、深志進出以前からすでに始まっているのだ。あの男は深志平に進攻すれば当然上原城からの援軍があるものと想定し、広丘で迎え撃つ大構想を立案していたに違いない。それは単にいくさをどう行うかといういくさだてだけではなく、土木工事や心理戦などを含めた広範囲のものであり、そのために必要な資材、人員の準備から始まる遠大な計画であったのだ。

しかもあの男のいくさは、諏訪郡を預かる宮坂康高の進退を見極めるまではまだ終わっていない。

（今更腹を切ったとて、遠藤勢への内通が表に出てしまい、居たたまれなくなったのに違いないと思われるだけだ）

しばらく考え込んでいた康高は、やがて筆を執って、武田晴信宛ての長い手紙を書いた。

それはこのいくさの経緯から始まり、今や石堂一徹の仕掛けた陥穽(かんせい)にすっぽりとはまってしまった自分は上原城の与力衆からも疑いの目で見られ、身動きできない状況にあることを述べ、もはや自分には城代の役目は到底務まらず、誰か城代にふさわしい武将を派遣して欲しい、引き継ぎを済ませた上で自分は郷里の巨摩郡宮坂村に戻り、出家してこのいくさで死んだ八百名の菩提を弔いたい、というものであった。

第五章　天文十九年十月十五日

一

十月十日、村上義清は小笠原長時を支援すべく、善光寺平の周辺からの新手の兵力を補充しつつ三千の兵を率いて矢代(やしろ)から西へ向かい、筑摩郡に出兵した。なんといっても長時は信濃守護であり、中信濃は長らく長時の支配下にあったから、小笠原の旗を見るだけで帰参する小豪族が多かった。

麻績町(おみまち)村、矢倉村、野口村、桑山村、乱橋村、西条村、東条村といった小さな村々(現・麻績村、生坂(いくさか)村、築北(ちくほく)村)まではさらさらと平定が進んだが、そこから南に進むと情勢は一変した。領主の館の留守居番は、当惑した面持ちでこう言うのである。

「三ヶ月近く前に遠藤勢が安曇郡に向かう途上で当地を通られ、臣属を申しつけられたのでございます。当主はそれに従い、遠藤勢に加わって安曇郡に参っております」

それを聞いた小笠原長時は、激怒して叫んだ。

「遠藤吉弘の火事場泥棒め。許しておけぬ」

だが、村上義清は取り合わなかった。このあたりが遠藤領になっているならば、同盟している義清にとっては南進に当たっての障害がなくなり、一気に深志平まで直行できるであろう。

十月十五日、三千の村上勢と三百の小笠原勢は、深志城の北で二千ほどの兵をもって城を囲んでいる遠藤吉弘の出迎えを受けた。

「この泥棒猫め。俺の領地を返せ」

挨拶も交わさぬうちから、小笠原長時は吉弘に吠え掛かった。だが、吉弘は平然としていた。

「これは異なことを承る。小笠原殿は、中信濃を見捨てて立ち去られたのではござらぬか。拙者は主のない筑摩郡、安曇郡を自分の力で切り取ったのでござる。小笠原殿も領地が欲しくば、自分の手で切り従えるがよろしかろう」

長時は泡を吹くほどに怒りまくったが、義清も吉弘もまったく耳を貸さなかった。武力があってこその信濃守護で、三百の手勢しか持たない今の状況では、三千の兵を率いる村上義清、遠藤吉弘から見下されるのは当然のことであった。

長時はようやく現在の自分の立場を思い知って、黙り込んだ。それを待って、吉弘は周囲に幕を張り、床几を置いた場所に二人を案内した。茶菓を振る舞いつつ、吉弘は中信濃の現状について説明した。

「安曇郡はすべて我が手にあり、塩尻峠以北の筑摩郡についても、この深志城を除いて平定済みでござる。塩尻以南の筑摩郡は今、仁科盛明と村山正則が二手に分かれて進撃中でござれば、数日のうちには平定を済ませて戻って参りましょう」

「あとは、この深志城の攻略だけでござるな」

村上義清は、満足して頷いた。塩尻以南の筑摩郡の平定がなれば、遠藤吉弘の動員能力は三千を超えるであろう。これで深志城が攻略できれば、北信濃、中信濃の全域が義清の勢力下に入ることになる。北信濃に村上義清、中信濃に石堂一徹がいるとなれば、武田に対抗するのに充分な体制が作れるではないか。

三将は深志城に結集し、包囲網を敷いた。

深志城は今の松本城の場所にあったが、もちろん現在見るような大城郭ではない。

中山平の戦いからまだほんの三ヶ月で、晴信の指示に従って林城、桐原城などの山城は城門や城壁を壊して使えないようにしてあったが、深志城の増改築もまたほとんど進んでいなかった。規模は以前の支城の頃と変わらず、わずかに周囲の一重の水壕の幅を広げ、水底の泥土をさらって深くした程度に過ぎない。馬場民部に預けられた兵力は二千ほどだが、この城の貧弱な防御力では村上、小笠原、遠藤の六千を超す軍勢の攻撃にはとても抗すべくもないと思われた。

「どうだ、早速城攻めに掛かるか」

「いや、それはしばらくお待ち下され。城攻めには一人でも多くの兵力が必要でござる。筑摩郡南部に出向いている仁科盛明と村山正則が兵を募って戻ってまいれば、我が勢は三千五百にも達しましょう。それを待って、深志城攻めを開始しとうござりまする。上原城の武田勢には、石堂一徹が策略を用いて身動きできなくしてありますので、しばらくは援軍が来る恐れはありませぬ」

石堂一徹が広丘の合戦で手中に収めた敵将の宮坂康高をわざと解放して、上原城内を上下の不信に追い込んだいきさつを披露すると、村上義清は大笑して言った。

「一徹の働きはいつもながら鮮やかなものだな。いずれは武田晴信が援軍を送ってこようが、しばらくはこの深志城攻めに専念できよう」

いかにも豪放磊落にそう言いながら、村上義清は内心、遠藤勢の勢力拡大の迅速さに肝を冷やす思いであった。

(砥石崩れで武田に大勝してからわずか十四日しかたっておらぬのに、中信濃の大勢は遠藤領になろうとしているではないか。これでは自分が先頭に立って深志城を攻略しなければ、中信濃の新領など夢のまた夢だ)

「ところで、一徹はどうしておる」

吉弘は、いかにも好人物らしくにこやかに笑ってみせた。

「それでござるよ。一徹は深志城攻略の秘策を練って、今や最終の調整に入っておりまする。いや、明日にも村上殿、小笠原殿にもお立ち会いいただいて、ご確認をお願いしとうござりまする」

翌十六日は秋も長けて空が驚くほどに高く、薄い綿雲がいくつも長く横に連なる好天であった。遠藤吉弘は昨晩の酒がまだ抜けない村上義清と小笠原長時を連れて、深志城から五町（約五百五十メートル）ほど離れた丘の麓に連れて行った。

そこに驚くべき巨大な構造物が置かれていて、石堂一徹が微笑を含んで出迎えた。

「これが、昨日お話しした攻城車でござる。またこれにあるは、この攻城車を設計製作した門田治三郎であります」

一徹は門田治三郎を紹介してから、義清、長時、吉弘の三将を攻城車の左手に案内した。それは幅二間（約三・六メートル）、長さ六間（約十・八メートル）、高さ四尺（約百二十一センチ）ほどの四輪の台車の上に櫓を組み、その上に十間（約十八メートル）以上はあると思われる四角の筒を載せた異様な構造物であった。

「深志城攻略に当たっては、大手門を制圧するまでの味方の被害は甚大なものになりましょう。それで拙者が考えたのが、この攻城車でござりまする。

あの四角の筒は武者が城内へ入るための橋で、矢を防ぐために上下左右を囲っておりますが、明かり取りの細長い小窓があちこちに開いておりますので、足元が暗くて危ないということはございませぬ。また橋の下には軸、櫓の上には軸受があって、橋は上下に可動式となっております。軸受の高さは地上三間（約五・四メートル）で、これは深志城の城壁の高さに揃えてありまする。

左手に白旗が二本立っておりますが、あれが深志城の堀の、こちら側の線と思っていただきたい。その五間（約九メートル）先に高さ三間（約五・四メートル）の柵が組んでございますが、あれは深志城の城壁であります。この攻城車は、深志城の堀の上に橋を架け、短時間のうちに大勢の兵力を、城中に送り込むためのからくりでござりまする」

驚き呆(あき)れて声もない村上義清と小笠原長時を眺めやりながら、一徹はさらに続けた。

「攻城車には敵軍からの矢を防ぐために木の盾を全面に張り巡らしますが、そうしてしまいますと攻城車の機能が見えませぬので、今日はこちら側の盾は外してあります。まずはこの攻城車を堀端まで押していくところから、見ていただきましょう」

一徹の合図で太鼓が鳴ると、後ろで待機していた雑兵の一人が、攻城車の後ろに設置された縄梯子を駆け上がって台車の上に行き、そこからさらに四角の筒状の最後部に吊るされた縄梯子を登った。

それまで前が垂れて接地していた四角い筒は、雑兵の体重によってゆっくりと鎌首を持ち上げるように大地を離れ、後端が台車上の受け台に接した時には、前端は四間（約七・二メートル）の高さにまで達していた。

そこでまた太鼓が鳴った。待機していた三十名の雑兵が、台車の後ろに走り寄った。台車の後部には前後五段の枠が設けられており、六名ずつが枠の中に潜り込んだ。この台車を押すには三十名の人力が必要なのだが、台車の幅は六名が押すのに精一杯なので、こうして五段の枠が作られているのである。

全員が配置に就いたのを見て取って、次の太鼓が鳴った。攻城車は軋み音を立てながらゆっくりと動き出し、すぐに白旗の線に届いた。また太鼓が鳴ってそこで台車は止まり、雑兵の中から二人が走り出て後輪の前後に楔状の車止めを嚙ませ、すぐに元の位置に戻った。

これで攻城車の位置は固定された。次の太鼓で橋の後端に座っていた雑兵が縄梯子を下りると、橋はゆっくりと前端を下げてゆき、すぐに城壁代わりの高さ三間（約五・四メートル）の柵に接すると水平になって止まった。

また太鼓が鳴ると、甲冑を身に纏った武士達が台車の後ろ側に設置された縄梯子を伝って、次々と台車の上に姿を見せた。先頭の者は台車に備え付けられた梯子を軸受の前（橋の前端寄り）の橋の開口部に掛けて、槍を抱えたまま橋の中に入った。

四人ほどが橋の中に姿を消したと見るうちに、たちまち橋の前端の開口部から縄梯子が投げおろされ、槍を地上に放り投げた武者がするすると柵の向こうの地上に降り立った。攻城車を取り囲んだ観衆から、どっと歓声が湧き上がった。

「あまりに大勢の者が台車上にいると、その重量で車輪が地面に嵌まり込む恐れがあります。そこで台車上の人数は十人までと限り、太鼓の合図に合わせて一人が城内に降りれば、一人が台車に上がることに決めて、訓練をいたしております」

次々に太鼓が鳴り、三十人ほどが橋を渡り切ったところで演習は終わった。感嘆の声が鳴りやまない観衆を制して、一徹は言った。

「初めの十人、二十人は犠牲が多かろうと思われますが、二十人が縄梯子を囲んで槍を構えるところまでいけば、あとはどっと多くの武者が無事に降り立てるでありましょう。二、三百人も城内に入れれば、大手門を落とすのも時間の問題でござる」

「見事なものだ」

村上義清は驚きの色を隠しきれずに、声を上げて褒め称えた。これさえあれば、深志城の攻略など物の数ではあるまい。それでなくても、仁科盛明と村山正則が筑摩郡南部を切り従えて戻ってくれれば、村上義清、遠藤吉弘、小笠原長時の連合軍は七千に近い大兵力なのである。

（だがそれでは、この城攻めも遠藤吉弘の功名になってしまうではないか。何としてでも、俺の出番をどこかで見つけなければならぬ）

村上義清は唇を噛んで、考え込んだ。

仁科盛明と村山正則が任務を無事に済ませて帰着したのは、十月十九日であった。新たな領地から募った兵力は五百ばかりで、遠藤勢は三千五百に達する規模にまで膨らんでいた。

これを見た小笠原長時は、呆然として言葉もなかった。この信濃守護が、三千五百の兵を率いて中山平で武田晴信と戦ったのは、わずか三ヶ月前のことなのである。それが今では、その兵力はそっくり遠藤吉弘のものとなり、自分にはたった三百の兵しかないのだ。有為転変は世の習いとはいいながら、こんなことがあっていいものであろうか。

「この深志城を落とした時には、せめてこの城をそれがしに与えて下され」

大嵩崎の居館は武田の手で焼かれ、詰の城である林城も取り崩されたとあっては、長時としては深志城を拠点とするしか思案が浮かばないのであろう。しかし遠藤吉弘はにこやかな温顔ながら、きっぱりと拒絶した。

「安曇郡、筑摩郡の平定が成れば、統治の中心はこの深志城でなければなりませぬ。拙者はここへ移り住む所存でござる」

「それではそれがしに、どこに参れと申すのだ」

「それは深志城が落ちた後に、村上義清殿ともども論議すべきでありましょう」

わずか三ヶ月前には単なる大豪族に過ぎなかった遠藤吉弘も、今では中信濃の領主に最も近い立場にいるのだ。小笠原長時は、改めて自分の現在の境遇を思いやって言葉もなかった。

攻城車による城攻めの先陣は、村山正則と決まった。この晴れの大役を務めるのは、攻城車を考案した遠藤家の直臣でなければならない。ここでも一徹は、このところ五百名の与力を与えて実戦の経験を積ませている村山正則を抜擢した。村上義清や小笠原長時の目の前で正則に大活躍をさせて、顔と名前を売り出す腹づもりであった。

村山正則は大いに張り切って、攻城車を使った訓練を開始した。一徹の指示は、身分の上下に拠らず、五百の与力全員に城中に降り立つ手順を徹底すべしとあった。

（実際には二百人も城内に入れば枡形の制圧は終わり、大手門を開いて巻き上げてある跳ね橋を下ろせるだろう。そうなれば跳ね橋を渡って大軍が突入できるから、緒戦の勝利は間違いあるまい）

一徹はその後の展開を考えて、攻城車の橋を通って敵陣内に降り立つ経験をできるだけ多くの者に積ませておこうと考えていたが、そのいくさだては今は一徹の胸の中にしまっておくべきであろう。

村山正則は、激しい訓練を繰り返した。勇み立った武士達は、ともすれば太鼓の合図を待たずに台車に上って橋を渡ろうとする者が絶えなかった。

「人が乗り過ぎれば、攻城車が壊れる恐れがある。必ず、合図に従って行動せよ」

正則は、声を嗄らして叫び続けた。この若者にとって、この三ヶ月ほどに充実した月日はなかった。正則は二十三歳の若輩ながら、今や一徹の片腕として五百の手勢を与えられた侍大将なのである。

「あの男は使えるな。このところ、めっきり腕を上げたわ」

ともに筑摩郡南部の平定に向かった仁科盛明が、一徹にそう言っていたという話もどこからか伝わってくるとあっては、正則としても張り切らざるを得ないではないか。

二十一日の夕刻、村上義清、遠藤吉弘、小笠原長時の三将はそれぞれに重臣を引き連れて、軍議を開いた。

「攻城車を使いこなす訓練ももう充分でござる。幸いこのところ天気もよく、地面も固く乾いて攻城車の移動にも都合がよい。いよいよ明日から、城攻めといたしましょうぞ」

遠藤吉弘の言葉に、義清は太い口髭を捩じりながら大きく頷いた。

「いよいよだな。それで、段取りはどうする」

「攻城車は今日のうちに大手門に近い森の陰まで移動しておき、明日の卯の刻（午前六時）には堀端に押し出して位置を固定すれば、すぐさまいくさを開始いたしまする。城中に降り立つのは、我が家臣の村山正則の手勢で引き受けます。二、三百も城中に入れば、狭い枡形は簡単に制圧できましょう。あとは大手門を開いて跳ね橋を下ろせば、大軍が入城するのはいともたやすいことでございます」

「そこでいよいよ、俺の出番だな」

村上義清は、待ちかねたように声を弾ませた。中信濃に進攻したのはいいが、これまでのところは遠藤勢の働きを見ているばかりで、まだ何の実績も上げていない。村山正則にお膳立てをさせておいて、あとは村上勢が全力を挙げて一挙にこの深志城を攻め落としてみせなければ、その後の領地配分についての発言力がなくなってしまう。

吉弘は後ろの一徹を振り返ったが、この巨大漢の軍師も穏やかに微笑するばかりであった。

（村上殿にも功名の場を与えてやらなければ、収まりがつくまい）

吉弘は一徹の表情からそう読み取って、義清に笑って語り掛けた。

「砥石崩れの猛攻を、是非とも再現して下され」

（どう転んでも、城攻めは味方の被害が大きい。初戦は攻城車で相手の度肝を抜くから死傷者は少なかろうが、そのあとは村上殿に戦場を譲って力戦奮闘させ、我らは高みの見物を決め込むのが一番だ）

一徹がそう思ってほくそ笑んでいるところに、突然陣幕を開いて一人の武士が駆け込んできた。

「村上義清の家臣、泉澤八兵衛(いずみさわはちべえ)でござる。軍議の席をお騒がせしてまことに申し訳ござらぬが、佐久郡に放っておきました手の者から、聞き捨てならぬ重大な情報がもたらされました。

それによれば、武田晴信が砥石崩れの雪辱を果たすべく先日すでに甲府を発ち、二十三日に佐久郡の大井城から北信濃に進発するとのことでございます」

「何、晴信が！」

義清は顔色を失って腰を浮かせた。二十三日といえば、明後日ではないか。武田が攻めてくるというのに、こんなところでのんびりと日を送っているわけにはいかない。

そのただならない動揺ぶりを見て、一徹はすかさず口を挟んだ。

「落ち着きなされ。これは晴信の苦し紛れの流言飛語に決まっておりまする。考えてもみなされ、砥石崩れで武田が大敗したのは今月の一日ではありませぬか。城攻めで三百名、退却で一千二百名、合計で一千五百名の死者とそれを遥かに上回る負傷者を出しているのですぞ」

この痛手から回復して軍勢を再編成するには、半年、一年の日時を要するであろう。わずか二十日ばかりで態勢を立て直すことなど、できるわけがない。晴信は中信濃の状況を聞いて矢も盾もたまらず、佐久郡から出兵などとあらぬ噂を流しているのに違いあるまい。

ここは腰を据えてまず深志城を落とし、中信濃を制圧した上で武田の動きを見極めるべきなのだ。

一徹は義清の表情を窺いつつ、さらに言葉を重ねた。

「今の武田晴信は、北信濃進攻どころではありませぬ。焦眉の急は、中信濃でござる。一度は手にしたと思った中信濃は、今やその大半が遠藤家の手に落ち、この深志城のみが敵地深くに孤立しているのでござりますぞ」

二年前の上田原の合戦で、武田晴信は甘利虎泰、板垣信方の二大重臣を失っている。そして砥石崩れでは、横田高松、小尾豊重、渡邊雲州(わたなべうんしゅう)、小澤式部(おざわしきぶ)といった重臣達や一族の武田信堯(のぶたか)も討死させた。

ここで信虎以来の宿将である馬場民部信房までを見捨てるようなことがあれば、晴信は求心力を失い、家中は大いに乱れるであろう。それが分かっていればこそ、晴信は今必死になっているのだ。

武田晴信の動員能力は一万二千ほどであろうが、砥石城攻めに率いてきたのは六千、そのうちの千五百は戦死、三千は重軽傷を負っている。残る六千は今川氏、北条氏に備えて甲斐に置いてあるのが二千、この深志城に籠るのが二千、諏訪郡の上原城に置いておいた後詰が二千であろう。

しかし上原城の宮坂康高が率いる二千は一徹の策によって八百を失い、しかも宮坂康高とその与力は反目して身動きが取れない状況にある。

「武田晴信は諏訪郡と長窪城には最小限の留守居番を残し、動ける者はすべて甲斐へ帰して、甲斐に残っている無傷の兵をかき集め、上原城へ送っておりましょう。従って我らが今なすべきことは一日も早く深志城を落とし、上原城からやってくる援軍を迎え撃つことでござるぞ」

「それはそうだな」

一徹の理を尽くした言葉に、義清はようやく血の色を頬に上らせた。今本当の危機にあるのは武田晴信であり、義清ではないのだ。

「繰り返しまするが、武田の北信濃進攻は口先だけの空言でありますぞ。くれぐれもお気に留められませぬように」

「分かっておる」

義清は力強く頷いてみせた。

二

だが翌朝になってみると、村上義清の陣営からは忽然として人影が消えていた。義清は長時にも吉弘にも一言の挨拶もせずに、坂木へ退き上げてしまったのである。

（今日塩田平に戻れば、たとえ本当に武田晴信が進攻してきても迎え討てる）

そう思えば居ても立ってもいられないほどに、村上義清の武田恐怖症は重症であった。砥石崩れでの久々の大勝も、晴信に偽首をつかまされて兵を退いてしまった後悔の方が遥かに大きく、心の支えにはならなかったのに違いない。

すぐに小笠原長時が吉弘の陣に姿を見せたが、長時も義清の退陣を知って意気阻喪していた。

（中信濃の現状は遠藤家の大躍進によって、このままではほとんどがその所領になろうとしている。だが領地が二倍を超える村上義清ならば、力で遠藤家の頭を押さえられよう。安曇郡は遠藤領として認めても、筑摩郡は南を小笠原、北部を村上と分け取りにすることも可能であろうよ）

そんな甘い期待も、村上義清の後ろ盾があればこそのものだった。虎の威を借る狐に過ぎない長時は、背後に虎がいなくなってしまえばもはや前途に何の希望もない。

「村上の三千の軍勢が消えてしまっては、いくさは終わりだ。残りの兵力では、とても深志城は落とせぬ。俺も村上義清を追って坂木に戻る」

こうして小笠原も陣をたたんで退き上げ、深志城の周辺には遠藤吉弘の軍勢のみが一人取り残される形で陣を敷いていた。吉弘の前で、一徹は天を仰いで嘆息した。

「終わりましたな。村上義清の器量はよく存じておりましたが、あのような男を頼みにするほかなかったのが、そもそも誤りでございました。殿には無駄なご苦労ばかりお掛けし、まことに申し訳ござらぬ」

平静を装ってはいるが、一徹の表情には吉弘がかつて見たことがないほど深い落胆の色が漂っていた。

無理もなかった。一徹が思うに、武田の北信濃進攻など絶対にない。予定通り深志城攻めを敢行していれば、城は数日のうちに落ちる。北信濃、小県郡の北半分に加えて中信濃全域を押さえるとなれば、満身創痍の武田勢よりも村上、遠藤の連合軍の方が優位に立てる二度と望めないほどの絶好機だったのだ。

義清にも、それは頭では分かっているに違いあるまい。だがこの数年にわたっていくさでは武田晴信に苦汁を飲まされ続け、しかも譜代の重臣の中からさえ甲州金に目がくらんで反逆する者が絶えないとあっては、武田と聞いただけで体が過敏に反応して、自然と腰が浮いてしまうのであろう。

遠藤吉弘にも小笠原長時にも無断で退去したのは、相談すれば説得されてしまう、理屈ではとても勝ち目がないと自分でも承知しているからなのだ。風の音に震え上がって塩田平に戻ろうとする村上義清の行動は、さすがの一徹にも思いも寄らないものであった。

（天機はついに去ったか）

一徹は、深い群青色に晴れ上がった空を仰いで唇を噛んだ。

やがて仁科盛明がやって来て、一徹に言った。

「どうする。我らの一手だけで深志城を攻めてみるか」

馬場民部勢の二千と遠藤勢の三千五百では兵力に不足はあるが、何しろこちらには攻城車という秘密兵器がある。一徹はしばらく沈思黙考した後、やがて口を開いた。

「このまま退き上げては、武田晴信に足元を見透かされる。ここは一つ攻勢に出て、武田の心胆を冷やしてやらねばなるまいよ」

仁科盛明の前では、一徹は失望の気持ちを見せることはできなかった。機を見ることに敏なこの男を今後も味方としてとどまらせるには、あくまでも武田と互角以上の分かれを演出してみせなければならない。

「いつ上原城から武田の援軍がやって来るやもしれぬ。それまでに、馬場信房をこの城から動けない状況を作ってやろうぞ」

すでに時刻は当初の攻撃開始の卯の刻（午前六時）を、半刻（一時間）も過ぎている。一徹は遠藤吉弘の前に諸将を呼び、今日のいくさだてについて説明した。

「準備が整い次第、攻城車を大手門の近くに動かし、村山正則の手勢が橋を渡って城中に入る。大手門を制圧すれば、すぐに跳ね橋を下ろしてこちらへ引き上げ、跳ね橋を壊して火を掛け、焼き捨ててしまう。

仁科殿はその間は搦め手を堅く守って、城内からの突出を防いでいただきたい。門田治三郎は、大手門での攻城車の役目が終わり次第、攻城車を搦め手門に移動してくれ。搦め手門でも、同じように村山正則の手勢が城内に入って門を開く。こうして大手、搦め手門とも跳ね橋を焼いてしまえば、もはや城に籠る馬場勢は城から出ることもかなわぬ」

村上義清が撤退したと聞いて緊張していた一同も、一徹の言葉に、どっと歓声を上げた。

三千五百の兵力で深志城を落とすのは大きな犠牲が必要だが、馬場勢を城内に閉じ込めて動けなくしてしまうことならば、あの攻城車がある限りは、今日のうちにも可能であろう。

（大手門を開いても、それからの攻撃はこちらの被害も大きい。相手が城壁や城門に

籠って攻撃してくる限り、どんなにうまくやっても、死傷者が互角ならば上出来だろう）

それだからこそ、昨日の軍議では村上義清に大手門からの攻撃を譲ったのである。それが遠藤家の手勢だけで行うとなれば、二千の馬場勢を全滅させるまでには、遠藤勢も最少でも二千の兵を失う覚悟をしなければならない。

もちろんこちらが圧倒的に優位に立てば、いくさの途中で相手に降伏を申し入れることはできる。だが馬場民部は先代の信虎以来の武田の宿将ではないか。降伏することなど思いも寄らず、最後の一兵になるまで戦い続けるに決まっている。

それでは深志城を落としても、遠藤勢には千五百の戦力しか残らない。数日のうちに上原城からやってくるに違いない武田の援軍は二千を大きく超えていよう。

それを思えば深志城を落とすのではなく、馬場勢を身動きできない状態に追い込んでおいて、三千五百の兵力をもって上原城からの援軍を迎え撃つ以外に、遠藤勢に勝ち目はあるまい。

「さすがに一徹だな」

仁科盛明は大きく頷いた。ここは遠藤家直臣の村山正則に功を譲っても、次の武田の援軍を迎え撃つ野戦こそは自分の出番であろう。

「その策はなんだ。また水壕を掘るのか。あれは面白かったな」

盛明は広丘のいくさを思い出して頰を緩めたが、一徹は凄味のある微笑を浮かべて言った。

「それには及ぶまい。武田の手になる立派な水壕が、すでに目の前にあるではないか」

「この深志城の水壕か！」

一徹は黙って頷いた。この戦略家にはすでに次のいくさの構想ができていることを知って、諸将は勇んで立ち上がった。

馬場民部の兵達は、突然現れた攻城車の姿を目の当たりにしても、その周囲が木の盾でがっちりと覆われているために遠藤勢の動きはまるで見えず、敵が何を目論んでいるのかまったく理解できなかった。

すぐに四角の筒が城壁に接地し、筒の前端から投げ下ろした縄梯子を伝って遠藤勢が次々と城内に降り立つのを見ても、あまりのことに呆然としているばかりでとっさの対応が遅れた。

城攻めとは、堀を挟んでの矢合わせから始まるものと決まっている。それが何の前触れもなしに、いきなり天から降ってくるように目の前に敵が溢れてくるのだ。

「何をしておる。早く迎え撃て」

大手門を守る網倉道雪は、ようやく我に返って必死に叫んだ。しかし土塁は傾斜が急で甲冑を纏っている武士達は降りることができず、土塁の所々に設けられている石段を駆け降りるしかない。遠藤勢としては、左右に分かれて槍を構える余裕があった。

不意を突かれて狼狽している城兵に対して、相手の度肝を抜いて城内に降り立った遠藤勢の意気は天を突くばかりに上がっていた。気合の籠った遠藤勢は、じりじりと城兵を圧倒していった。互いに体をぶつけ合うような肉弾戦となれば、数に勝る方が有利なのに決まっている。

敵味方が入り混じった乱戦ともなれば、城壁に配した弓衆も味方を誤射することを恐れて矢を放つこともできない。城内の遠藤勢が二百を超えるに到って、網倉道雪はついに覚悟を固めるしかなかった。

「退け、退け」

もともと枡形とは、両軍が激突する場所ではない。大手門と敵に対面する城壁からの攻撃によって、敵を悩ますのがその目的なのである。従って相手の攻勢が激しく守りきれなくなれば、適当にあしらいつつ枡形の隅にある門から退いて防衛線を下げ、今度は枡形を占拠した敵を門及び三方の城壁から攻撃するのが当時の常識であった。

つまり城とは土塁と城壁と門が連続する建築物で、城方は常に相手を見下ろす高い場所に身を置いて遮蔽物の陰から弓と石をもって戦い、攻め手は常に全身を相手の前にさらして攻撃をするという繰り返しなのである。

当然死傷者は攻める側が圧倒的に多い。城攻めは、城方の三倍以上の兵力がなければやってはならないとされているのは、そのためなのである。

馬場勢が退いたのを見た村山正則はすぐに大手門の扉を開き、城門に上って一杯に巻き上げてあった跳ね橋を降ろした。

馬場信房は網倉道雪と並んで枡形の北西の隅の門の上に立ち、遠藤勢の動きを見下ろしていた。ここまでは、予想していた通りの展開であった。跳ね橋が着地すれば、すぐに城外の遠藤勢が雪崩れ込んできて次の戦闘が始まるのに違いない。それに備えて、網倉道雪はすでに弓衆を城壁の矢狭間に張り付かせている。

ところが、遠藤勢の動きは妙であった。城内に侵入した兵力は跳ね橋を渡って城外に去り、軽装の雑兵達が跳ね橋の板を外して橋の中央に積み上げ、大量の油を撒いて火を放ったのである。

このところの晴天続きで乾燥した木材は、高く炎を巻き上げつつ燃え崩れた。わずかに残った橋の両側の柱を斧で叩き割ると、跳ね橋は完全に姿を消し、城内と城外の通路はまったくなくなった。

(どういうつもりだ)

馬場信房は首を傾げた。跳ね橋を焼き払ってしまえば、遠藤勢は次の攻撃の進撃路を自ら絶つことになるではないか。

そこへ搦め手門を守る大柴和泉(おおしばいずみ)から、急報が届いた。

「奇怪(きっかい)な車が、搦め手門に迫っております」

というのである。馬場信房は搦め手の城門へ急いだ。成る程見たこともない大掛かりな構造物が、城門からわずかに距離を置いた地点にすでに停止していた。

網倉道雪の話によれば、その上に積まれたあの四角の筒から無数の兵が城内へ殺到してくるという。その四角の筒はその鎌首を降ろして、今や城壁に接しようとしていた。

「あの前端から、遠藤勢が突出してくるぞ。弓衆は、縄梯子から降りてくる敵を狙い打て」

馬場信房の指示によって、弓衆はその弓を城内に向けて構え直した。すぐに命知らずの若者が縄梯子を駆け下りてきたが、二本の矢が胸と右足に的中して転げ落ちた。

しかし遠藤勢は、次から次へと湧いて出てきた。半数を失いつつも三十人が城中に降り立つに及んで、城方としても城兵を繰り出して直接渡り合うほかはなかった。

大手門に比べると、搦め手門の枡形は小さい。遠藤勢が二百人にも達してしまえば、枡形は放棄して手勢を南東の門から収容するしかなかった。しかしここでも、遠藤勢は大手門と同じく跳ね橋を降ろして退去し、跳ね橋を焼き始めた。

その燃え上がる炎を眺めつつ、馬場信房の胸に遠藤勢の行動の真意が閃いた。

(大手門と搦め手門の跳ね橋を失っては、我らが城外に出る手段はない。我らをこの深志城に閉じ込めておいて、遠藤勢は一、二日のうちにはやって来るはずの上原城からの援軍を迎え撃つ腹なのだ)

今朝村上義清の退陣を知った時点では、馬場信房は武田勢の勝利を確信していた。義清と長時が去ってしまえば、残るは三千五百の遠藤勢のみではないか。上原城からの援軍はどう少なく見ても二千は超えるだろう。援軍の二千と城内の二千で三千五百の遠藤勢を挟み撃ちにすれば、武田勢の勝利は間違いあるまい。

だが城外へ突出する経路が失われてしまえば、上原城からの援軍は独力で三千五百の遠藤勢と戦わなければならなくなる。しかも遠藤勢は兵力に勝っているばかりか、指揮するのはあの石堂一徹ではないか。一徹は深志進攻以来常に深志城と諏訪郡からの援軍を分断し、優勢な兵力をもって個別に撃破する方針を貫いているのだ。

馬場信房は背筋が寒くなった。上原城からの援軍と合流することができなければ、援軍は先日の宮坂康高勢と同じく、この深志城に近い地点まで来たところで、あの巨大漢にいいようにあしらわれてしまうのに違いない。

しかも今度の援軍こそは武田に残る最後の兵力で、それが一徹に蹴散らされてしまえば、敵中に孤立する深志城の命運もそこで尽きる。

信房は、まずはこの現状を上原城に伝えなければならぬと思った。だが大手門も搦め手門も、堀の向こうには馬場利政が率いるそれぞれ四百の兵が堅く陣を構えていて、水も漏らさぬ警戒体制が敷かれている。

（夜になれば、暗闇に紛れて城外に脱出する機会があるやもしれぬ）

馬場信房は、まだ日が高いうちに遠藤勢の大半が南に移動していくのを空しく見送りながら、かろうじてそのことに期待を繋いだ。だがあたりが暗くなってくると、堀に沿って沢山のかがり火が焚かれて昼のように明るく、絶えず兵達が巡回して厳重に警戒しているではないか。

（これでは城内から使者を送ることも、援軍側からの使者が、城内に入ることもできぬわ）

わずか十町（約千百メートル）ほど南に、諏訪郡からの援軍を迎え撃つ準備を進めている遠藤勢のかがり火があちこちに見える。馬場信房は味方の敗北を、なす術もなく深志城の櫓から遠望する時が目前に迫っていることを知って、慄然とする思いであった。

三

出月景忠（いでつきかげただ）が率いる上原城からの援軍二千五百が深志平に到着したのは、二十三日の未（ひつじ）の刻（午後二時）であった。この日は朝のうちは雨が降っていたが、巳（み）の刻（午前十時）にはそれも上がって地面はしっとりと濡れ、風はあっても土埃が立たず、合戦をするには絶好の日和といえた。

出月景忠は四日前に千三百の兵を引き連れて甲府から上原城に到着していたが、すぐに深志城に向かわなかったのには深い理由があった。物見の者の報告によれば、深志城の周辺には村上義清の三千、遠藤吉弘の三千五百、小笠原長時の三百を合わせて七千近い軍勢が陣を敷いているというではないか。

上原城には宮坂康高を城代として千二百の兵が籠っており、留守居番を最小限に絞っても援軍は二千五百が限度だろう。武田勢としては、深志城内の馬場勢と合わせても四千五百の兵力で七千の敵を相手にどう戦ったらいいのか。

何の策もなく深志平に到れば、村上義清、遠藤吉弘、小笠原長時の連合軍は二千の兵力で城の大手門と搦め手門を固めて、城内からの馬場勢の突出を防いでおきながら、五千の戦力で上原城からの援軍を迎え撃つに決まっている。

しかも引き継ぎをした時の宮坂康高の言葉では、石堂一徹は今まで見たことのないほどのいくさ上手で、一方的に相手を攻めまくって簡単に勝利を収めるというではないか。いくさの経過を細々と語る康高は、かつての歴戦の武名が信じられないほどに憔悴（しょうすい）しきっていた。

「拙者は今でも、毎晩あの広丘でのいくさの夢にうなされて秋だというのに冷や汗でぐっしょりだ。何しろ、敵味方が相対しての合戦などどこにもないのだ。我らの行く手には常に空堀と水壕が待ち受けており、石堂一徹はひたすら我らを整斉として追い詰めてゆく。そのいくさだては精緻華麗でどこにも隙がなく、その規模の大きさには息を呑むしかなかったわ」

めっきりと頬がこけた康高は、深い溜息をつきつつ言葉を続けた。

「拙者の長い戦歴の中でも、あんなになす術（すべ）もなく完敗を喫したいくさは初めての経験だ。わずか一刻（二時間）の戦いで、我らの死者は八百、遠藤勢は皆無なのだぞ。しかも八百名の死者の中で、得物を取って華々しく戦った者は一人もおらぬ。その場に居合わせた者は誰でも、目の前で起きていることが現（うつつ）実のものとは信じられず、白日夢を見ている思いであったろう。あの一徹が相手で、しかも敵の半分以下の兵力で戦うとなれば、相当に用心せねばならぬぞ」

出月氏は武田氏の居館、躑躅ヶ崎館から南東二里（約八キロ）の石和（いさわ）に館を構えている豪族で、武田信虎も石和から兵を起こして甲斐平定に向かったことから、武田氏に最も早い段階で随身した重臣であった。

当代の景忠も信虎、晴信の二代にわたって多大の貢献を尽くしてきた功臣で、晴信が信濃に進攻している間は常に留守居番を務めていた。甲斐の国は南の今川氏、東の北条氏に挟まれており、武田信虎、晴信の外交力によって両家との関係は良好なうちに推移しているものの、信濃進攻が難航していると聞けば、いつ今川、北条両家からの攻撃を受けるか分からない。

留守居番の出月景忠は平時は躑躅ヶ崎館に詰めていて、一旦急あれば二十三町（約二千五百メートル）北にある詰の城、要害城（現・甲府市上積翠寺町に所在）に籠って敵を食い止めるのがその役目であった。

武田が信濃で苦戦しているのに付け込んでこその今川、北条の甲斐進攻なのである。晴信が帰着するまでには一ヶ月、二ヶ月の時間を要するかもしれず、その間は歯を食いしばってでも城を守り抜かなければならない。出月景忠の器量を見込んでこその大役なのだ。

だが十月七日に躑躅ヶ崎館に戻ってきた晴信は、その景忠に深志城応援の準備を進めるように命じた。砥石城で完敗を喫した今、村上義清の中信濃出撃は避けられないものと見なければならない。諏訪郡の上原城の城代、宮坂康高には深志城に籠る馬場勢の救出をすでに命じているが、それが失敗した時に備えて次の手を打っておく必要がある。

長窪城からは敗残の兵が次々と躑躅ヶ崎館に戻ってきたが、その惨状は目を覆うばかりのものであった。砥石崩れは晴信の代になってからの空前の大敗北で、今や一族存亡の危機と思わなければならなかった。

こうして出月景忠はかき集められる限りの兵力を集めて、諏訪の上原城に到った。景忠が率いてきた千三百こそは、今の武田が中信濃に派遣できる最後の戦力なのだ。上原城に残っている千二百と合わせて、二千五百の兵で深志城の馬場信房を救出できなければ、武田晴信は北信濃、中信濃でいずれも壊滅的な敗北を喫してしまうことになる。

「石堂一徹という男は信濃随一の武者として名高いが、その実は信濃随一の知恵者じゃ。武田勢の精強さ、勇敢さなど、あの男の前では何の役にも立たぬわ。あの男を凌ぐ策を考え出せないうちは、決してあの大男と戦ってはならぬぞ」

宮坂康高はそう言い残して、わずか十人ばかりの従者を連れて上原城を去って行った。出月景忠は康高より五歳年下で二十年近い親交があったから、古武士の風格を備えたこの年長者を篤く慕う気持ちが強く、遠藤吉弘に通じたなどという噂にはまったく耳を貸す気にもなれなかった。

しかし若い与力衆の間での評判を聞くにつけても、ここまで城内を離反させた石堂一徹という男の智謀の凄まじさには、舌を巻くほかはなかった。しかも今度は、自分が責任者としてその石堂一徹と対決しなければならないのだ。

それも七千対四千五百という圧倒的な戦力差を乗り越える策略がなければ、一徹と戦ってはならないと宮坂康高に釘を刺されている。砥石崩れの立役者である村上義清と、広丘のいくさで八百名を討ち取って自軍の被害なしという完勝を果たした石堂一徹の二人とを並べてみれば、自分は遥かに格下の存在だと景忠自身も思わざるを得ない。

戦力差と武将としての格の違い、これを痛感すればするほど、深志城の救援という役目の重さが両肩にのしかかってきて、どうにも腹の底からの自信が湧き上がってこない。

しかし二十二日の夕刻、深志城の周辺に撒いておいた物見の者が二人、相次いで上原城に駆け戻ってきて口々に叫んだ。

「理由は不明ながら今朝早くに村上義清は深志平の陣を払って坂木の村上館に向かい、小笠原長時もそれに倣って坂木へ落ちつつありますぞ」

「しめたぞ」

出月景忠は、それを聞いて即座に与力衆を大広間に集め、翌朝卯の刻（午前六時）

に上原城を出立し全軍を挙げて深志城の救援に向かうと力強く申し渡した。

「村上義清と小笠原長時が坂木の村上館に退き上げたとなれば、深志城を囲んでいるのは遠藤家の一手だけだ。その兵力は三千五百、我らは深志城に籠る馬場信房様の二千、我らの二千五百を合わせて四千五百、しかも遠藤勢を城内、城外から挟み撃ちにする優位にある。

　馬場様は圧倒的な敵に包囲されて、さぞ苦しいご胸中であったであろう。かくなるうえは、一刻も早く馬場勢と合流して遠藤勢を打ち破り、馬場様のご苦労をねぎらって差し上げねばならぬ」

「それにしても圧倒的に優勢でありながら、村上義清や小笠原長時は深志城を落とす絶好機に何で兵を退いたのでありましょうか」

　広丘の合戦で石堂一徹にいいようにあしらわれた体験者達は、これも上原城の武田勢をおびき出す一徹の策ではないかと疑う者が多かった。

「いや、それはない。これは単なる風評ではなく、味方の物見の者、それも一人ならず二人からの報告なのだ。村上義清は夜明けとともに深志平を発ったというから、今頃は坂木の村上館への道の半ばという頃合いであろう」

「しかし、なんでこの好機に村上義清は兵を退いたのでござろうか」

「これはそれがしの推測だが――」

出月景忠は、いかにもこの男らしい誠実な人柄を物語る穏やかな調子で続けた。

「石堂一徹はかつては村上義清の家臣であったが、九年ほど前にあるいきさつがあって村上家を退散したという過去がある。従って遠藤家、村上家の仲は必ずしも良好とは言えないのではないか」

それに考えてみれば、この二ヶ月、村上義清は獅子奮迅の活躍で砥石崩れの大勝を勝ち取ったが、そのためにどれほどの新領を得たかといえば一村もない。一方で遠藤勢は晴信が北信濃に向かうのを見て素早く安曇郡を手中に収め、砥石崩れを知って今度は筑摩郡に兵を進め、今や中信濃の全域をその支配下に置こうとしている。これでは村上義清は大汗をかいて働いたのに実益は何もなく、遠藤家はちゃっかりとすべての収穫を我がものとしているではないか。義清としては、面白くあるまい。

出月景忠はそこで言葉を切り、一同の顔を眺め渡した。

「こんな詮索は、後でゆっくりすればよい。今は、苦境にある馬場様の救出が第一だ。明日は悔いの残らぬいくさをしようぞ」

広間に集まった与力の衆は重大な任務に身震いしながら、大声で、

「おう！」

と和した。

武田勢の前に立ち塞がるものは何もなかったが、深志平に近付くにつれて出月景忠の行軍速度はめっきりと落ちた。

（石堂一徹の戦法は変幻自在で、とても予測が付かぬ）

広丘の合戦を体験した者はもちろんのこと、話を聞いただけの者にも一徹の怖さは骨身に染みわたっていた。森があればその陰から、丘があればその裏から今にも石堂勢が湧き起こってくると思われてならない。

その度に一々確認の兵を出さなければならないのだから、出月景忠はほとほと神経が疲れた。そもそもいくさは安全策を採っていれば、それで勝てるというものではない。むしろどこかで蛮勇を振るって前進しなければ、勝てるいくさも失ってしまうのだ。それが分かっていながら常に後方にも気を配っていなければならないのが、今度のいくさの特異な展開であった。

それでも途中何事もなく、未の刻（午後二時）にはようやく深志城から二十数町の所まで来た。そこからはすでに深志城の櫓や大手門の上の物見台が遠望でき、その手前には遠藤勢が陣を構えて待ち受けていた。

（はて）

出月景忠は小首をかしげて、全軍に停止を命じた。正面にあるのが遠藤吉弘の本陣で、吉弘の『仁愛』の幟はもとより石堂一徹の『無双』の幟も爽やかな秋風にはためいており、右手には仁科盛明の『武運長久』、左手には村山正則の『旭日昇天』の幟があって、鶴翼(かくよく)の陣構えであった。その兵力はざっと二千五百といったところか。

遠藤勢の総数は三千五百とすれば、残りの千名が深志城の大手門、搦め手門を水壕の外からひしひしと固めているに違いあるまい。ここでほぼ同兵力の遠藤勢と出月勢がぶつかって激戦となれば、老練な馬場信房は時機を計って大手門を開き、城内の二千の兵力を一気に突出させるに違いない。そうなれば、背腹に敵を受けた遠藤勢は一たまりもなく壊滅するに決まっている。

相手が並の武将ならば、出月景忠もこの陣形を見て喜び勇んで戦闘を開始したであろう。だが相手が石堂一徹であることが、景忠の判断を迷わせた。

「何かご不審でも」

保坂友政、弥彦甚五郎、古畑義昌といった面々が、出月景忠の周りに集まってきた。

「それよ、いくさ上手の一徹としては陣の位置が城に近過ぎるではないか。ここは本来ならば、遠藤勢は城から二里(約八キロ)ばかり離れたところで援軍を待ち受けるが常法であろう。そうすれば、いくさが始まったのに気付いて深志城を出た馬場殿の手勢が戦場に到達するには、一刻(二時間)は掛かる。遠藤勢は戦力的に優位にあるうちに我らに短期決戦を挑んで決着をつけ、返す刀で駆けつけてくる馬場勢を迎え撃てばよいのだ」

しかし現実には、遠藤勢と背後の深志城との間にはわずか十町（約千百メートル）の空間しかないではないか。常識的に考えれば、城内の馬場勢と城外の援軍が呼応して動けば、こんな距離はないに等しい。

「あるいはこれも、一徹の誘いの罠か」

そういえば、出月景忠には気がかりな点が一つだけあった。それは昨日夕刻の村上義清撤退の報告を最後に、深志城周辺からの新たな情報が一切入らなくなっていることであった。さればと上原城からいくさに熟練した物見の者を数人派遣しておいたのだが、いまだに誰一人として戻ってこない。遠藤吉弘がこのあたりの諏訪に通じる街道に見張りを立てて、情報の漏洩を厳しく取り締まっているとしか思えなかった。

武田勢が停止したのを見て、遠藤勢の両翼が四町（約四百四十メートル）ほども南に動いて出月景忠の軍勢に攻め掛かり始めた。まず双方からの矢合わせがあり、次いで槍衆が前面に出ての叩き合いが盛んになった。

そのうちに騎馬武者が戦場を駆け始めた。相手の左翼の仁科盛明が余裕綽々に指揮しているのはその戦歴からしても当然であったが、右翼の村山正則の采配も小気味いいほどにきびきびしていて、兵達も元気一杯に活発に動いていた。

「村山正則とは、このところよく聞く名だな」

「あの男は石堂一徹の秘蔵っ子で歳はまだ二十三、四ばかりでありますが、この中信濃の戦闘では目につく活躍を重ねております」

広丘のいくさで痛い目にあった弥彦甚五郎が、苦々しい表情で教えてくれた。

緋縅の当世具足を身に纏い、朱塗りの槍をきらめかせながら手勢に大声で指示しているその若者を、出月景忠は眩しいものでも見るような目で眺めやった。右翼も左翼も武田勢は押されがちであったが、遠藤勢は一町（約百十メートル）ほども攻め込むと、深追いはせずに兵を返した。

「何をいたしておる。追え、追え！」

味方の緩慢な動きに、出月景忠は大声を上げて罵った。

「相手は、来た道を引き返している。つまり相手を追っていく限りは、空堀にも水壕にも落ちる恐れはないのだぞ」

すぐに本陣から伝令が両翼に飛んだ。目に見えて武田勢の動きが激しくなり、戦機はようやく熟したようであった。

遠藤勢の両翼は戦っては退き、武田の追い足が緩くなるとまた退き返して戦った。それは武田の猛攻を持て余しているようでもあり、逆に巧みに武田勢をおびきよせているようにも思えて、出月景忠の心は定まらなかった。両軍とも戦っているのは両翼だけで、敵の本陣は相変わらず元の位置からまったく動かずに静まり返っている。

「本陣を前進させましょう。両翼との間隔が開き過ぎています」

保坂友政の言葉に、出月景忠は頷いた。

（どうも俺は石堂一徹の影に怯えて、進むことも退くこともできないでいる。だが一徹の旗は、十町（約千百メートル）先に翻っているではないか。我らがあの旗を目指していけば、それに気が付いた馬場殿が大手門を開いて突出してこようぞ）

「心利いたる者を先頭に立てよ。そして雑兵達に棒で地面を探らせて、水壕も空堀もないことを確認しつつ、静々と兵を進めよ」

「深志城の地形なら、拙者がよく存じております。拙者が前線に出ましょう」

五十年配の古畑義昌はそう言って前線に赴き、二十人ほどの槍衆を借りて横一列に並ばせ、槍の石突（いしづき）（後端）で地面を叩いて安全を確認させた。

こうしてゆっくりと本陣は遠藤勢に向かって進んだ。やがて両軍の本陣の距離は三町（約三百三十メートル）にまで縮まった。

武田の全軍が前に注意を集中しているこの時、不意に背後で大喚声が湧き起こった。驚いた出月景忠が振り返ると、右手の丘の陰から石堂一徹の軍勢が群がり起こって、武田の本陣を急襲しつつあるではないか。その兵力は三百人ほどであったが、弓衆、槍衆は一人もなく、すべては屈強の騎馬武者とその郎党達であった。

（しまった。一徹はここにおったか）

出月景忠が思うに、一徹は初めからこの丘の陰に潜んでいて、仁科盛明、村山正則の両将は一徹の指示に従って巧みにこの地点まで武田勢を誘い出したのであろう。

武田の本陣は、見る間に後方から突き崩された。悪いことに出月景忠は本陣の中でも後方に位置していたから、敵はすぐに喚声を上げつつ目前まで迫ってきた。その時、景忠の腹心の配下である丹沢善七郎(たんざわぜんしちろう)が馬を寄せて叫んだ。

「ここは私が身を捨てて石堂一徹を防ぎます。その間に殿は前線へと逃れ給え」

その面には、いかにも若者らしい思い詰めた至誠が溢れていた。景忠は涙を零して善七郎の手を握った。

「済まぬ」

景忠が北に向かって去るのを見届けてから、丹沢善七郎は馬を南に走らせ、石堂一徹の姿を見掛けると涼やかな音声(おんじょう)で呼ばわった。

「そこにおわすは、石堂一徹殿でございましょう。拙者は出月景忠の家臣で丹沢善七郎と申しまする。若輩ながら槍にかけてはいささか覚えがござれば、石堂殿に一手ご指南願いたい」

その声が一徹に届いたのを見極めて、丹沢善七郎は馬腹をあおって全速で駆けた。もとより信濃第一の勇名高い石堂一徹に歯が立つとは考えられなかったが、この若者は最初から相打ちを覚悟の捨て身の気構えであった。

一徹もまた槍を構えると、馬腹をあおった。

「およしなされ」

背後で慌てた鈴村六蔵の声が聞こえたが、一徹は耳を貸さなかった。両者の距離は急速に詰まった。

（よし！）

両者の間隔が四間（約七・二メートル）にまで迫ったのを見切って、丹沢善七郎は絶好機とみて槍を突き出した。その瞬間に一徹の手練の槍が、善七郎の鎧の胸を貫いて背中にまで達した。その衝撃に棒立ちとなった若者の槍は、空しく宙を舞うばかりであった。

槍から手を放して走り去る一徹を振り返った善七郎の顔には、

（何故だ。あの絶好機に繰り出した俺の槍が、どうして石堂一徹に届かぬのか）

との思いが溢れていたが、次の瞬間に意識を失ったこの若者の体は馬上から転げ落ちていた。主君の後ろを駆けていた六蔵は馬から飛び降りて一徹の槍を善七郎の胸から引き抜くと、すぐに馬上に戻って主君を追った。

六蔵には、不思議でならなかった。相手が敵将の出月景忠ならいざ知らず、この局面で敵の若者から手合わせを望まれたからといって、一徹が立ち合う必要などさらさらない。血気に逸（はや）る若武者を周囲から選んで、相手をさせればいいことであった。

六蔵は、一徹の態度に普段とは違う異質なものを感じた。

（若の胸中には、どこか捨て鉢な思いがある）

それは二十年以上も一徹に仕えてきた六蔵であればこその直感であった。それが何に起因するものかは分からないまでも、いくさに当たっては常に沈着冷静な一徹にはあるまじき感情の起伏なのだ。

一徹が丹沢善七郎を一蹴するのは、六蔵には初めから分かっていた。善七郎の槍は定寸の一間三尺（約二・七メートル）なのに、一徹のそれはもう一尺長い一間四尺（約三メートル）であった。体軀が並外れて大きく、筋力また抜群でしかも身のこなしが敏捷な一徹にとっては、定寸の槍では軽過ぎて物足りずに、特別誂えの長い槍を楽々と使いこなしていた。

巨大漢の一徹が馬格のよい巨馬を御しているために、一間四尺の槍はその武者姿にいかにも釣り合いがよく、丹沢善七郎はその槍の長さの違いに気が付かなかった。手が長く槍も長い一徹が善七郎と同時に槍を突き出せば、勝敗はおのずと明らかであろう。

「若、お見事でございました」

六蔵は槍を手渡しながら一徹の表情を盗み見たが、一徹の顔はいつもの厳しく引き締まった軍師のそれに戻っていた。

一徹の参戦と同時に、奇妙な動きが遠藤勢の本陣でも起こっていた。本陣が二つに分かれて、左右に移動しつつあった。これで出月勢の正面はがら空きとなり、東西と南から遠藤勢に圧迫される形となった。しかも目の前の敵がいなくなった以上は、当然大手門を開いて突出してくるべき馬場勢には相変わらず何の動きもない。

そこへ、最前線に出ていた古畑義昌が、肥満した体を丸めて駆け戻ってきた。

「遠藤勢の本陣が動いた直後に堀端へ到りましたが、大手門は開かれておりますのに、肝心の跳ね橋が見当たりませぬ。大手門には馬場様の姿がありましたので、大声で尋ねたところ、馬場様が申されるには、石堂一徹の奇計によって大手門、搦め手門の跳ね橋はともに焼き捨てられ、もはや跡形もないとのことでございます」

「何と！」

跳ね橋がなければ馬場勢に城外に突出する手段はなく、これまで歯嚙みをしながら戦況を見守るしかなかったのであろう。遠藤勢が城を背にして陣を張った理由も、それなら分かる。

だが、それは驚くべき現実を出月景忠に突きつけることになった。馬場勢が城から突出できないということは、自分達にも深志城に入る手立てがないということではないか。しかも遠藤勢は東西と南の三方向から、出月勢を深志城の水壕へと追い込むように、水も漏らさぬ包囲網を引き絞りつつあるのだ。

「味方の堀が、仇となるのか」

弥彦甚五郎は、低くうめいた。広丘の合戦で多くの家臣を水壕によって失ったこの男は、今度こそは自分が同じ道を辿ろうとしていることを知って慄然としていた。

わずか十四日前の広丘の悪夢が、再び目の前に再現されようとしていた。武田勢は三方から遠藤勢に追いまくられ、水壕に向かって死の行進を強いられているのである。

ただ前回は行く手が遠藤勢の手になる水壕であったが、今回は味方の馬場信房の手によってもともと幅二間（約三・六メートル）、深さ一間（約一・八メートル）だったものをわざわざ幅三間（約五・四メートル）、深さ二間（約三・六メートル）に改修したばかりなので、被害はさらにずっと大きいに違いない。

愕然としている出月景忠のもとに、前線から家臣の樋川治冬（ひかわはるふゆ）が駆け戻ってきた。

「殿、馬場殿がお呼びでござる」

人込みをかき分けるように堀際まで進むと、堀のすぐ向こうに見覚えがある馬場信房の大柄な姿が待っていた。

「そちらからこちらへ伝って渡れるように、今から堀の水面に綱を張る。だがそのためには、幅十間（約十八メートル）、奥行き三間（約五・四メートル）の場所を堀際に確保してもらわねばならぬ。出月殿はまずその場所から軍勢を追い払い、また諸将には一歩も引かずに遠藤勢に抵抗するようにと厳命してくれ。そのまま退いてしまえば、作事が間に合わずに全員が堀に落ちて溺れ死ぬばかりぞ」

出月景忠は周囲を振り返って、大声で叫んだ。

「皆も聞いたであろう。古畑、弥彦、保坂は、三方に走って前線の指揮官達にその場に踏みとどまって戦えと指示して回れ。それでも下がる者がいれば、構わぬ、その場で切り捨てい。

俺の馬回りの者達は、大手門のこちら側に、幅十間（約十八メートル）、奥行き三間（約五・四メートル）の空地を確保しろ。皆刀を抜き、逆らう者はためらわずに切れ」

まだそれほど軍勢が堀際に密集しているわけではないので、必要な空間はすぐに無人にできたが、何しろ三方から押し寄せてくる味方の圧力は強い。すぐに何人かの雑兵がよろめいて、地面に描いた線を踏み越えてしまった。たちまち絶叫とともに血しぶきが飛んだ。

「いいか、命が惜しくば振り返って敵と戦え。こちらへ下がってくる者はすべて敵とみなすぞ。容赦なく切り捨てよ」

景忠は、こんな辛い命令を発するのは初めてであった。しかしここで踏みとどまって時間を稼がなければ、援軍の全員が深志城の水壕の餌食となってしまうのだ。

必死の攻防が続く間にも、大手門側からは下帯一つの若者達が次々と堀に飛び込んで泳ぎ渡り、こちら側に上がってきた。そして腰に付けた細紐を手繰ると、大きな木の杭、大槌、太い綱などが引き上げられた。

若者達は二人一組で一人は杭を支え、一人は大槌を振るって三尺（約九十一センチ）間隔で地面に杭を深く打ち込み、これに太い綱をしっかりと結びつけた。作業が完了して合図をすると、大手門側でもすでに打ってある杭に綱のもう一方の端を括り付けた。こうしてたちまち十本の綱が、三間（約五・四メートル）の堀の水面に張られた。

「これで鎧を着たままでも、綱を伝えば堀を渡れます。向こう岸に到れば、味方が手を貸して引き上げてくれましょう」

下帯一つの姿なので秋風の冷たさが身に染みるはずであるが、指揮している若者は爽やかに付け加えた。

「くれぐれも整然と列を作って渡って下され。我先に飛び込んだりすれば、綱がつかめずに溺死する者が続出しますぞ。それでは我らは城に戻って、向こうでお待ちしております」

若者は一礼すると仲間に合図をして水に入り、綱を伝ってすぐに向こう岸に渡りきった。

景忠はこうした策を考案して実施し、多くの味方を救ってくれる馬場信房に手を合わせたい思いであった。すぐに馬回りの者達に命じて、順番を守って整然と綱を渡る手順を申し渡した。

「一旦手順が乱れて勝手に飛び込む者が続出するようなことになれば、もう収拾がつかぬぞ。必ず杭の後ろに整列させ、前の者から順番に水に入らせるのだ。横から割り込む者があれば、たとえ相手が上級武士でも遠慮なく切れ。その責任は、すべて俺が負う」

馬回りの者達は、刀を抜いて周囲の軍勢に声を掛けた。

「この十本の杭の後ろに列を作って並べ。先頭の者から逐次水に入れ。列を乱す者、割り込む者はその場で叩っ切るぞ。また槍を持っている者は、この場に置いていけ。槍を抱えていては場所を取るし、片手で綱を手繰るのでは時間も掛かる。何人が助かるかは、時間との勝負なのだ」

すぐに先頭の武士が綱をつかんで水に入った。重い甲冑を纏っていても、綱を両手で手繰るのであれば、三間（約五・四メートル）の堀を渡るのは造作もなかった。そして対岸に到着すると、たちまち馬場勢の若侍達が水中から引き上げ、枡形の中にいくつも用意してある焚火のそばに連れて行った。危地を脱した出月勢はすぐに甲冑を外し、水を吸って重たくなった衣類の冷たさに震えながら、火に手をかざして暖を取った。

軽輩でも武士の身分の者は秩序正しく行動したが、もともとは百姓身分の雑兵となるとそうはいかなかった。

（綱に頼らずに堀を渡るのならば、俺の勝手だろう）

自分の番が待ちきれない雑兵達は陣笠と腹巻を脱ぎ、槍も捨てて身一つになると、勝手に堀に飛び込んで泳ぎ渡った。陣笠も腹巻も槍も支給品だから、捨てて行っても惜しくはないのだ。その代わり対岸に着いても誰も手を貸してはくれないので、城内に入るのは一苦労であった。

堀を渡る作業は、思ったよりも順調に進んだ。とは言っても、跳ね橋を渡るのに比べれば効率は比較にもならない。

避難活動の進み具合を遠望して、前線を指揮する侍大将達は全員が死を覚悟していた。ここで自分達が捨石となって一人でも多くの者を無事に城中に送り込まなければ、武田家の将来はないのだ。いったん崩れて我勝ちに堀へ殺到するような事態になれば、大混乱の中で全員が溺れ死んでしまうに決まっている。それくらいなら、遠藤勢と戦って死ぬ方が余程武士として筋の通った道であろう。

それに幸いなことには今日の遠藤勢の攻撃には、火の出るような激しさはなかった。勝敗はすでに決まっている以上は、味方の損害を最小限に抑えようといういくさぶりであった。

結局、出月勢の二千名が入城したところで、戦闘は終わった。この日の遠藤勢の死者は百、武田勢のそれは五百名である。

遠藤勢は大手門の前で声高く勝鬨を三唱してから、大手門、搦め手門の警護を従来通りに馬場利政に任せて諸将は村井城に引き揚げ、戦勝の祝宴を始めた。武田晴信は、財布の底を叩いて虎の子の千三百を出月景忠に預けて出陣させたのだが、馬場信房を救出するどころか、援軍の出月景忠達までもが深志城の中に閉じ込められる羽目になってしまった。

勝鬨の前に大手門の前と城外を結んでいる十本の綱は、力自慢の若者達が大勢で城側の杭をすべて引き抜いてしまったから、あの綱を伝って城外に出る手はもう使えなくなっていた。四千に膨れ上がった城兵は、もはやまた元の袋のねずみであった。

「一徹、それにしても今日の攻めは手温かったな。本気で力攻めをしていれば、もう五百は討ち取れたぞ」

すでに頬を赤く染めている仁科盛明は、一徹の采配に不満の色を見せて絡んできた。

「しかし無理な力攻めをすれば、我らの被害もまた大きい。今は一人の兵も失いたくないのよ」

一徹はそう言いながら、盛明の鼻梁の高い狐顔を正面から見据えた。

「ところでお主は、今深志城にどれほどの兵糧があると思うておる」

盛明は虚を突かれて、言葉が出なかった。

「中山平のいくさで武田晴信が勝利を収めたのが七月の十五日、北信濃進攻を急ぐ晴信は後事を馬場信房に託して、十九日には諏訪の上原城へ引き揚げた。同じ日に馬場信房は深志城に入って中信濃の平定に掛かったのだが、その第一歩として、上原城城代の宮坂康高に兵糧の搬入を頼んだに違いない。林城をはじめとする小笠原の諸城にも兵糧は残されていたであろうが、もともとが千二百という小勢の上に七月の半ばとあっては昨年の年貢もあらかたは食い潰していたはずだ。村井城には多少の兵糧の備蓄はあったにしろ、二千人が城に籠るとなればとても足りない」

一徹の考えは、諸将の思いも寄らないものであった。

「馬場信房の当初の見込みでは平定は順調にゆき、十月には深志城の周囲の新領から年貢が入ってくると思っていたに違いない。従って深志城に運ばれた兵糧は、近辺からかき集めた分と上原城から送られてきた分を合わせて、多少の余裕を見ても七月十九日から十月一杯の百日分、つまり二千人の百日分とみてよかろう」

一徹はそこで言葉を切って、聞き入っている諸将の顔を見渡してからさらに言った。

「ところが晴信や馬場の予想に反して翌二十日には遠藤勢の安曇進攻が始まり、安曇郡は旬日（十日）を待たずして全域が遠藤領となった。そして十月一日の砥石崩れを機に遠藤勢は筑摩郡に攻め込んで、あっという間に深志城を包囲して孤立させた。九日には広丘の合戦で我らが宮坂康高を打ち破っているから、この間に上原城から深志城に兵糧が追加搬入されたとは考えにくい。つまり、深志城の米蔵には兵糧はもうほとんど残っていないと見るのが妥当だろう」

一瞬の沈黙を置いて、仁科盛明が唸るように口を開いた。

「一徹、お主は恐ろしい男じゃな。深志城の米櫃が空になるのを見透かして、そこにできるだけ多くの武田勢を送り込んだのか」

一徹は深く頷いた。

「今回の援軍は、武田の最後の余力を振り絞っての動員だったはずだ。来年の春まで掛けなければ、武田は軍の再編成ができまい。また来月になれば雪が降り始め、月末には根雪になろう。そうなれば兵を動かすことも、兵糧を送ることもできなくなる。雪が解けるのは来年の二月末だ。今は十月末、来年の二月末までの四ヶ月間を、深志城の四千はどうやって食い繋ぐのであろうな」

言葉もない諸将を見渡して、一徹はさらに言った。

「もうしばらくは、ここにとどまって深志城の動きを見守るが、雪が降り出せば、馬場利政に千の兵を与えて豊科に引き揚げる。来年のことは、豊科でゆっくりと考えようぞ」

第六章　天文十九年十一月一日

一

　今年のいくさはこれで一段落し、来年の二月末までは次のいくさの構想を練る時期であった。豊科へ戻ってからすぐ、遠藤吉弘は論功行賞を行い、仁科盛明が北安曇に隣接した三つの村を授けられたのを筆頭に、家臣達もそれぞれ新たな領地を割り当てられて、上機嫌であった。

　十一月一日、大町の仁科館に戻る仁科盛明を見送った後、どんよりとした冬空が天を覆う豊科の遠藤館の居室で、遠藤吉弘は石堂一徹と余人を交えずに相対していた。

「ほかの家臣の前では洩らせぬことでありますが、殿には中信濃の現在の状況について厳しい認識を持っていただかねばなりませぬ」

　そう言う一徹の表情は、目も口元もいつにない苦渋に満ちていた。一徹に任せておけば、今や武田など恐れるに足らないと楽観的に構えていた吉弘にとって、思わず居住まいを正すほどに、この軍師の面には陰鬱な影があった。

「中信濃は一見すると遠藤家による平定の一歩手前まで来ているようでござるが、これは家中の者達を動揺させないように拙者が仕組んだものでございます。特に仁科盛明などは臣従に利なしと判断すれば、平気で武田とよしみを通じるしたたかな男で、騙せる限りは騙しておかねばなりませぬ」

「何がそんなに問題なのだ」

一徹の苦悩が何に起因するものなのか、吉弘にはまったく理解できなかった。

「中信濃の攻略の成否は、ひとえに深志城を落とせるかどうかに掛かっておりました。あの城さえ落ちていれば、武田の勢力は完全に中信濃から放逐され、殿は今頃は深志城に居を移し、中信濃の統治に取り組んでいたでありましょう。そうなれば、北信濃の村上義清、中信濃の殿が連携して武田へ対抗する態勢は充分に整います」

来春武田が北信濃に向かえば、遠藤勢は諏訪郡に侵入して上原城を攻略し、諏訪郡全域を押さえて武田晴信を西からは村上義清、南からは遠藤勢が挟撃する態勢が整う。逆に武田晴信が中信濃に進出してくるならば、遠藤勢は塩尻峠に出陣して膠着戦に引きずり込む。

その間に村上義清は佐久郡に進攻すればよい。要するに武田は一手、こちらは二手なのだ。どう転んでも、武田は進退に窮するに決まっている。

「しかし村上義清の無断退却により、落城目前だった深志城は辛くも生き延びてしまいました」

むろん、遠藤家一手でも深志城を落とすことはできただろう。だがそのためには、遠藤勢も少なくても二千の犠牲者を出す覚悟はしなければならない。となれば残る千五百の兵力で、上原城から必ずやって来る二千を超える援軍に対処できようか。

たとえその援軍は撃退できても、戦力はさらに落ちてしまう。来年には武田晴信が目の色を変えて本気で攻撃してくるに違いない。そうなれば到底勝ち目はない。

そこで窮余の策として、攻城車を使って深志城の大手門、搦め手門の跳ね橋を焼き捨てるという奇策を採り、馬場信房勢から城外に出る手立てを奪っておいて、上原城からの援軍を迎え撃ったのだ。

その結果、今や深志城にはろくに兵糧もないままに、四千の軍勢が閉じ込められているという形になっている。素人目には、遠藤家の必勝の態勢であろう。

しかしこれは碁将棋を例にとれば、己の敗北を読み切った上でさらに数手を打って善戦健闘の形を作ってから投了する、いわゆる投げ場を作ったのに過ぎない。

一徹は、底光りのする鋭い目で吉弘を見据えた。

「何故なら馬場信房が城外に出ることなど、今ならば実は簡単なことであります。城内には兵糧を食い尽くした挙句の空の米俵が、山のようにございましょう。それに土を入れて土嚢を作り、大手門の外の堀に投げ込めばいいではありませぬか。わずか幅三間（約五・四メートル）、深さ二間（約三・六メートル）の堀であれば、半刻（一時間）もしないうちに道ができるはずです」

むろんそれが分かっていても、三千五百の遠藤勢が城を囲んでいる間はそんな作事はできなかった。二千の兵力で三千五百の遠藤勢に突入すれば、全滅の恐れが充分あるからである。

また出月景忠の軍勢を深志城に呼び込むのに土嚢を積む工法を取らなかったのは、一刻を争う緊急時であれば、堀の水面に綱を張り巡らす方がずっと短時間で済むという判断があったのであろう。

しかし、今は状況が違う。城内に出月景忠の手勢二千を追い込んだ以上、城に籠る武田勢は四千、城を囲む遠藤勢は三千五百となっては、もはや城攻めは不可能である。しかも林城とその支城は武田の手で破壊され、宿舎としては使えない。といって三千五百の軍勢が深志城の周囲に露営して、信濃の厳しい冬の寒さに耐えることは到底できまい。

城を攻めることも、城の包囲を続けることもできないとなれば、万策尽きた遠藤勢の主力はそれぞれの領地に引き揚げ、わずか千名の軍勢を馬場利政に預けて城を囲ませているのが現状なのだ。

「深志城に籠る武田の兵力は四千、多少の犠牲を覚悟すれば、今ならいつでも深志城からの脱出は可能なのですぞ。なおそのような事態に備えて、馬場利政には城内に動きがあれば、一戦に及ぶことなくすぐに全軍をまとめて豊科に退き上げるように申し送ってございます」

息を呑む思いの吉弘に、一徹は一呼吸置いてさらに続けた。

「むろん武田晴信としても、深志城に籠る四千の兵を見捨てることはできませぬ。四千の兵力といえば、武田の動員能力の実に三分の一でございます。今頃は武田の威信をかけて、深志城の救援に向かいつつありましょう。諏訪郡の上原城にはすでに今年の年貢も納められて、兵糧は豊富にあるはずでござる。荷駄の者達を大動員して、晴信は雪を掻き分けてでもそれを深志城に運びましょう」

馬場信房は跳ね橋を再建して充分な兵糧を確保した上で深志城に籠り、出月景忠は上原城に引き揚げてことある時は直ちに援軍として深志城に駆け付けるという体制を採れば、来春の遠藤家の攻勢に対する準備はひとまず整うというべきであろう。

また深志城に馬場信房が健在であれば、今は遠藤家に臣属している周辺の豪族達も風向きが変わったのを見てとって武田に臣従するのは必定、となればその時点で深志城以南の筑摩郡は武田の手に落ちるに決まっている。

「実に深志城一つをどちらが取るかで、筑摩郡の帰趨が決まってしまったのであります。

　またたとえ深志城が何とかなっても、中信濃の四千の兵力では、とても単独で武田に対抗していく力はありませぬ。そこで私が頼りにしていたのが、村上義清でござりました。しかしこの一ヶ月のあの男の動向を見るに、村上義清も、もう命運が尽きましたな」

　現在の村上と武田の戦力を比較すれば、村上が勝つ機会は百に一つもあるまい。それがこのわずか二十日余りの間に、二度も信じられないほどの幸運が巡ってきた。

　最初の一つは、砥石崩れである。ところが義清は晴信に窮余の策の偽首をつかまされ、長窪城に追い込んだことで満足して兵を返してしまった。

　影武者の存在すら噂される武田晴信が相手なのだ。首級を得ても、念には念を入れて長窪城に一当てすべきであった。晴信が健在ならば、城内の士気は高く手強く反撃してくるであろう。晴信が真に落命しているならば、将兵は戦意を喪失して最前線の城など放棄して領国へ逃げ帰るに違いない。

　そして晴信が生きていると分かれば、勝ちに乗じて徹底的に追うべきであった。むろん、村上勢は北信濃の北端に近い中野郷から小県郡の中央にある長窪城まで一気に移動してきたのだから、兵に疲労はあったろう。

しかし追う側の苦しさなど、敗走する側のそれに比べれば物の数ではない。三十代前半の義清であれば、こんな場面では部下を叱咤激励しつつ先頭に立って槍を振るい、鬼神も顔を背けるほどの激しさで敵を蹴散らしていったに決まっている。

それを一坪の新領も手にしないまま、戦果に満足して引き揚げてしまうようでは、義清も五十歳を迎え、体力、気力ともに衰えたと思わざるを得ない。

二つ目は、中信濃の制圧にほぼ成功しながら、武田出撃の噂に怯えて兵を退いたことである。砥石崩れからわずか二十日余りで、再度兵を起こす体力が武田にあろうはずがない。

それに村井城に続いて深志城までを落とされてしまえば、武田勢は中信濃における進攻の拠点を完全に失ってしまう。そこで内政に長けた遠藤吉弘が深志城に移って統治に専念すれば、傲岸不遜で支配下の豪族達に人気がない小笠原長時が中信濃に君臨していた頃よりも、武田に対抗する力はずっと強くなるのだ。それが頭では分かっていながら、体は勝手に坂木へと駆け出してしまうのが、今の義清がただの凡将に堕した証拠であろう。

「人間落ち目になると、やることなすこと裏目に出て、わざとのように坂道を転げ落ちて行くものと見えますな。二度の絶好機を見逃すようでは村上義清の前途はまことに暗く、来年か再来年のうちには再起の念に燃える武田に大敗するでありましょう。

もはや、あのような村上を頼ることはできませぬ。かといってこの安曇郡と横山郷、中原郷の旧領合わせた六万石で、北信濃を落として六十万石近くに膨れ上がる武田に対抗していくことは至難の業でござる」

一徹は、深い溜息をついた。この軍師の胸中に去来する暗鬱な思いに初めて触れて、吉弘には言葉もなかった。

やがて一徹は、面を上げて静かに言った。

「これからの遠藤家はいかにすべきか、数日を掛けて思案を練りたいと存ずる。それがまとまり次第参上いたしますれば、しばらくのご猶予を賜りたく」

二

遠藤館を辞した一徹は自分の屋敷で夕餉を済ませた後、若菜に頼んだ。

「俺は、これからの遠藤家がどうすればいいのか、じっくりと考えたいと思うておる。酒を一升温めて、この部屋に届けさせてくれ。若菜は先に休むがよい」

しかし若菜は微笑を消した真剣な表情で、一徹に向かい合った。

「屋敷に戻られた時から、一徹様のご様子は尋常ではありませぬ。ほかの家臣の前では平静を装ってはおりますが、私には一徹様の心の中がいつになく揺れ動いているのが気がかりでございます」

若菜はそこで言葉を止め、しばらく一徹の表情を窺ってから、硬い声音でさらに言った。

「今日の午後、六蔵がやってきてこんな話をしておりました。それは、深志城攻略の当日に村上義清が無断で兵を退いた時から、若の挙動がどうもおかしいということでございました」

六蔵が言うには、若の采配はいつも沈着冷静で、感情が表に出ることはほとんどない。しかし村上義清が勝手に退陣してからの若の采配には、どこか捨て鉢な、投げやりな感情が透けて見える。

『若はどんな状況に置かれても、決して怯むことなく正面の敵に全力で立ち向かうお方でござる。それが村上義清の離反以後、前途に絶望したのではありますまいか。むろん遠藤家の軍師として、弱気な態度はとれませぬ。家臣の前では相変わらず鬼謀の軍師で、その打つ手は着実に成果を上げております。しかし、若にとってはすべてが終わったという思いが心を深々と浸しているのではありますまいか』

一徹は苦笑した。長い主従の縁であればこそ、六蔵にはこの主君の苦悩が手に取るように分かってしまうのであろう。

「一徹様、夜の闇の中で思いを巡らせば、自然と暗い結論に到りましょう。ものを考えるには、明るい昼間のうちでなければなりませぬ。周囲が明るければこそ、思案も明るくなるのでございますよ」

若菜はそこで言葉を切って、一徹の顔を正面から見据えた。

「一徹様、今の一徹様の体の中には、どす黒い鬱屈(うっくつ)した感情が充満して溢れかえるばかりに渦巻いております。それらをすべて一度吐き出してからでなければ、正常にものを考えることはできませぬ」

若菜は透き通るような微笑を浮かべて、さらに言った。

「一徹様は、寝所の中では私を宝物のように大事に扱って下さいます。それはまことに有り難いことではありますけれど、今日ばかりはそのようなお心遣いは無用のことであります。一徹様、その大きな体に溢れる鬱勃(うっぼつ)たる思いを、すべて私にぶちまけて下さいませ」

若菜は、一徹の心の中を見通したようにふっと微笑した。

「一徹様の心の内には、余人には窺い知れない深い悩みがあるのでありましょう。でも、私は一徹様の妻でございますよ。たとえ余人には洩らせぬことでも、私にだけは心を開いて生の自分をさらけ出して下さいませ。

泣き言でもいい、恨みの言葉でもいい、私はすべてを受け入れます。一徹様も人の子です、時に妻にだけは弱みを見せるのが何で恥でありましょう。私はそういう弱い一徹様が好きでございます。何故なら私も弱い人間で、一徹様の深い理解があればこそ、人がましく世に立っていられるからですよ」

一徹は、若菜の眩しいばかりの笑顔を見て苦笑した。

「賢い女は、同じ場面では同じことを言うものであるな」

若菜は敏感に察した。

「朝日様でございますね」

一徹は頷いて言った。

「あれは十年ほど前、当時村上義清に仕えていた俺は、主君が自分の献策を採用しないのに悶々として、毎晩泥酔しては寝所に転げ込むという生活に明け暮れていた。ついに呆れた朝日は俺にこう申したわ。

『毎晩深酔いしてばかりで、何になります。ものを考えるのは素面の昼間にすればよいので、夜は夜でほかにすることがございましょう』

俺が『何をすればいいのだ』と問うと、こう答えたわ。

『知れたことを。和子（子供）をなすのですよ』」

若菜は頬を緩めて笑った。朝日は聞けば聞くほどに面白い女性であり、九年も前に亡くなっているとあっては、焼き餅を焼く対象にはならなかった。若菜はもし朝日と話し合う機会があれば、さぞ馬が合うだろうと思っていた。

「なれば我らも、和子をなしましょう」

一徹は微笑を浮かべて頷いた。たしかに若菜の言う通り、一度気持ちの整理をつけてからでなくては、必ず暗い方向に偏った思案になってしまうに違いあるまい。

一徹は若菜を軽々と抱き上げ、寝所に向かった。

若菜はすでに夜が白々と明けているのを知って、急いで体を起こした。眠っていたのはほんの二刻（四時間）ほどであろうが、気持ちの張りが眠気を追い払っていた。一徹は軽いいびきをかいたまま、泥のように眠っていた。

若菜は、一徹の昨夜の振る舞いを微細に到るまで記憶していた。若菜の小柄な体を抱き締めた一徹は、絶えず体を震わせて嗚咽（おえつ）していたのだ。熱い大粒の涙が、若菜の頬に首筋に胸に撒くように散り零れた。

『何故だ、何故なのだ』

時には振り絞るような声で、そう叫ぶこともあった。

『何も考えてはなりませぬ。今はひたすらにお狂いなされ』

『俺は狂うぞ。若菜も狂え』

『ええ、狂いましょうとも』

若菜は逞しい夫の巨体に縋り付いて、熱い息を吐いた。一徹の動きが一段と激しくなった。

一徹が果ててからも、若菜は夫の体から離れなかった。

『一徹様は、まだ狂い足りておられませぬ。私も同じでございます』


若菜の体の芯には深い疲労が残っていたが、それは心地よいものでもあった。一徹という不撓不屈の男に潜む弱い人間性に深く接した今となっては、夫婦というものの真髄にわずかながら触れた思いがしてならなかった。

菊の給仕で朝餉を済ませた若菜は、いつもの弾んだ口調で言った。

「一徹様がお目覚めになったら、いつでも朝餉が摂れるように準備をしておいて下さい。私がこまめに寝所に伺って、様子を見ておりますから」

一徹は若菜が予想していたよりも早く、辰の刻（午前八時）には目を覚ました。

「昨夜は、迷惑を掛けたな」

若菜に給仕をさせて居間で朝餉を摂りながら、一徹は静かな口調でそう言った。憑きものが落ちたような落ち着いた様子に、若菜はぱっと明るい笑顔になった。

「どうやら、心静かにものを考える心境になられたようでございますね」

「それよ。私はこれから殿、若菜、自分の今後の身の振り方を突き詰めて考えてみたい。しばらくは一人にしてくれ」

若菜は頷いて、障子を開けた。透明な冬の朝日を浴びて、庭のまゆみの木の赤い実が目に痛いほどに鮮やかであった。

「火桶に盛んに炭がおこっておりますので、こうしておきますが、部屋の空気が入れ替わったならば、ご自身で閉めて下さいませ」

若菜はそれから一刻（二時間）ごとに茶を運んで行ったが、一徹は座禅の姿勢のまま沈思黙考していて、一言も口を利かなかった。若菜も無言のままであった。

昼餉も摂らずに物思いにふけっていた一徹は、夕刻近くになって初めて口を開いた。

「若菜、そこに座れ。語って聞かせたいことがある」

一徹は若菜の真剣な表情を真っ直ぐに見据えて、静かに言葉を吐いた。

「俺は、軍師が自分の天職だと長い間信じてきた。天下が欲しいと、そなたにも申した」

天下が欲しいとは京の都に御所を構えるとか、吉弘を将軍にするとかということではない。

誰にも真似のできないような大きなことをやってのけて、石堂一徹がどれほどの男であるかを天下に知らしめたいという思いを、端的に表現したまでのことだ。だから信濃一国を手に入れるだけでもいい、誰もが石堂一徹は並の武将ではないと思ってくれるならば。

「俺は信心深い性質(たち)ではないが、それでも我らの頭上の遥かに高いところに、神というか仏というか天というか人間以上のものがあって、我らのなすことをじっと見守っていて下さると思っている。今はそれを仮に天と呼んでおこう」

若菜は瞬きもせずに、一徹の語る言葉を心に刻み込むような思いで聞いていた。

「我らは何かの願いを心に抱いた時、その願いがかなうように天に祈る。天はそれを聞くと、我らの前に試練を与える。その望みの大きさに応じて、試練の大きさも変わる。ひそやかな願いであれば試練もまた小さく、途方もない大きな夢ならば、与えられる試練も途方もなく大きい」

これは当然なことで、ささやかな願いなら障害も小さくてすぐに夢がかなうが、達成した時の喜びもまた小さい。とてつもない大きな試練を乗り越えるのは大変だが、その代わり手にする達成感も心が熱く燃え上がるほどに大きいものだ。

一徹はこの十年の間、ずっと天下を取るという悲願を貫いてきた。だがそれは、何度も目の前に光明が見えるところまでは行きながら、もう一歩の所で挫折することの繰り返しだった。

一徹はそれが当然だと思って、次々と降りかかる試練を受け入れていた。自分の夢が余人には想像もできないほどに大きなものである以上、天が与える試練も常人にはとても耐えきれない重いものであることに、何の不思議があろうか。

「だが、今回ばかりは堪えた。村上義清の無断退陣によって、俺がほぼ手中に収めていた中信濃はその瞬間に幻になって、指の間からすり抜けて消えてしまったのだ」

一徹はそこまで語ってから、若菜の怖いほどに真剣な表情を見て、ふっと調子を変えた。

「俺はつくづくと思った。名将と呼ばれる男は、いくさの才はむろんのことながら、それ以上に強運の持ち主でなければならぬのだ」

武田晴信は打つ手がない絶体絶命の危機にあっても、諦めずに二十三日に北信濃に進攻するという噂を撒くことで、見事に窮地を脱してみせた。砥石崩れに当たっては、偽首を与えることで九死に一生を得ている。

晴信がたぐいまれな強運の持ち主であることは、もはや疑う余地がない。あの男は内政に長け、外交の手腕があり、いくさが巧みでしかも天運に恵まれている。やがて晴信は、稀代の名将として他国に知られる存在となるであろう。

一徹は生まれて初めて、村上義清が無断撤退したことをこれも天が自分に与えた試練なのだとは信じられない思いがした。俺は最善を尽くした、どう思い返してみてもあれ以上のことは誰にもできないに違いない。それでも天はまだ不足だというのか。

六蔵が一徹は捨て鉢になっている、投げやりになっていると感じたのは、まことに当然なのだ。一徹は軍師としての役割は演じていながらも、内心は自暴自棄の心境であったのだから。

「俺は今日半日、じっくりと考え直した。天の意志はどこにあるのか。様々に思い巡らすうちに、ふと閃いたことがあった。

天は俺に試練を与えているのではない、俺の野望を次々と打ち砕くことによって、何かを俺に教示しようとしているのではないか。これでもまだ分からぬのか、お前には軍師とは違う生き方が、ほかにあるのだということをな」

一徹の生き甲斐が軍師として生きることであるならば、その念願が達成できた時には、自分は無論のこと、周囲の者達も皆幸せにならなければなるまい。

だが今の一徹は決して幸せではない。しかも朝日をはじめとして青葉、桔梗丸、三郎太、菊原(きくはら)夫妻、そのほか多くの者達を己の願望のために死なせている。

村上義清にしても、一徹を家臣としたことが果たして幸せであったろうか。

遠藤吉弘にしてもそうだ。一徹に巡り合わなければ、横山郷三千八百石の領主として武田が進攻してくればそれに従い、それなりに平穏に世を渡っていけたのに違いあるまい。だが今の吉弘は、いつも一徹の顔色を窺っているではないか。吉弘は内政には非凡の技量を有しているが、いくさとなれば一徹を頼るしかない。

「そのことが、殿をどこかで卑屈にしている。家臣として、まことに不忠としか言い様はない」

「でも、私は幸せでございますよ」

若菜の晴れやかな微笑に対しても、一徹は厳しい表情を崩さなかった。

「だがこのままでは、若菜もやがて不幸になる。俺の今までの生涯に本当に人を喜ばせ、感動させたことがあったろうか。そこで俺がすぐに思ったのは、そなたの胸像を彫った時のことだ。俺は船岡の砦に籠っている間中、若菜の一番優れた表情を求めて様々に試行錯誤を重ねていた」

そして中原城のあばら屋で若菜が一徹の前に身を投げ出した時、この男は直感したのだ。この芯の強さこそ、自分があの木彫に刻み込むべき若菜の姿なのだと。そしてその晩、一徹は夢中で鑿（のみ）を振るってあの胸像を完成させた。

そして鑿を置いた時、一徹はただ一つの表情の中に若菜という娘のすべての美質を彫り込めたという感慨に、我ながら恍惚としていた。

「その思いは、若菜にも通じた。そなたはあの胸像に直面した時、身を投げ出して泣き咽（むせ）んだというではないか」

「前にも申しましたように、あの木彫は私であって私ではありませぬ。一徹様の技と心が、私の姿を借りて一塊（いっかい）の欅（けやき）に魂を吹き込んだのでございます」

「次に俺が思い起こしたのは、砥石崩れの際に星沢秀政が命を落としたと知って、若くして後家となったお秋とお花のために二体の観音像を彫り、一ノ瀬長治に託して送り届けた時のことだ。お花とお秋は、『これは朝日様ではないか』と叫んで、伏し拝んだというではないか」

　もとより一夜の粗彫りで、手の込んだものではない。そして彫っている時には、観音像に意識して朝日の面影を重ねていたわけでもない。だが今にして思うと、一徹にとっての観音とは朝日なのだ。自分の思いが籠った木彫であれば、人をそこまで深く感動させることができるものなのか。

　一徹は、冷えた茶を口に含んでさらに言った。

「俺は娘の青葉のために、十数体の玩具を作って与えた。それは犬、猫、鹿、亀、蛙、鳩、雀などであったが、娘は大層それらが気に入って、言葉が喋れるようになってからは、次は何を作って下されと注文を付けるようになった。俺は喜んで、青葉の求めに応じた。思い返せば、あの頃の俺は自分の人生の中で、最も幸せな境遇であったろうな」

　一徹は若菜が淹れてくれた熱い茶をゆっくりと味わってから、またゆったりと言葉を継いだ。

「俺は苦労ばかりで報いられることのない軍師という生き方には、ほとほと愛想が尽きたわ。天の意志に逆らって、実りのない苦闘をいくら続けたところで何になろう。

だが、俺が作る木彫はいつも周囲の者を喜ばせ、感激させてきたではないか。これからの俺は、人を励まし力付ける生き方を選びたいと思うておるのだ」

「それでは一徹様は、彫物師になられるのですか！」

若菜は全身に驚きの感情を走らせて、思わず目を見張った。一徹は、穏やかな微笑を浮かべて言った。

「そうよ。俺は天下一の彫物師になってみせるわ。もう誰にも心配を掛けることも、泣かせることもないぞ」

「何だか私は、二階に上がったところで梯子を外されたような心地でございます。でも私は一徹様のご決心を伺って、肩の荷を下ろしたようにほっといたしました。一徹様が出陣されている間は、毎日神仏に無事を祈って心が休まることはありませんでした。いくら一徹様が武勇絶倫と申しても、ものには弾みということがございます。無事なお姿を見るまでは、気が気ではありませぬ」

若菜は安心した表情を浮かべて、明るく問いかけた。

「それにしても、軍師の妻でなくなったら私は何をすればよろしいのですか」

「若菜の才は絵に最も厚く、唄がそれに並ぶものであろう。その才を大いに磨くがよい。それに絵と彫刻は表裏一体のものだ。互いに技と心を磨くことができようぞ」

「しかし木彫や絵で世を渡るとなれば、暮らし向きのことはどうなります」

若菜はすでに衝撃から覚めて、悪戯っぽく微笑して訊いた。

「心配するな。それももう考えてある。それよりも肝心なことは、今後の殿の身の振り方だ」

一徹は自分の考えを若菜に語って聞かせ、最後にこう付け加えた。

「明日、俺は殿に自分の案を説明する。納得していただけるならば、すぐに旅に出なければならぬ」

一徹は、立って障子を開けた。すでに初冬の太陽は飛騨山脈の稜線に近づき、高台にあるこの屋敷から見る豊科の集落は、犀川から立ち上る淡い夕もやの中に静寂に包まれて拡がっていた。あちこちの百姓家から細い炊煙がたなびき、ねぐらへ帰る雁の群れがゆったりとその上を越えていく。

「豊科にも、こんなに穏やかな日常があったのだな」

「ほんに」

若菜はそう言いながら一徹に身を寄せて、豊科の村が乏しい夕日を浴びて紫色に暮れなずんでいくのを、しみじみとした気持ちで眺めやった。

三

十一月九日の朝、昨春の越後来訪以来の旧知である笠輪元春に伴われて、一徹は春日山城の大手門である千貫門に向かっていた。日本海を望むこの地とあって、いつ雪が舞ってもおかしくないどんよりとした曇り空であった。

笠輪元春が門番に来意を告げると、一ノ瀬長治が小柄な体には不似合いな大きな荷物を背負っているのを見た門番は、同僚の一人に代わって荷を運ぶようにと頼んだ。笠輪元春は長尾景虎の譜代の臣であり、またこの男が連れている石堂一徹はこの越後の国でも知らぬものがない剛勇であったからだ。

小半刻（三十分）の後に本丸の館に導かれた笠輪元春と石堂一徹は書院に通され、一ノ瀬長治は荷物を横に置いて次の間に控えていた。待ち兼ねていたものとみえて、長尾景虎はすぐに姿を現した。

景虎は小柄ながらも引き締まった体躯で、眼光鋭くいかにも癇癖が強そうなきつい面立ちであった。越後の統一にあと一歩と迫っているだけあって、その挙措動作にも若者らしい覇気がはち切れるばかりに横溢していた。

「ご苦労であった。元春は下がってよい」

景虎は甲高い声でそう言い、取次の元春を下がらせた。書院には一徹と景虎、それに景虎の小姓である美少年の三人だけが残った。

「ご多忙なところ、面語(めんご)の機会を作っていただいて恐縮しておりまする」

「何を他人臭い挨拶などいたしておる」

景虎は、気短な性質を露わにして言った。

「石堂一徹といえば、信濃随一の剛勇ではないか。しかもその采配は、百戦して不敗だという。面談の場を得た今日は、たっぷりと、いくさについて語り尽くそうではないか」

「いや、拙者がここに到ったのは武談が目的ではござらぬ。人材の売り込みでござりまする」

「たしかに書面にはそうあったな。それで、どんな話だ」

「越後は強兵をもって天下に鳴るお国柄でござる。侍大将、物頭級の人材には事欠くことはありますまい。しかし一国の統治は、優秀な文官なくして成り立ちませぬ。我が主君の遠藤吉弘はいくさこそ不得手でござるが、内政、特に農政に掛けては私が知る限りでは並ぶ者もない手腕を持っておりまする」

一徹は横山郷日の出村の治三郎堤を例に引いて、吉弘の行政の実績を説明した。果たして景虎は、大いに興味を示した。

「石堂殿の言う通りだ。武官はとかく文官を軽く見がちであるが、内政に長けた文官があってこその領国の統治なのだ。その遠藤吉弘という男は、たしかに使える男らしい。たかが三千八百石の身代で、何年も掛けてそのような堤を築くとは気宇広大で面白い男だ。

だが石堂殿、自分を売り込みにくる武者は多いが、主君を仕官させようとして他国にやってくる家臣は初めて見たぞ。何か、深いわけがあるのであろうな」

「それでござる。今の遠藤家は実は身動きのできない状態なのであります。このまま年を越せば、来年早々にも遠藤家は進退に窮しましょう。しかし遠藤吉弘を家臣に加えて下さるとの確言をいただけなければ、その事情を申し上げることはできませぬ」

「ならば、遠藤吉弘をとりあえずはどこぞの郡代として召し抱えると約束しよう。それで、その事情とは何だ」

「話せば長くなりますが、よろしゅうござるか」

「ところで石堂殿は、酒は好まれるか」

一徹が頷くのを見て、景虎はきつく引き締まった口元を緩めて笑った。

「その体だ、いくらでも入るであろうな。だが俺も浴びるほどに酒が好きだ。まだ昼には程遠いが、ここはひとつ酒を飲みかわしつつ話をしようぞ」

景虎は小姓の若者を振り返って、酒の用意を命じた。こんなことは珍しくないと見えて、小姓は微笑して部屋を出て行くと、すぐに徳利の酒とするめをあぶったものが女中達の手で運ばれてきた。

　それは一徹にとっては見慣れない海産物であった。この大男はそのするめをむしりながら、北国街道を北に辿って糸魚川に到ってから春日山城を目指して北東に進む間、ずっと左手に広がっていた鈍色の荒れた日本海を思い浮かべていた。

「まずは、七月十五日の武田勢と中信濃豪族連合とのいくさから語り起こさねばなりませぬ」

　一徹は酒を含みつつ、あのいくさの背景から始めて結末までを物語った。

「武田晴信とは、どんな男だ」

　一徹の言葉が終わるのを待ちきれずに、景虎は言葉を挟んだ。信濃が武田の手に落ちれば、武田と長尾とは国境を接することになる。景虎にとっては、武田晴信はやがては戦うことが避けられない相手なのだ。

「武田晴信は、決して一か八かの博打を打たない堅実無類の武将でござる。あの男は外交が得手で、自分より身代の大きい今川家、北条家とは同盟を結んで背後を固めた上で、信濃への進攻を図っております る。また河川の治水、金山の開発などで国力を高めることに努め、いくさの前に相手の家臣の何人かを甲州金で内通させておき、必勝の体制を作ってから初めていくさに取り掛かるのが常でござりまする」

「それで一見すると小笠原長時を首将とする豪族連合が有利な陣形を占めながら、いくさの切所で仁科盛明が裏切る段取りが初めからできていたのだな。成る程、食えない男だ」

「武田晴信は、八分の勝算がなければいくさを始めませぬ。ただ、策士はとかく策に溺れるものでござる。そこがあの男の弱点といえば弱点でござりましょう」

小姓は絶えず景虎と一徹の間を往復して、二人の大杯に酒を満たした。小柄な景虎の体重は一徹の半分強しかないはずだが、飲む速さも量も決してこの巨大漢に負けていなかった。

「石堂殿、いや遠藤吉弘を家臣にすると約束した以上、そちも俺の陪臣ということになる。一徹と呼んでよいか」

「よろしゅうござる」

一徹は微笑して頷いた。長尾景虎という二十一歳のこの若者は、抜身の真剣のようにきらきらとしていてしかも頭の回転が速く、その言葉も切れ味がよかった。

「それでは、その後の遠藤勢の動きと武田の砥石崩れを述べてみましょう」

一徹は武田晴信が諏訪郡に戻るのを見届けてから、遠藤勢が間髪をいれずに安曇郡に進攻したこと、深志城から駆け付けた仁科盛明を家臣にしたくだりまで語ると、景虎は肩を揺すって笑った。

「さっき中原城に退き上げる途上で、犬甘城に籠る仁科盛明に夜襲をかけて負傷させたと聞いた時には、何のためか意味が分からなかった。成る程、そこまでの深い読みがあったのか。武田は食えぬ男と思ったが、お主も晴信に勝るとも劣らない策士であるな。いや、面白い」

そして砥石崩れの一報を聞いた翌日に遠藤勢が筑摩郡に攻め込み、諏訪郡の上原城からの援軍を広丘の合戦で打ち破り、深志城を孤立させたところで景虎は大笑して言った。

「いや、一徹のいくさぶりはまことに見事なものだな。打つ手が相手の意表を突いてびしびしと決まる。また、お主の語り口がよい。とかくいくさの話はどこで誰が誰を討ったという功名談になりがちなものだが、一徹はいくさの背景、戦場の地形、両軍の配置から説き起こして、各将の動きからいくさの推移までが目に見えるようじゃ。その宮坂康高という実直一筋の男にとっては、一徹の変幻自在の戦法はまるで真昼の悪夢であったろうな」

一徹は自身の功を誇ることなく、淡々として話を進めた。そして村上義清、小笠原長時の参戦から攻城車の登場に及んで、景虎の鋭い瞳に光が宿った。

「こんな面白い話は聞いたことがないわ。二千の兵が籠る深志城を、遠藤吉弘、村上義清、小笠原長時の三将が七千の大軍で包囲したのだ。しかも一徹の考案した攻城車なる新兵器までである。砥石崩れに続いて深志城も落城とあれば、武田の命運も尽きたというべきであろうな」

「ところが、武田晴信は苦し紛れに十月二十三日に佐久郡から北信濃進攻という噂を撒いたのでござる」

一徹の言葉に、景虎は思わず大声を張り上げた。

「砥石崩れで痛手を負ってから、わずか二十二日後のことではないか。そんな余力が武田のどこに残っていようぞ」

「そうでございましょう。そこで拙者はこれは進退に窮した武田晴信の放った流言飛語である旨、言葉を尽くして説明いたしました。その場では義清も納得しておりましたが、翌朝早くいよいよ攻城を開始しようとしてふと見れば、村上義清は無断で戦場を離脱しておるではありませぬか」

「義清は馬鹿か。今の大事は深志城の攻略だ。深志城さえ落とせば、武田晴信は放っておいても甲斐に退き上げるに決まっているではないか。北信濃にその人ありと他国にも聞こえた村上義清ともあろうものが、何たる様（ざま）だ。砥石崩れにしてもそうだ。それほどの大勝をしていながら、偽首をつかまされて引き揚げるとは温（ぬる）いにもほどがあるではないか」

景虎の慨嘆の言葉に、一徹は静かに続けた。

「花に花芽の時、蕾の時、ほころびる時、満開の時、散る時がありますように、人の一生にも腕白の時、血気にはやる時、盛りの時、円熟の時、衰える時があるのでありましょう。村上義清の盛りの時を間近で見てきた拙者にも、あの義清がここまで衰えたかと愕然とする思いでありました」

「村上義清の行く末が目に見えるようじゃな」

一徹は頷いて、ゆっくりと言葉を吐いた。

「もはやあのような義清を頼るわけにはいきませぬ。といって、遠藤家一手で武田に立ち向かうには、兵力に格段の差がありまする。深志城が落とせなかったところで、遠藤家も店をたたまなければなりますまい」

「成る程、それで主君の売り込みに参ったというわけか」

景虎は大杯を干しつつ、一徹を鋭い眼光で睨んだ。

「遠藤家が安曇郡と筑摩郡の北部を押さえているとあらば、俺が後ろ盾となって、武田に対抗したらどうかとも考えた。だが残念なことに、俺はまだ越後の国を平定し終わっておらぬ。坂戸城(さかと)(現・南魚沼市坂戸に所在)に拠る長尾房長(ふさなが)、政景(まさかげ)の父子が、手強い反抗を続けておるのだ。まずはこれを片付けなければ、他国への進攻はできぬ。来年のうちには必ず目途をつけてみせるが、それまで何とか、持ちこたえることは無理か」

「来年早々、武田晴信がまず北信濃の平定に向かうのであれば、何とかなるやもしれませぬ。しかしこれまでのいきさつからして、晴信は眦（まなじり）を決して中信濃に進攻して参りましょう。その攻撃に耐える力は、残念ながら遠藤家にはござりませぬ」

「そこまで考えての遠藤吉弘の推挙か。遠藤吉弘が文官として身を立てるならば、一徹は武将として俺に仕えぬか。一徹ほどの名将が、このまま朽ち果てるのはあまりに惜しいではないか」

一徹は、穏やかに微笑して言った。

「そもそもいくさだてとは、天才が独断専行して初めてうまくいくものでありましょう。長尾殿は天才でござる。この上拙者を召し抱えることは、屋上屋を重ねることになりませぬか。二人の見解が一致するならば拙者は不要であり、一致しなければ拙者は邪魔となりましょう」

「ならば、一徹はこれからどうやって身を立てるつもりだ」

「拙者には、いくさのほかに一つだけ得手がござる。それは木彫を作ることであります」

一徹は手を打って、隣の間に控えている一之瀬長治を呼んだ。すぐに長治が布にくるんだ大きな荷物を、重そうに抱えて現れた。何重もの布でしっかりと保護された中から、すぐに若菜の胸像が姿を現した。

「軍師という生き方には、ほとほと愛想が尽き申した。これは拙者の作でござる。これより後は、こうした木彫の制作に専念する覚悟を固めておりまする」

木彫を一目見た景虎はうっと息を呑むと、無言のまま胸像の前ににじり寄って力の籠った眼差しでしばらく睨んでいたが、やがて感嘆の声を上げて唸った。

「なんと見事な。この娘は単なる美形ではない。この穏やかな表情の中に、凜とした気概が溢れておるではないか」

「長尾殿は横笛の名手と聞いておりまする。必ずや、この木彫の真価を見抜いて下さると信じて、携えて参りました」

（いくさの才は、どこかで芸を志す者の感性と通じるものがある）

一徹はかねてからそう思っていた。ちなみに景虎が残した漢詩や和歌には、その道の天才のみが持つ雄渾な詩魂が横溢していて、歴代の武将達の作の中でも出色の出来栄えであろう。

景虎はようやく胸像から視線を離して、一徹に真っ直ぐに向かい合った。

「いや、驚いた。一徹が木彫を作ると聞いた時には、単なる武士の手すさびとばかり思っていたのだ。だがこの胸像は、凡百の彫物師の水準を遥かに抜いている。これほどの名手は、世に幾人（いくたり）もおるまいよ」

「その評価は、有り難き限りでござる。軍師と申すものは、人を使うことに余分な神経を注がねばなりませぬ。そうした苦労から解放されることは、肩の重荷を下ろした思いで一杯でござりまする」

「分かる気がする。俺は人々が己の欲望のままに闊歩するこの乱れきった世情を見かねて、義を軸とする秩序をもたらそうとして尽力しておる。だが我が家臣達の中にも、俺の心中などまるで理解せずに私利私欲の赴くまま、勝手な行動をとる者があまりにも多い」

景虎は溜息をつきつつ、言葉を続けた。

「人はどうして、猫の額ばかりの土地を争って命まで懸けて戦うのであろうか。そういう姿を見るたびに、俺は笛を吹くことでようやく気持ちを鎮めるのだ。一徹が槍を捨てて木彫の道を選ぶのも、元は同じ理由であろうか」

「近うござりましょうな」

一徹は常に理想を追い求めてやまないこの若い天才の苦悩が、自分のことのようによく分かった。

「違うのはただ、長尾殿には天運があり、拙者にはないだけのことでござる」

「今日の話を聞くにつけても、俺は一徹に学ぶところがまだまだあると思うておる。そうだ、遠藤吉弘には軍役を免ずるのであれば、知行地は二千石もあれば充分であろう。どこぞに場所を選ぶ際には、その隣に一徹にも千石の捨扶持を与えよう。一徹は五日に一度この春日山城に参って、話し相手になってくれればよい」

一徹は頷いた。今日の会話の折々に感じていたことだが、この若者の戦術眼には驚くほどに一徹と相通じるものがある。いや自分が二十一歳の頃を思えば、景虎の才能は一徹をも凌ぐものかもしれない。

この越後の龍の生き様を身近で眺めることこそ、これからの楽しみであろう。

「それでは街道が雪に埋もれる前に、この城に遠藤吉弘ともども参りたいと存ずる。日取りについては追って知らせますほどに、その節はよろしく」

一徹が乏しい夕日を受けてどこかわびしげな仁科館の門をくぐったのは、木枯らしの吹く十一月十四日であった。春日山城へ向かう途上にもこの大町の館には立ち寄っていたから、今日の来訪の目的は仁科盛明にも分かっていた。

書院で熱い茶を喫しながら、盛明は単刀直入に尋ねた。

「それで、長尾景虎との話はどうなった」

「何とかうまく折り合いがついた」

一徹は景虎とのやり取りをざっと話して聞かせてから、改めて盛明の鼻筋の通った顔を眺めやった。

もっとも自分がこれを最後に軍師をやめるということは、前回の面談の時から隠していた。遠藤吉弘が豊科を立ち退くに際しては筑摩郡、安曇郡に領地を持つ地侍達は本貫に帰し、この一年の間に臣従した新参の者はここで暇を出す心づもりでいたが、それを知れば機を見るに敏な盛明は、遠藤勢を襲って吉弘の首を手土産に武田に帰参しないとも限らない。

遠藤家には常に石堂一徹が控えていて、仁科盛明が変な野心を起こさないだけの兵力を保っていると思わせておく必要があった。

「あとはお主の身の振り方だな。何かよい思案は浮かんだか」

遠藤家はこの四ヶ月というもの正面切って武田家と敵対していたので、今更武田に臣属を申し出ても晴信が許すことはあるまい。そうとなれば越後の長尾家を頼るしかないが、仁科盛明は立場が違った。北安曇に代々二万石を領してきた名家とあっては、何とかこの地を離れずにうまく身を処していく算段をしなければならない。

「どう考えても、また武田に付くしかないわい。だがそれにしては中山平の合戦以来、遠藤家の副将として武田に痛い目を見せ過ぎたわ。余程うまく持ち掛けないと、武田晴信が帰参を許すとは思われぬ」

仁科盛明はここで言葉を切って、薄く笑った。

「ここは一つ、お主に悪者になってもらわなければならぬな」

盛明が遠藤家に臣従するまでのいきさつは、ありのままでよかろう。何しろ盛明は領土も家族も居館も詰の城も、すべてを遠藤家に押さえられてしまっていたのである。武田に忠義を尽くして臣従を拒否したところで、領土も城も失った盛明を武田が重用するわけはあるまい。

「俺としては心ならずも臣従してはいたが、いつか機会を見て遠藤吉弘を討ち取って武田に奔る覚悟を固めていた。ところが石堂一徹もさるもので、我が嫡子の勝千代を人質として手元にとどめ置いてその隙を与えぬ。

また臣従の証として、俺を常に武田勢と戦う最前線に立てるのだ。俺は実力を発揮すれば武田に恨まれ、発揮しなければ遠藤吉弘に疑われるというまことに辛い立場に置かれた」

そうこうするうちについに中信濃に唯一残った深志城を攻略する日を迎えたが、その前日に武田晴信が佐久郡から塩田平に進攻するという噂が流れ、愚かにも村上義清は攻城の当日の早朝、無断で坂木に戻ってしまった。

あと数日で中信濃から武田の勢力を一掃するという絶好機を、義清は自ら放棄してしまったのだ。

「それを知ったお主は、攻城車を使って大手門、搦め手門を落とし、跳ね橋を焼き払って馬場信房が城から出る手段をなくしてから、上原城からの援軍を迎え撃った。そして二千の兵を深志城に送り込んだ。

兵糧の乏しい深志城にさらに二千の兵が籠れば、来年の二月までをどうやって食い繋ぐのであろうかと、お主は申した。俺もその時は感心したが、後になって考えてみればどうもおかしい」

遠藤勢の三千五百がずっと深志城を囲んでいるならば、成る程馬場信房、出月景忠の四千が城を脱出するのは難しい。しかし林城以下の諸城が取り壊され、小笠原長時以下の武将の居館も焼かれたとあっては、遠藤勢は深志城の周囲に露営するしかないが、信濃の冬の厳しい寒さに到底耐えられるわけがない。

現に一徹は馬場利政に千名の軍勢を預けて、豊科に引き揚げてしまったではないか。城兵達は相手が小勢なのを見て、勇んで突出するであろう。

「俺が思うに、村上義清が無断離脱をした時点でお主は深志城の攻略は成らぬ、この度の中信濃進攻は無に帰したと諦めたのに違いない。お主は、その時から遠藤家が生き延びる道を探り始めたのではないか」

「そして遠藤家は越後に落ちることによって、家名を長らえることになった。そこでお主に提案したい。遠藤家は筑摩郡、安曇郡にまたがる全領土をお主に預ける。むろんこのことは、遠藤領のすべての家臣に通達を出しておく」

遠藤勢が豊科を去ったのを見極めて、仁科盛明は深志城に使いを出さなければならない。

仁科盛明は今や遠藤領の全域の統治を任されているが、旧領の北安曇を除いてはすべてをお館様（晴信）に差し上げたいというのである。

「やれやれ、この四ヶ月はただ働きであるか」

「それどころか。ここで下手に欲をかけば、すべてを失うことになろうぞ」

盛明は、苦笑して頷いた。武田晴信を相手の交渉は、仁科家の存亡を賭けての戦いなのである。

十一月十五日、一徹は豊科に戻ると直接遠藤館へと足を運んだ。空には薄い陽光があったが、頬を切るような寒風の中で盛んに風花が舞っていた。

一徹は、春日山城での景虎との会談の模様を簡潔に伝えた。

「そんな具合で、長尾景虎は殿をとりあえずはどこかの郡代として召し抱えるとのことでござる」

そう言ってから、一徹は深々と頭を下げた。

「昨年五月に拙者が横山郷の遠藤館に流れ着いたばかりに、殿には見も知らぬ越後の地で余計な苦労をお掛けすることとなり、まことに申し訳ござらぬ」

遠藤吉弘はこのところめっきりと貫禄が付いた微笑をその頬に置いて、しみじみと言った。

「何の、何の。一徹のおかげで、わずか一年半の間に並の人間の一生分の夢を見させてもろうたわ」

最終章　天文十九年十一月二十二日

一

十一月二十二日、遠藤吉弘が率いる七十人ばかりの一行は強い木枯らしに追われるように、埴科郡の石堂館に到着した。遥か遠い越後への移動とあって、その後方には荷物を満載した馬達が長い行列を作っていた。

吉弘とその一族と重臣達だけが書院に、家臣達は広間に通されたが、さすがに広大な石堂館だけあって、七十人を収容してまだまだ余裕があった。吉弘以下の諸将は、初めて見る石堂館の威容に目を見張るばかりであった。これに比べると、豊科の遠藤館などほんのあばら屋に過ぎなかった。

坂木から同道してきた石堂輝久は、遠藤吉弘を床の間を背にした上座に導こうとした。吉弘は驚いて首を振った。

「我らは領地を捨てて越後に赴く旅の者でござる。いわば無位無禄の身、天下に聞こえた石堂家のご当主に対して、どうして上座に着けましょうか」

「遠藤殿は、客人（まろうど）でござる。また我が弟の一徹の主君ではござりませぬか。その立場からすれば、我らが下座に座るのは当然でありましょう」

輝久も四十歳目前の今では勘定奉行として押しも押されもしない存在であり、穏やかな中にも泰然とした貫禄がにじみ出ていた。

「まあ、こうしてみんなが立っていては話が進みませぬ。兄の言葉通り、まずはお座りなされ」

一徹の言葉に、吉弘は恐縮しながらもようやく与えられた席に着いた。そこへ石堂龍紀、さわの夫妻も姿を見せ、両家は和やかな雰囲気の中で互いの紹介が始まった。

「それではまことに僭越ながら、当家から始めさせていただきまする」

まずは上座の遠藤吉弘から、口火を切った。

「当主の遠藤吉弘でござる。なお正室のりくは長年の病弱で、輿（こし）での長旅に疲れ切って別室で休ませていただいておりますので、まことに失礼ながら、この場には顔を出すことができませぬ」

そう断ってから、嫡子の万福丸（まんぷくまる）に続いて次女の若菜を紹介した。若菜の名が呼び上げられ、本人が微笑を含んで頭を下げるに到って石堂家の面々から感嘆の声が洩れた。

「何と、お美しい」

この若い娘と一徹が婚儀を挙げることが、遠藤勢が石堂館に立ち寄る最大の理由であることを、列席している皆が承知しているからであった。

吉弘の挨拶は、三家老の一人である金原兵蔵と作事奉行の門田治三郎の紹介で終わった。

馬場利政以下の地生えの武士は、すべて横山郷、中原郷に残してきていた。この者達は、次の支配者が武田であれ村上であれ、臣従を誓えば本領を安堵されるのが当時の習いであったからである。

もっとも女子供が多い一行なだけに、警護のために村山正則が屈強の若い武士達を二十人ほど引率してきていた。正則を除くこの若者達は、春日山城へ到着後は早い時期に横山郷へ帰す予定であった。

次いで、石堂輝久によって石堂家の紹介が始まった。それは石堂龍紀、さわ、輝久の子供達、用人頭の樋口成之（ひぐちなりゆき）などであった。

両家の顔合わせが済んだところで夕餉の膳が運ばれ、酒宴となった。

「遠藤様は、村上の殿には挨拶をされて参ったそうでありますな」

石堂龍紀は、向かい合う遠藤吉弘ににこやかにそう問いかけた。この男も六十歳を過ぎて頭こそ見事な白髪になっていたが、今でも身のこなしが軽く、声にも力があって老いの気配はさらになかった。

「横山郷からは塩田平に出て坂木、石堂村へと辿るのが順路でござれば、坂木の村上館を横目で見ながら挨拶もせずに通るのも無礼と存じ、一徹と二人で訪問して参りました。むろん今更村上殿の背信を責めるのも詮無いこと、事情あって越後に落ちるとだけ伝えてござる」

「それでよろしゅうございましょう。それで、村上の殿のご様子はいかがでございましたか」

「我らが立ち退けば、中信濃は武田の手に落ちるのは誰にも分かり切ったことでございます。それを思って村上殿も沈痛な面持ちでありましたが、そんな事態を招いた原因は自分にある以上、ただ我らの前途に幸あれかしと申すばかりでございました」

「遠藤様の物言いが穏やかでありますために、かえって村上の殿にはこたえたのでありましょうな」

村上家の没落が避けられないものと改めて痛感した龍紀は、今後の石堂家の身の処し方に背筋が引き締まる思いだったが、その表情はあくまでも穏やかであった。この石堂家の後見役は、今日は吉弘の家臣として座の向こう側にいる一徹に視線を移した。

少し離れたところでは、さいわが若菜と和やかに話をしていた。

「一徹は世渡りが下手で、若菜様には大名家のお姫様なら思いもよらないご苦労をかけることになると思います。何分にも、よろしくお願いいたしますよ」

「私は大名家の姫君などではありませぬ。遠藤家はほんの一年半前までは、横山郷三千八百石の小豪族に過ぎませんでした。一徹様の値打ちは、これと決めたら一筋の道を断固として貫き通すところでございましょう。私はそういう一徹様の生き方に、魅かれております。一徹様にこう申しあげたことがございますよ、栄耀栄華を望むくらいなら、初めから一徹様に嫁ごうと思うものですかと」

「一徹がこの八月にこの地に参った時に、一徹から初めて若菜様のことを聞かされました。私はこの世にそんな天女のような姫がいるとは半信半疑でございましたが、こうしてお目に掛かっておりますと、まことに春のかぐわしい風が吹き抜けるような温かい心持ちに浸っておりますよ」

さわは若菜を一目見た時から、相手の心に自分を放り込むようなこの娘の開けっぴろげな態度に、好感を寄せていた。この娘はいかにも天真爛漫としていて、少しも物怖じする風もなくよく話し、よく笑った。その表情がまことに豊かで、若さが生き生きと躍動していた。しかも、無遠慮なところはまったくない。

「姫は、一徹が軍師をやめると申した時には、驚かれましたでしょうね」

「ほんに。でも一徹様からその心境の変化を子細に聞かされてみますと、私にも得心が行きました。私は自分の胸像を、一徹様に彫っていただいたことがございます。あれを見れば、一徹様には木彫こそが天職なのだということがよく分かります」

（この娘は誰よりも一徹を理解し、その生き方を受け入れている。この若さで、はっきりとした大人の分別を備えているとは、驚くべきことではありませぬか。しかもその賢さを表には出さずに、あくまでもあどけなく可愛らしい。一徹は何という果報者でありましょうか）

さわは感嘆しつつも、微笑を含んで若菜の挙措動作を温かく見守っていた。

翌日、朝餉を済ませた石堂龍紀、輝久、一徹、遠藤吉弘、若菜の五人は、龍紀の居室でそれぞれに火桶に手をかざしつつ、集まっていた。

「祝言を今夜に控えて何かと気忙しいが、どうしても今一度一徹に確認しておきたいことがある」

龍紀は、いつものゆったりとした視線を一徹に投げた。

「一徹は今後は軍師稼業から足を洗って彫物師として生きていくというが、それはまことであろうな」

「と申されますと、何か懸念でもありますのか」

「私が恐れているのは、深志城を落とす目前に、村上の殿の無断撤退によってすべてが挫折したことを知った一徹が、衝撃のあまりに軍師という生き方に嫌気が差したのではなかろうかということだ。越後に行って落ち着いてみれば、またぞろ戦略家の血が騒ぐということはあるまいな」

一徹は、声を上げて笑った。

「ご心配は無用のことでござる。天下への夢を捨てた今は、憑きものが落ちたように気持ちが落ち着き、まことに澄んだ心境でおります。思えばこの二十年の間に、自分のいくさだてで幾人の者達を死なせてしまったことでありましょうか。私は味方はもちろん、敵もできる限りは殺さないように努めてまいりましたが、それでも軍師として生きる以上はその数は千や二千では済みますまい」

一徹は、声を落としてさらに言った。

「今思えば、まことに罪作りなことであります。天下という呪縛から解き放たれた今後は、誰の命も奪うことなく自分の好きな道を貫いて生きていけます。もはや、私が合戦の場に立つことはありませぬ」

「それならばよい」

龍紀は一徹の気持ちが固いのを知って、頰を緩めた。

「だが、彫物師で飯を食うのは大変だぞ。この若菜姫に、苦労を掛けることはあるまいな」

「私のことなら、ご心配は無用でございます」

若菜がさらに言おうとするのを、一徹は手で制した。

「長尾景虎殿は、越後の遠藤領に隣接して千石の捨扶持をやると確約して下さいました。軍師という生き方を捨てた身ならば、千石あれば一家を養うのに不足はありますまい」

「長尾景虎という男は、余程に一徹が気に入ったようであるな」

「たしかに景虎殿は気性が竹を割ったようにさっぱりしていて、しかも戦術家としての発想がきわめて私に似通うております。馬が合うといえば、私の知る限りではあの男が一番でありましょうな」

一徹はそう言ってから、薄く笑った。

「あの若者は、只者ではありませぬ。私をほかの武将に渡してしまっては何かと面倒、千石の捨扶持で自分の身辺に置いておこうという腹でございましょう」

「いやいや、飼い殺しか」

「それどころか、景虎殿は何かにつけて、私を知恵袋にすることでありましょう。それもよいではありませぬか、私もあの越後の龍が雲を起こして天に飛翔するのを身近で眺めてみとうござる」

一徹の言葉に、吉弘がようやく口を挟んだ。

「武田晴信といい長尾景虎といい石堂一徹といい、超一流の武将達の考えは我々凡人の遠く及ばぬ境地でございますな」

「一徹の心が揺るがないものと知って安心いたしております。もともと石堂家は文官の家柄で、一徹のみが異端だったのでござる。遠藤殿も今後は安心して郡代の仕事に邁進なされよ」

「実のところ横山郷三千八百石の領主の頃は、強い敵が攻めてきたらどうしようと眠れぬ夜もございました。しかし景虎殿は強大な兵力を持っておられますゆえ、私は文官のなすべきことに専念できまする。この道にはいささかの心得がありますれば、越後に参っても何の心配もありませぬ」

吉弘は龍紀に気苦労を掛けまいと、ことさらに明るく振る舞っているのだろうが、同じ文官として龍紀には吉弘の力量が言葉の端々から感じ取れて、安心する思いであった。

「あとは、今晩の祝言、明日の披露の宴だけでありますな」

輝久が微笑を浮かべてさらに言った。

「祝言とあれば、まずは輿を連ねての嫁入り道中をしなければなりませぬ。石堂家の菩提寺であります長福寺を仮の遠藤館とし、そこから道中をしていただきとうございます」

「いや、我らは旅の身であり、しかも若菜も荷物もこうして石堂館へ参っているのであれば、道中は無用でありましょう」

吉弘は石堂家にあまりに負担を掛けるのを気遣ってそう言ったが、輝久は落ち着き払って答えた。

「石堂村の先代の領主、一徹の婚儀であれば、村の衆にも嫁入り行列を見せてやると、さぞ喜ぶでありましょう。長福寺には、すでに話を通してあります。寺には、仏事の後に酒食を供するための広間がございます。午後にでもそちらへお移りいただき、そこでお支度をしていただきましょう」

「せっかくそこまで配慮していただけるならば、喜んでお受けします。姫にもむろん異存はございませぬな」

一徹の言葉に、若菜は喜びのあまりぱっと頬に血の色を散らした。

「越後へ急ぐ身の上とあって、婚儀も簡単に済ますしかないと諦めておりました。一生に一度のことでございます、嫁入り道中ができるとは何と嬉しいことでありましょうか」

輝久は視線を若菜に移して、ふっと頬を緩めた。

「いや、それにしてもお美しい花嫁姿でござりましょうな。それにひきかえ婿の方は、いささか薹が立っておりますが」

二

その日の午後、裏庭の広場に集まっていたのは、石堂一徹、村山正則、鈴村六蔵・和正の父子、石堂家の郎党である麻場重能、押鐘信光、唐木田善助、山浦正吾、赤塩左馬介、稲玉経正、飯森信綱、小根沢新三郎、鎌原太兵衛の馴染みの面々であった。

普段なら石堂家の朝稽古は欠かせぬものであったが、今日に限って一徹の声掛けで午後に変更されていた。その一徹は、まずは村山正則を全員に紹介した。一陣の木枯らしに、銀杏や楓の落ち葉が渦を巻いて舞い上がった。

「この村山正則は、俺が遠藤家に仕えてからは常に俺の片腕として与力を預かり、この夏の中信濃進攻に当たっては五百人の与力を率いて幾多の功名を立ててきておる。歳は若いがすでに馬乗りの身分であり、そのことを心得て接せよ」

昔からの郎党である九名にとっては、何で村山正則がこの場にいるか分からずに顔を見合わせるばかりであった。その雰囲気を見てとって、鈴村六蔵が声を掛けた。

「それではこの全員で、稽古に掛かろう」

郎党頭の麻場重能の掛け声で、例によって最初の棒振りが始まった。一徹や村山正則は日頃から体を鍛えていたから、真剣の五倍の重量がある棒を振るってもびくともしなかったが、年かさの鈴村六蔵は四半刻もすると足元が乱れてきた。

それを見てとった麻場重能は、明るい声で言った。

「師範殿の体が心配でござる。棒振りはこれまで」

そう言う重能も郎党達も、肩で息をしていた。花の十八人衆の頃は二十代の前半で元気の盛りだった郎党達も、三十歳を超えて体力が峠を越えているのであろう。それに一徹、六蔵、三郎太が先頭に立って厳しく鍛錬に励んでいた時に比べれば、日頃の稽古も質量ともに次第に軽くなってきているのに違いない。

「よし、昔に返って乱稽古に掛かろう」

十三人の者達は、てんでに稽古用の防具を身に着け始めた。一徹用の特大の防具は大切に保管されてきたとみえて、古びてはいても少しも傷んだところがなかった。

すぐに乱稽古が始まった。一徹や六蔵にとっては懐かしい鍛錬であったが、郎党達の腕前は明らかに落ちていた。一徹、六蔵、三郎太のような卓越した武芸を目の前にしてこそ技量の向上があるので、同じ水準の者達が叩き合っているだけでは、体力が落ちていく分だけ力量が低下していくのは、避けられないことなのだ。

一徹、六蔵に指導を受けると、郎党達は村山正則に稽古を願い出る者が多かった。かつて一徹の秘蔵っ子であった郎党達にしてみれば、自分達より遥かに若く、現在の一徹の愛弟子(まな)である正則の腕前を確かめたかったのだろう。

常日頃から一徹、六蔵の厳しい指導を受けている正則の武芸は、郎党達に一段も二段も勝っていた。

「石堂家花の十八人衆の名前が泣くぞ」

六蔵から叱咤されても、郎党達は次々と正則に叩きのめされて声もなかった。

稽古が終わるにあたって、一徹は皆に申し渡した。

「正則を今日の稽古に参加させたのは、今後の石堂家の体制を思えばこそだ。星沢秀政亡きあとは、馬乗りの身分の者は和正しかおらぬ。しかし石堂家に課せられる軍役は三十名、馬乗りの者が二人は欲しい。そこで俺はこの正則をこの地に置いていこうと思う」

正則は、横山郷を出立する数日前に、一徹からこの腹案を示された。この若者はどこまでも一徹の命に従う覚悟で、今度の移動にもあざみを伴っていた。

二人はもともと年が明ければ祝言を挙げる予定だったが、遠藤吉弘の越後行きが急遽決まったことから、日程を繰り上げて中原城の書院で慌ただしく婚儀を済ませてきた。まだ花嫁道具もすべては揃ってはいなかったが、あざみは身辺の物だけあればと嬉々として遠藤家の行列に加わっていた。

正則は一徹や鈴村六蔵の指導によって槍や太刀の武芸の上達はもとより、侍大将として常に五百人を率いて一徹の片腕として充分な実績を上げていた。

領地が千石の石堂家とあってはその軍役は三十名に過ぎず、村山正則の実力からすれば今回の使命はむしろ役不足の感は免れないが、一徹にはさらに深い思案があった。

この巨大漢の見るところでは、村上家は遅くても三年のうちには必ず滅びる。その後の石堂家が武田に文官としての力量を買われて随身するためには、武田とのいくさの中で武官の活躍が目立ってはなるまい。

むろん石堂家は村上家が存続する限りは村上家に忠誠を尽くすが、武田が進駐してくるようなことがあれば、勘定奉行としての実績を掲げて胸を張って武田に臣従する腹だとは、今の時点では口が裂けても言えない。

現在の石堂家に華々しい戦場が与えられようとは思えなかったが、指揮官には目立った手柄を立てることなく、郎党達から一人の死者も出さないことに専念する難しい役割を任せたかった。

六蔵はさすがにもういくさ場には出ないと言っているので、指揮官は順当ならば鈴村和正となる。だが石堂家の三十人の兵役しか経験していない和正では少々荷が重く、この大役を果たせるのは村山正則しかいないであろう。

郎党達の誰よりも若く、しかも今日が初対面の正則が石堂家の郎党達の信頼を得られるかという懸念はある。それでまずは顔合わせとして武芸の稽古に参加させ、正則の槍と太刀の力量が郎党達より数段勝るところを見せつけたのだ。武人は誰でも、自分より明らかに強い者には逆らえない。

あとは郎党達と酒を酌み交わす機会を多く作って、互いの気心が知れるようになれば、万事を呑み込んだ如才ない正則はうまく立ち回ってくれるだろう。

もちろん正則はこのところの筑摩郡進攻で幾多の武勲を立てているから、武田は正則の臣従を許すまい。そんな時にはためらうことなく越後の石堂一徹を頼って落ち延びるようにと、あらかじめこの若者には言い含めてある。

正則ほどの実力があれば、長尾家の中でも引く手あまたなのに違いあるまい。一徹は迫りくる北信濃の運命を思って、暗然たる気持ちを抑えられなかった。

三

「日も暮れて、だいぶ時も過ぎておる。石堂館から迎えの使者が参る前に、そろそろ式三献（しきさんこん）を済ませておかねばなるまい」

若菜は頷いて菊に合図をし、母のりくを呼びに行かせた。りくは普段は臥せったままだが、今日ばかりは娘のために三々九度に立ち会うと言ってきかなかったのだ。

母親は両側から奥女中二人に支えられてやっと席に着くと、あらかじめ背後に用意されている積み重ねた布団に身を寄せて荒い息をついた。その身は痩せ細っていたが、愛娘の白無垢の花嫁衣裳、綿帽子を被った姿にいつになく頰に血を上らせながら、ほろほろと涙を零した。

「これこれ、めでたい席だ。涙など見せるものではない」

吉弘はそう言ってたしなめたが、若菜の花嫁姿を見るまでは死んでも死ねないと常に言っていた妻の涙に、自分まで目頭が熱くなる思いであった。

吉弘、りくが並び、その前に正対する若菜の前にはそれぞれ膳が置かれ、その上に盃が載っていた。奥女中がそれぞれについて、盃に酒を満たした。まず若菜、吉弘、りくの順に杯を干し、これを三度繰り返して式三献の儀式が終わった。

若菜は一礼して、両親を眺め渡しながらよく通る声で言った。

「幸い私は良縁に恵まれ、今宵石堂一徹様のところに嫁ぎます。長らく本当にお世話になりました。有り難うございます」

「嫁ぐと言っても、ともに越後に参るのだ。そんなに改まることはあるまい」

吉弘はそう言って笑おうとしたが、その声は涙声であった。指折り数えてみれば、中山平の合戦からまだ四ヶ月しかたっていないのだ。その間の波乱万丈を振り返れば、ここでこうして若菜の花嫁姿を見ることは、夢のような思いがしてならなかった。

三人が取り留めのない思い出話にふけっているうちに、迎えの使者の到来が告げられた。

長福寺の本堂の前にはあちこちにかがり火が焚かれ、屋根があって両側、背後に手摺の付いた輿が五つすでに並んでいた。

使者は用人頭の樋口成之とその配下の用人で、樋口は物馴れた口調で口上を述べた。遠藤吉弘が型通りの返礼を済ませれば、いよいよ嫁入り道中の出立である。若菜が先頭の輿に乗り、弟の万福丸、菊をはじめとする奥女中の三人がそれに続いた。

輿はいわゆる手輿(たごし)で、轅(ながえ)(輿を載せる二本の棒)を担ぎ手が手を下げて腰の高さで持つもので、乗る人の顔の位置は見る人のわずか上になる。若菜の両脇には、多産を祈念しての犬張子が置かれていた。

その後は重臣達が乗馬して付き従った。長福寺と石堂館とは三町(約三百三十メートル)しか離れていないが、馬乗りの身分の者はその地位を示すために、公式の場ではわずかな距離でも必ず馬を御すものと決まっていた。

その後ろには、嫁入り道具の長い行列が続いた。これは中原城から石堂館に運び込んでいた荷物を寺に移して、それらしく飾ったものであった。

門の前には松の太い枝を組み合わせた門火(かどび)が燃え盛っていたが、その向こうには若菜が思わず息を呑むほどの光景が広がっていた。道の両側に無数の松明が並んで夜の闇が嘘のように明るく、その外側には大勢の村人達が並んで出迎えているのである。

若菜の輿は、その中を静々と進んだ。両側の村人達から、期せずして歓声が沸き起こった。

「何とお美しい」

「これぞ、三国一の花嫁じゃ」

観衆の感に堪えた表情からしても、これが誰かの声掛かりの動員などではなく、村人達の心からの歓迎に違いなかった。石堂家の歴代の当主による善政がどれほどのものか忍ばれて、若菜は思わず背筋が引き締まる思いであった。

「有り難うございます、有り難うございます」

若菜は微笑を浮かべつつ、沿道の領民達に軽く会釈を重ねた。村人達から、再び歓声が湧いた。

花嫁は厚化粧で無表情のままうつむいているのが、通例なのである。このように輝くばかりに晴れやかで、表情豊かに領民達を見詰めて会釈を返してくれる花嫁など誰も見たことはなかった。

驚くべきことに、松明の列も村人達の姿も石堂館に到着するまで途切れることがなかった。若菜が思うに、石堂村の住人で歩ける者は全員がこの場に立ち会っているのであろう。まさに村を挙げての祝福に違いなかった。

石堂館の門の前にも松の門火が焚かれ、輿が門を入るときに、輿の担ぎ手が遠藤家から石堂家へと交代した。これが請取(うけとり)渡しの儀で、文字通り花嫁はこれで晴れて石堂家の一員として迎えられるのである。

輿はそのまま奥の一室まで運び込まれ、ここから祝言の間までは輿から降りて奥女中に導かれて歩いていく。女中の差し伸べる手燭(てしょく)のぼんやりとした光で足元を確かめながら進んで行くと、いつもは物に動じない若菜もさすがに緊張して足が震える思いであった。

祝言の間には、身なりのよい太り肉(じし)の中年の女官が待っていた。

「奥を預かる雅(まさ)でございます」

若菜は知らなかったが、以前は女中頭だった雅もいつか奥女中達を統率する立場に出世していたのだ。その物腰も口調も落ち着き払っていて、いかにも石堂家の女官の最高位にふさわしい貫禄が備わっていた。

若菜は指図されるままに祝言の間の床の上座に座った。すぐに婿である一徹も白の衣装に身を包んで雄偉な姿を見せた。

三人がそれぞれの席に着いたところで、雅は型通りに祝儀の言葉を述べて婿と花嫁を引き合わせた。

祝儀はいよいよ式三献に移った。女中達の手でそれぞれの前に膳が配られ、その上には大ぶりの盃が載せられていた。この時に部屋にいるのは一徹、若菜、雅と三人の奥女中だけで、両家の親族は一人も列席しないのが当時のしきたりであった。

女中達はまず若菜の盃に酒を注ぎ、若菜が飲み干すと次は一徹、さらに雅が杯を干し、それが三回繰り返された。三々九度が無事に済むと、一徹、若菜の前に初献(しょこん)と雑煮が供された。

これは二人だけの宴で、恥じらいを含んだ花嫁の初々しい姿を雅は微笑を含んで眺めていた。二人が箸を置いたところで、婚儀は終わった。

「お雅、大儀であったな」

「若の祝言を執り行うことができるとは、まさに夢のようでございますね」

雅はそう言ってから、ふっと昔に返ったように悪戯っぽい微笑を浮かべた。

「それも、このようにお若くてお美しいお方とは」

「冷やかすではない。お雅の旧悪をばらしてもよいのか」

一徹と雅とは二十年来の旧知であるだけに、互いの心が自然に通じ合っているのが見てとれて、若菜も微笑を誘われた。

「それでは、寝所に参ろうか」

一徹は若菜を促して立ち上がった。婚儀が済めば、あとは床入りと決められていた。奥女中の差し出す手燭の明かりに導かれて、二人は寝所に入った。

すでに燭台に火が点じられており、広い部屋の中央に分厚い夜具が二組並んでいた。それが真新しい物なのは明らかだったが、金糸銀糸で刺繍を施したような絢爛豪華なかった。

夜具でないことは、豊かではあっても質実剛健を旨とする石堂家にいかにもふさわしかった。

「いよいよ晴れて夫婦になれましたね。それでは、今後とも幾久しくよろしくお願いいたします」

若菜は、いかにも嬉しげであった。

「こちらこそよろしく頼む」

一徹はそう言ってから、ふっと頬を緩めた。

「しかし三ヶ月も一緒に暮らしてから祝言というのも妙なものだな」

「豊科のことはすべて幻、今日こそが二人の初夜でございますよ」

若菜はわざとあどけない表情を作って言った。

「私はこのように身を堅くしてすくんでおります。どうか、優しくお導き下さいませ」

若菜はそう言ってから、頬を緩めて安堵の溜息を洩らした。

「これで婚儀も無事に済み、私も肩の重荷を降ろした気分でございますよ。私も年が明ければ二十歳になります。この歳にもなりながら、いつまでもあどけなく無邪気な姫を演じていくのは、いささか辛いものがございました。

でも明日からは晴れて一徹様の妻、もはやできすぎた姫のお芝居を続けていかずに済みます。越後に参ってからは家来も領民も父に任せ、私は本来の姿に立ち返って、一徹様のもとで伸び伸びと過ごしてまいれるのですもの」

「若菜の本来の姿とは何だ」

若菜は、珍しく艶然として微笑んだ。

「知れたことを。私はもともとが根性悪の地獄の鬼嫁でございますよ」

四

翌二十四日の夕刻に、一徹、若菜の婚儀の祝宴が大広間で盛大に行われた。昨晩のうちに祝言の儀が済んでいるので、今日の一徹は大紋、若菜は石堂家で用意した色直し用の華やかな赤い衣装に身を包んで、上座に座っていた。列席しているのは両家の親族はもとより、重臣、家臣の主だった者達であり、広間だけでは収まりきれずに次の間まで襖を取っ払って居流れていた。

「祝言は、昨夜何事もなく無事に済んだ。今日はそれを祝っての祝宴ぞ。皆は心おきなく飲み明かすがよい」

石堂輝久の言葉に、満座にどっと歓声が満ちた。皆の前にはすでに膳が置かれ、輝久の発声を機に女中達の手で酒が運ばれてきた。

遠藤吉弘は感無量であった。すべての領地を放棄してきた我が身の境遇とすれば、このような華やかな酒宴の場など思いも寄らないものなのである。一徹の背後にある石堂家の底知れない豊かさこそが、あの男の迫力の源なのであろう。

一座の者達は大いに飲み、大いに乱れた。

「若は、何と女運の強いお方でありましょうか」

遥かに末座にいた押鐘信光が、大きな体を揺すって一徹の前に座ると、酒を注ぎつつ語り掛けてきた。

「朝日様も、申し分のない奥方であらせられました。次はこの若菜様でございます。聞けば、若菜様は自ら望んで若の奥方になられたというではありませぬか」

「これこれ、若菜の前で朝日の話などするものではない」

龍紀は苦笑しながらそう言ったが、若菜は微笑して答えた。

「いえいえ、私は朝日様の話を聞くのが大好きでございます。どうぞ続けて下さいませ」

「若と朝日様とはいかにも似合いのご夫婦でありましたが、朝日様は郎党の中に混じっても少しも見劣りのしない五尺六寸（約百七十センチ）の身の丈、歳も若の二歳下でありました。それにひきかえ、若菜様は小柄で歳も下手な親子ほどに離れておりますのに、それがどうして若と夫婦になることを決心なされたのでありますか」

若菜は花のように明るい笑顔になった。

「一徹様が遠藤家に仕えたのは昨年の五月でございますが、それから半月たつかたたないうちに、領地を接する高橋広家の奇襲を受けたのでございます」

若菜は、その時の状況を言葉巧みに説明した。

「固唾を呑んで報告を待ちわびる我らの前に、一徹様が馬を躍らせてお姿を見せられたのは、ほんの半刻（一時間）の後でございました。何とわずかな手勢で広家、利家の兄弟を討ち取り、味方の大勝利というではありませぬか。安堵の声が家中に満ちる中で、私は申しました。

『早速酒宴の用意をさせましょう』」

若菜は皆の期待をじらすように言葉を切って、列席している全員の顔を眺めやった。

「しかし一徹様は、首を振ってこう申されたのでございます。

『これは千載一遇の好機でござれば、このまま高橋勢の後を追い、中原城を強襲しとうござる』

そう言って馬首を巡らして去って行く一徹様の覇気に満ちた堂々たるたたずまいに、私は心を奪われておりました。そして翌日の昼になってもたらされた報告では、父と合流した一徹様は戦うことなく中原城を落としたというものでございました。私が一徹様の妻になろうと心を決めたのは、その時でございます」

この娘には、相手に応じて最もふさわしい話題を選んで演出する才覚が備わっていた。満座はやんや、やんやの喝采の声が溢れた。

った。

「若菜様は、中信濃随一の美声と聞き及びまする。何か一節唄っては下さらぬか」

石堂家の誰かからそんな声が掛かり、座に列する者達から、一斉に拍手が巻き起こった。

若菜は、一座を眺め渡して華やかな笑顔になった。

「夫唱婦随と申すではありませぬか。一徹様にまず唄っていただかなければ、私が唄うわけにはまいりませぬ。ちょうどよい唄がございます。それは、つい先日まで領しておりました安曇郡に伝わる安曇節です」

娘は皆の視線を一身に浴びているのを意識しながら、さらに言葉を継いだ。

「これには男唄、女唄がありまして、男唄は武士のいざ出陣の心意気を唄ったもの、女唄はそれを見送る妻の切ない女心を唄ったものでございます。一徹様は軍師から足を洗う決心を固めておりますが、彫物師への道も新たな出陣と申せましょう。まずは一徹様の出番でございます」

若菜の言葉に、列席する者は歓声を上げげた。一徹は漢詩を朗詠することはあっても、この大男の唄を聞いたことがある者は石堂家の家中にも一人もいなかったからだ。

若菜に促されて立ち上がった一徹は、珍しく照れたような戸惑った表情で言った。

「若菜にはかなわぬ。笑わないでくれよ」

若菜は、菊に用意させておいた笛に唇を付けて吹き始めた。目で合図するのに頷いて、一徹は朗々とした声を張り上げた。

「陣触れの太鼓を聞けば勇み立つ、我は男ぞ安曇武士——」

一徹には巨体にふさわしい声量があり、節回しに多少のぎこちなさは残るものの、出陣前の武士の勇気凜々と高揚した気分がよく出ていて、予想を遥かに上回る出来栄えであった。

唄い終わると、どっと歓声が沸いた。

「これは驚いた。一徹が唄を唄うとはな」

「それも、こんなにお上手とは」

あちこちから褒められて、一徹は思わず頭を掻いた。

「いや実のところは、若菜はこのようなこともあろうかと案じ、『婿殿を差し置いて嫁だけが唄うのでは、出しゃばり女と人に言われましょう。ここはどうしても、まず一徹様に先に唄っていただかねば』と申して、しばらく前から稽古をつけてくれているのでござるよ」

「若の唄は、若菜様のお仕込みでございますか」

「私は酒席の余興程度に軽く考えて、稽古に臨んだのだ。ところが若菜の指導はまことに厳しい。

『それではまだ、並の水準を抜いておりませぬ。一徹様のような高名な方が人前で唄うからには、玄人はだしにうまいか、我が父のようにまるで調子が外れているか、どちらかでなければ人を惹きつけることができませぬ』」

「何と、俺の今様はそんなに下手か」

遠藤吉弘から野次が飛んで、場は一層盛り上がった。

「私がいい加減疲れて『もう終わりにしよう』と言うと、若菜はにっこり笑ってこう申すのだ。『まだまだ、もう一本!』」

郎党達から爆笑が湧いた。この者達が一徹に稽古をつけてもらう時、息が上がって「まいった!」と叫んでも、一徹は少しも手を緩めることなく、「まだまだ、もう一本!」とさらに厳しい鍛錬が続くのがいつものことであったからだ。

あの無敵の一徹が、若菜に『まだまだ、もう一本!』を繰り返されて音を上げている光景を思うだけで、腹の底から笑いが噴き上げてくるではないか。自分の得意の台詞（せりふ）を若菜から返されてしまっては、一徹としても苦笑しつつも稽古を続けるしかあるまい。

「さぁ、今度は若菜の番だ。手本を聞かせてくれ」

一徹に代わって立ち上がった若菜は、一座を見渡しながら静かな調子で唄い出した。

「いくさ場に向かう貴方のりりしさに、私は思わず手を合わせ、後ろ姿に祈ります
――」

若菜の声はよく通って、声を張っているわけでもないのに大広間の隅々にまではっきりと届いた。いつもはにこやかな笑顔が眩しい若菜だが、その高く澄んだ声には夫の出陣を見送る妻の哀感が溢れていて、聞いている者は思わず息を呑んだ。

いよいよさびの部分に到って若菜が声に力を込めると、その双眸から自然に涙が溢れた。女達、とくに夫のある女達は身につまされてもらい泣きが止まらなかった。

若菜が深い余韻を残して唄い終えても、しばらくは満座の者達は寂として声がなかったが、やがてさわ﹅が大きく手を叩いた。それにつられて、我に返った聴衆は熱狂的な喝采をこの若い花嫁に浴びせかけた。

若菜は陶然とした表情で頬を紅潮させ、大輪の八重桜が花開くような華やかな笑顔でそれにこたえていた。

翌朝はこの季節には珍しい穏やかな晴天で、あたかも遠藤家の越後への出立を祝福するような上天気であった。石堂館の門まで出て見送る石堂家の面々の前を、遠藤家の行列が次々と通り過ぎた。

「北国街道に雪が積もらぬうちに、春日山城に着かねばなりませぬ。まことに慌ただしい旅立ちでござるが、許して下され」

遠藤吉弘は龍紀にそう挨拶して石堂館に別れを告げ、馬上の人となった。槍持ちを先頭にして、長い行列がそれに続いた。一徹も若菜も一礼して通り過ぎた。若菜は中原城からずっと馬乗り袴を纏って馬を動かしてきており、今日の乗馬姿もすっかり板についていた。

最後尾の荷駄の列が通り過ぎるまでには、小半刻（三十分）もの時間を要した。眩しい朝の光の中で行列の姿がついに見えなくなると、さわはほっと息をついた。

「一徹がいくさを離れたことで、私は本当に気が楽になりました。いかに一徹が無敵の武勇を誇ってはいても、ものには間違いということがございます。何かの弾みで命を落とすことがないとは限りませぬ。一徹がいくさに出ている間は、私は毎日長福寺に参って無事を祈っておりました。これでもう安心でございますよ」

「それに、あの若菜という姫は一徹には勿体ないくらいの見事な娘だ。とても十九には見えないほどにあどけなくて可愛らしいが、恐ろしいほどに賢い。一徹に対してもまったく臆するところがなく、対等にやりあっている。それでいて、生意気なところは微塵もない。

朝日は一徹の妻として二人とない存在だと思うていたが、若菜は朝日にも引けを取らぬな」

「あんな可愛い娘は、見たことがありませぬ。私に対しても常に甘えておりますが、それでいて媚びるところはまったくない。芯に毅然としたものがあって、あれなら一徹をよく支えてくれましょう」

「自分で一徹の妻になると思い定めて、その意思を貫き通したあたりは並の女人ではない。一徹は幸せ者だな」

すでに石堂家の者達も、それぞれ自分の持ち場に戻っていた。龍紀、輝久、さわの三人も自分達の部屋に戻ろうとしたが、ふと龍紀は足を止めて言った。

「さわ、先に離れに戻って茶をたててくれ。輝久と私は、ちと相談することがあってここに残るが、すぐに参る」

老妻が去るのを待って、龍紀は輝久に小声で言った。

「さわはすっかり安心しているが、果たしてそうかな」

「何か懸念がございますのか」

「一徹が軍師という生き方をやめる意志が固いのは、疑う余地がない。だが問題は、周囲の状況がそれを許すかだ」

「と申されますと」

龍紀はさらに声を潜めた。

「村上家が滅ぶのは、時間の問題であろう。武田晴信が甲信の太守となれば、武田家と長尾家は直に国境を接することになる。必ずや、合戦が起ころう。一徹の言によれば、晴信は第一級の武将だが、いくさにかけては長尾景虎の方が一枚上手だという。

一徹ほどのいくさ上手の見立てだ、両将の評価に間違いはあるまい」

輝久は父が何を言おうとしているのか分からずに、じっと耳を傾けていた。

「だが甲信を併せ得た武田は六十四万石、景虎が越後全域を支配したとしてもその石高は四十万石に過ぎぬ。武田は動員能力において実に五割以上もの優位にある。勝敗を繰り返しているうちに、長尾勢が次第に劣勢に追い込まれることもないとは言えまい。その時に、長尾の家中にどんな声が起こるかだ」

龍紀は、表情を曇らせてさらに言った。

「武田と戦って負けたことがない石堂一徹が、家中におるではないか。今こそあの者を先頭に立て、劣勢を一気に覆すべきであるとなったらどうなる」

「一徹は景虎に好意を寄せておりますな」

「それよ。まして一徹は義理堅い性格で、しかも意気に感ずるところがある。景虎から懇望(こんもう)されれば、再び立つことがあるやもしれぬ」

龍紀はそこで言葉を切って、表情を改めた。

「これはさわにには内緒の話ぞ。余計な心配を掛けてはならぬ。では、茶を喫しに参ろうか」

冬の透き通った日差しを浴びながら、龍紀と輝久はゆっくりと玄関へと歩み寄った。

後書き

本編に登場する武田晴信、長尾景虎、村上義清、小笠原長時、仁科盛明、真田幸隆、馬場信房などは、言うまでもなく歴史上に実在した人物だ。それに対して遠藤吉弘、石堂一徹、若菜、村山正則などの遠藤家の面々は、僕が創造した架空の人物である。

従って作者としては、虚実をないまぜにしつつ物語をもっともらしく作り上げていかなければならなかった。

本編を一読された読者の中には、僕が史実など無視して面白おかしく一徹を活躍させていると思われたかもしれない。だがそれは、作者としてはまことに本意ではない。

それでは、史実とは何か。実はこれが難しい。中国の司馬遷のような超一流の史家が、正しい歴史を後世に伝えようと渾身の思いを込めて執筆した『史記』のような史書ならば、充分に信頼するに足る。

もちろん司馬遷にも人物を評価するにあたっては彼なりの基準があり、ある分野の人達には甘く、ある分野の人達に辛いという傾向があるのは当然だが、それを頭に置いてさえいれば、その評価は全体としてまことに妥当なものであると言える。

しかし我が国に伝わる史料には、そのような良質のものはまことに少ない。それは何故かと言えば、傑出した武将が現れるとその死後に、場合によっては生前のうちからその武将の家臣の中で文才がある者が、主君はどんなに優れた人物であったか、どのような功績を挙げたかを顕彰するために書かれたものが大部分だからだ。

そこには歴史的真実を追求する姿勢などさらになく、主君を褒め称えるあまりについつい筆が滑って、事実を誇張するくらいならまだしも、架空の合戦やら、負けいくさを勝ちいくさと言いくるめるものまで多数存在する。

そこで本編に関する史料の中から、時代の流れから見て妥当と思われるものを繋ぎ合わせれば、以下のようになるだろう。


天文十九年四月二十三日、武田晴信は中信濃に進攻すべく甲府を出立したが、諏訪湖に近い上原城まで到ったところで、甲府からの急使が追ってきた。今川義元の正室である晴信の実姉が、急逝したというのである。

義元とこの姉は今川、武田両家の親睦のしるしとして政略結婚によって結ばれたもので、この縁があればこそ晴信は後顧の憂いなく中信濃攻略に踏み切れたのだ。その姉が死んでしまったとなれば、早急に新たな婚姻関係を結ばなければならない。

晴信は急いで甲府に戻り、腹案をまとめて今川義元の居館のある駿府に赴いた。そして嫡子の義信の正室として、義元の娘を貰い受ける縁談をまとめ上げた。

こうして背後を固めた晴信は七月三日、再度甲府を発って十日には筑摩郡の前進基地である村井城に入った。

本編では小笠原長時が中信濃の豪族を結集して武田勢と対決することになっているが、これは僕のフィクションで、実際には小笠原長時は誰の支援も受けられずに単独で晴信と対決する羽目に追い込まれた。

この時点での武田家の動員能力は一万前後あり、小笠原長時のそれは千数百名に過ぎないことから、もはやいくさというほどの戦闘はなかったようである。

『甲陽軍鑑』によれば、晴信はまず十五日に「イヌイの城」を攻めてこれを自落させ、それを見た小笠原の諸城はそれに倣って戦うことなく自落したという。

ところが小笠原長時の林城とその支城に、イヌイという名の城はない。それでは「イヌイの城」とは、どの城であろうか。

これには昔から二説があって、一つはイヌイを方位とみて本城である林城の乾（いぬい）の方角（北西）にある犬甘城とするものであり、もう一つは地理的条件からして村井城に最も近い埴原城だとするものである。僕としては埴原城という説を採りたい。

犬甘城は林城を囲む諸城の中で、最も北に位置する。ところが武田晴信の拠る村井城は、小笠原家の諸城では最も南にある埴原城のさらに南西にあたる。最も南の城から、間の諸城を飛び越して最も北の城を攻めるというのは不自然ではないか。

またもし最初に犬甘城が自落したとすれば、筑摩郡南部はすでに武田に意を通じている以上、城を捨てた一族は北に向かうほかはない。一番北にある犬甘城からさらに北に逃げる一族の姿が、ほかの城から見えるはずがあるまい。

武田はまず最も南にある埴原城に攻めかかり、埴原城が自落して籠っていた城兵達が街道を北に進んだので、それを城門から見下ろしたほかの城の兵達もそれに倣ったと見る方が自然だろう。

いろいろと勘案して、本編では武田晴信はまず埴原城に攻めかかったという設定にした。

この後も小笠原長時は筑摩郡北部や安曇郡を転々として反攻を図るが、もはや信濃守護の肩書だけでは手を貸す豪族も少なく、再起の見通しは立たなかった。

一方晴信は小笠原を深志平から追い払ったことによって中信濃の大勢は決したと判断し、馬場信房に後事を託して十九日には上原城へと戻った。馬場信房に与えた指示は、林城を初めとする小笠原の諸城を壊し、今後は平城である深志城を拡張して中信濃統治の中心とせよというものだった。

防御力からいえば平城は山城に劣るが、晴信はもう中信濃に大きな戦闘はないと考えており、交通の要衝で人や物資の集散が容易な平城の方が、領地経営にはふさわしいと判断したのだろう。

八月十九日には、武田晴信は小県郡の長窪城に入った。長窪城は小県郡の武田領の北端にあり、北信濃進攻の出撃拠点であった。

この北信濃攻略に当たっては、晴信は前年から真田幸隆に命じて村上家の家臣や同盟者の中に、内通者を作る工作を進めていた。この頃は甲斐では金の産出量が多く、その豊富な甲州金を武器にしたから、高梨政頼や寺尾重頼などの有力武将までが武田の誘いに応じた。

晴信が考えていたのは、八月に入って高梨政頼に反旗を翻らせ、それを知った村上義清が北信濃の北端に近い中野郷まで出陣した隙をついて、まず塩田平に進出し、次いで村上義清が留守になっている間に葛尾城まで落としてしまい、義清を中野郷で立ち往生させようという作戦であった。

予定通りに八月の中旬に高梨政頼が自立を叫んで立ち上がり、それを知った村上義清は二千の兵を率いて遠路はるばる中野郷まで駆け付けて、高梨氏の詰の城である鴨ヶ嶽城を囲んだ。

政頼は晴信の指示を守って城門を堅く閉ざして持久戦の態勢をとったから、猛将の義清も気が焦るばかりで攻めあぐんだ。しかも背後では寺尾重頼が松代の城に籠って退路を塞いだので、義清はまさに袋のねずみとなってしまった。

この情勢を見た武田晴信は二十七日にいよいよ長窪城を出立し、二十九日には砥石城の麓に陣を敷いた。しかし砥石城は無類の堅城で、しかも城兵はわずかに五百名とはいえ武田に恨みを含む佐久衆が多かったから、九月七日、九日と総攻撃をかけても城が落ちる気配はさらになかった。

空しく日を過ごすうちに、九月十九日に、中野郷で戦っていた村上義清と高梨政頼が一転して和睦してしまった。しかも義清は居館のある坂木に引き返す途上で、寺尾重頼が籠る松代城も簡単に落とした。

武田晴信の作戦はすべて裏目と出て、今や村上勢がこの塩田平に殺到してくるのは時間の問題となった。

ここに到って晴信もついに退却やむなしと判断したが、十月一日、退き上げにかかる武田勢を西から村上勢が急襲し、それを見た砥石城の兵達も城門を開いて武田勢の背後から追い散らした。

これがのちに砥石崩れと呼ばれる武田の大敗北で、晴信は必死になって長窪城に逃げ込み、村上義清が勝鬨を上げて引き揚げると、晴信は佐久郡の望月までさらに逃げ延びた。

村上義清と高梨政頼の和睦が砥石崩れを招いたのだが、そのタイミングがあまりにも絶妙であったことから、両者が示し合わせて一芝居打ち、晴信を泥沼の砥石城攻めに引きずり込んで武田勢の士気が落ちるのを待ち、一気に反転して逆襲したのだという説が古くからある。

本編の中でも述べたように、長尾景虎といとこ同士の高梨政頼が、本心で武田と手を結ぶことは有り得ないと僕は思っている。やはりこの内通は高梨政頼の策略で、真田幸隆も武田晴信もころりと騙されたのだろう。策士策に溺れるというが、双方が相手をうまく罠にはめたとほくそ笑む方が、ストーリィとしても面白くなる。ただしこの芝居の筋書きを石堂一徹が書いたというのは、むろん僕の創作である。

坂木の村上館に凱旋した義清を待っていたのは、小笠原長時だった。長時は筑摩郡、安曇郡での再起がどうにもうまくいかず、ついにこの傲慢な男には珍しく村上義清に頭を下げて、中信濃を取り戻すのに力を貸してくれと頼み込んだ。

砥石崩れの敗北で武田家は大打撃を受け、体力を回復するには相当の期間を要するとみた義清は、晴信が動けないうちに中信濃を奪還することは大いに見込みがあると考えた。

小笠原長時の兵力はたいしたことはなくても、彼の持つ信濃守護の看板と義清の軍勢が組むとなれば、一旦は武田に通じた豪族達も、風を望んで参集してこよう。

この目論見はうまく当たって、半月もかからずに長時のもとには旧臣である坂西氏、大池氏、仁木氏から洗馬(せば)の三村氏、塩尻衆までが集まり、筑摩郡、安曇郡の大半は両将の手に落ち、残るは深志城だけとなった。

そしていよいよ攻城戦に掛かる当日、武田晴信が義清の留守を狙って佐久郡から小県郡へ進出するという風聞が伝わってきた。それを聞いた義清は顔色を変え、長時にも一言の相談もなく即刻陣を払って坂木へ退き上げてしまった。

城攻めの当日に無断撤退というのはあまりにでき過ぎていて、読者はこれも僕の創作だと思われたかもしれない。だがこれが創作ならばいかにもベタで、僕が自由に決められるものならば、いくさの開始の二日前とか、いくさが始まって有利に展開している最中とか、もっともらしい日を選ぶ。

これは志村平治氏の『村上義清伝』(新人物往来社)、笹本正治氏の『武田信玄と松本平』(一草舎)の両著に明記されている史実なのだ。

志村平治氏は中野市新保の出身で、『信濃高梨一族』、『信濃岩井一族』、『信濃須田一族』、『荻田一族』など、戦国時代に信濃で活躍した武将達の史伝を多く書かれている方である。

また笹本正治氏は信州大学人文学部の教授で、専攻は日本史、近世史、甲斐や信濃に関する著書を数多く出版されている。

このお二人が口を揃えて、村上義清は深志城攻城の当日に小笠原長時にも何の断りもなく退陣したと書いておられる。浅学菲才の僕に、どうして勝手な変更などできようか。

むろん砥石崩れの大敗を喫した武田晴信に、わずか二十日余りで小県郡への進攻などできようはずもない。深志城陥落の危機を知った晴信が窮余の一策で放った流言飛語なのだが、義清は見事に引っ掛かって坂木に戻ってしまった。そして晴信を待ち構えていたが、いつになっても晴信は姿を見せないではないか。

あと数日で深志城は落ち、中信濃全域が義清の勢力圏に入るところだったのに、噂に怯えたばかりに千載一遇の好機を逸してしまったのだ。騙されたと知った義清は怒りに任せて佐久郡の小室へ攻め入って小室城を落とし、勢いに乗って岩村田の大井城を囲んだ。

しかし大井氏は堅く城門を閉ざして戦わず、義清は腹立ち紛れに岩村田周辺に火を放ったりしたが、これはもはや子供が癇癪を起こしたようなものに過ぎまい。

以上の史実をご理解していただければ、本編での村上義清、武田晴信、小笠原長時などの主要人物の行動はほぼ史実を踏まえていて、僕が恣意的に改変したところはないと理解していただけると思う。当然のことながら一徹が撃破した敵将は、すべて架空の人物である。実在した武将を、架空の石堂一徹に殺させるわけにはいかない。

最後に、本編以後の信濃の歴史に簡単に触れておこう。

翌天文二十年五月二十六日、難攻不落であった砥石城が真田幸隆の謀略によって落ちた。幸隆は甲州金を大量にばらまいて城兵を誘惑するかたわら、甲州金は武田へ内通する者への賄賂（わいろ）だという噂を流し、家臣団を相互不信に追い込んだのである。

この砥石城の陥落によって、長窪城と砥石城を結ぶ地域がすべて武田領となった。塩田平と坂木とは境界を接している。砥石城に真田幸隆が入ることによって、村上義清の命運はすでに定まったと言えよう。

一方小笠原長時はなお中塔城（なかとうじょう）（現・松本市梓川梓に所在）に拠って、安曇、筑摩両郡の諸将に声を掛けて反武田の勢力を築こうとしていた。義清は長時を支援するために十月に安曇郡に進攻して丹生子城（にゅうのみじょう）（現・大町市社字丹生子に所在）を攻略し、長時との協力のもとに深志城を目指そうとした。

これに対して武田晴信は、十月二十日に深志城に入り、二十四日には平瀬城（現・松本市島内字下平瀬に所在）を攻めて城主、平瀬八郎右衛門を討ち取り、さらに進んで小岩嶽城（現・安曇野市穂高有明に所在）を囲んだ。

この勢いに押されて、村上義清と小笠原長時は坂木の館に帰った。もはや戦力的にみて義清は晴信の前ではなす術もないところまで、追い込まれていたのだろう。

天文二十一年八月には小岩嶽城も陥落し、武田は深志からも坂木へ到る道筋を確保した。

しかもこの間にも、武田による村上家の家臣に対する工作は続いていた。天文二十二年四月には三大老の一人、屋代政国までが武田に内通し、そのほかにも牧之島城（現・長野市信州新町牧野島に所在）に拠る香坂氏、室賀城（現・上田市上室賀に所在）の室賀信俊といった諸将が次々と武田に通じている。

村上義清はついに誰が味方で誰が敵かの見極めもつかなくなり、やむを得ず一時葛尾城を離れることを決意して四月九日に自落した。しかしまだ闘志を失わない義清は水内郡、高井郡の諸将に声を掛けて五千（これは誇大と思われる）の兵を集め、四月二十二日八幡（現・千曲市八幡）で武田勢を破り、さらに葛尾城を攻めて城将の於曾源八郎を討ち取り、葛尾城を奪回した。

八月一日、万全の準備を整えた武田晴信はまず和田城（現・小県郡長和町和田に所在）を落とし、次いで高鳥屋城（上田市武石鳥屋に所在）も武田に降った。

圧倒的に優勢な武田勢が目の前まで迫っているとあって、村上義清も抵抗する手段がなくなり、ついに八月末には長尾景虎と親族関係にある高梨政頼の斡旋を頼りに、越後に落ち延びた。

これにより、武田晴信はついに念願の甲信の太守の座に就くことができた。海ノ口城の攻略以来、実に十七年の歳月を掛けての悲願達成である。

しかしそれは同時に、武田家の領土と長尾家のそれとが直接に接することを意味した。それが村上義清、高梨政頼の旧領回復を名目とした景虎の川中島進出と、それを迎え撃つ晴信との五次にわたる川中島の決戦へと繋がっていくのだが、それは本編とは別の主題となろう。

読者のご愛読に感謝しつつ、ここでこの駄文の筆を措くこととしたい。

【河出文庫版】後書き

私は、子供の頃から本を読むのが大好きだった。中学に入ってからはその思いに一層拍車がかかって、三年間に読んだ本は千冊を軽く超えた。毎日一冊ずつ読んでいる勘定だから、通学の鞄には途中で読み切ることに備えて、予備にもう一冊入れておくのが習慣になっていた。

ジャンルはまったくの無差別で、手当たり次第に何でも読んだ。高校に入ってからは大学受験の圧力が次第に強くなっていったが、それでも読書量が落ちることはなく、むしろだんだん小説の面白さにのめり込むようになっていった。

その頃はちょうど司馬遼太郎氏が『新史太閤記』『関ヶ原』といった大作を矢継ぎ早に発表して、歴史小説に新風を吹き込んでいた時代である。そうした作品の中でも、『燃えよ剣』『新選組血風録』の二編は、私に激しい衝撃を与えた。

この二編の主人公は土方歳三と沖田総司で、もちろん二人とも実在の人物だが、これらの物語に出てくる二人は、どちらも完全に司馬遼太郎氏が創造した魅力的な人物像なのである。

生身の人間には、性格にも生き方にも世俗にまみれた夾雑物（きょうざつぶつ）が混在しており、すっきりと鮮やかに割り切れるものではない。しかし、そうした夾雑物を取り除いてみせるのが作者の腕で、そうしてこそ読者は登場人物達に深い親近感を抱き、心が洗われるような感銘を覚えるのだ。

これこそが小説というものだ、私もこういう小説が書きたいという思いが次第に高まってきて、高校三年になった頃には、小説を書くことこそが自分の天職なのだと覚悟が定まった。

そこで早速いくつかの短編を書いてみたのだが、当然のことながらすぐに壁にぶつかってしまった。

ものを書くということは、自分にしか書けないものを書くことでなければならない。そのためには自分自身の個性を確立しなければいけないが、それでは他の誰にもない自分の個性とは何だろうか。それが、まったく分からない。

私はそうした悩みを抱えつつ、いろいろな小説を読んでいるうちにふと気がついたことがあった。それは日本の小説には、笑いが極めて少ないということである。我々の日常生活には笑いのない日はまれなのに、長編小説の中に、一度も笑いを誘う場面がないのはおかしいのではないか。

通常の小説の中にも、洒落た笑いを盛り込むことは可能だろう。いや、深刻な場面の間にしっかりと笑いを挟んでこそ、主人公の造形に一層の彫りの深さが加わるのではあるまいか。

私は自分の悩みに突破口を見つけた思いで、短い文章を書いてみた。しかし、またすぐに次の壁にぶつかってしまった。

笑いとは、一体何なのか。身近な面白い会話をそのまま文章にしてみても、笑いのエキスはどこかへ消し飛んで、ちっとも面白くならない。笑いの本質を摑んで文章に再構築する技術がなければ、笑いを印画紙の上に定着させることはできないのだ。

こうして私は、笑いの研究という生涯のテーマにのめり込んでいくことになる。活字で笑いを表現しようとするからには、まずは既存の文芸作品の中から、活字となった笑いの実例を拾い上げ、整理してみる必要があった。細かい経過はここでは省くが、古今東西の小説、映画の研究を皮切りに、ついには川柳や狂歌を自作してセンスを磨こうと試みた。

そして、最後に辿り着いたのが古典落語だった。落語を気楽な話芸としか評価しない人もいるが、どうして古典落語こそは、日本が世界に誇る芸術ではあるまいか。

中でも私が惚れ込んだのは、五代目・古今亭志ん生（ここんていしんしょう）だった。志ん生といえば常に桂（かつら）文楽（ぶんらく）と並び称され、ファンを二分していたが、私は断然志ん生をとる。

私は志ん生の全盛期にギリギリ間に合ったのだが、その頃の彼の存在感は、圧倒的であった。何しろ無言のまま客席を眺め渡しているだけで、日常とは全く別の世界が観客の前に広がっていくのだから、その素晴らしさは筆舌に尽くし難い。

私は志ん生の笑いの分析に必死になって取り組んだが、それを踏まえて、笑いを文字で表現する自分なりの手法を編み出すまでには、さらに十年の歳月を要した。

私は、一九七五年四月から八三年十二月まで『海流（かいりゅう）』という同人誌を主宰していたが、その中で「花の散る峠」という作品を、原稿用紙で三百五十枚ほどの中編として発表した。この作品が『哄（わら）う合戦屋』の原点となるのだが、書き進めながら、どんどん手ごたえを感じていたので、その後も暇を見つけては加筆訂正を重ねていた。

この時ほど、二十代の十年間に手間暇かけて、「笑いの研究」をやってきてよかったと思ったことはない。女性を魅力的に描くのには苦労するものだが、ヒロインがウイットに富んだ言葉を発したり、洒落た振る舞いをする場面を挟むことで、その瞬間に、彼女の知性や人間性が電撃のように読者に伝わるのだ。その効果に驚くべきものがあるのは、長い読書歴からよく分かっていた。

随分と前のことで、今の価値観では考えられない話だが、忘れがたい思い出がある。

大学生の頃、一人でレストランに入って食事をしていた時、混み始めた店内で二十歳前後の若い女性がそばに立って軽く会釈をした。

「相席してもいいですか」

「いいですよ」

私がそう答えると、彼女はまた軽く会釈して私の前に座った。やがて彼女の前に、注文したオムライスが運ばれてきた。彼女はスプーンを取って食べ始めたのだが、何と左手でスプーンを使っているではないか。今では左手で字を書き、箸を使う人も当たり前にいるが、その頃の私は、人前で女性が左手だけで食事をする場面を、一度も見たことがなかったのだ。

「へぇ、君は左利きなんですか」

「何かおかしいですか」

女性は、微笑しながら私の顔を見た。

「気を悪くしたのなら、ごめんなさい。僕も左利きですが、箸と鉛筆は右で持つようにと親から厳しく言われて育ったものですから。君はいつでも左で通すのは、立派ですねぇ」

「立派なことなんてありませんよ。それに左利きって、右利きの人には想像もつかない不便なことがありますよね。世の中の道具が、みんな右利き用にできているとか。

例えば弦楽器やピアノ、駅の改札口だってそう。右手に切符を持たなければ、通りにくいですものね」

「缶切りだってそうですよ。刃が自分から離れていく方向に動くので、どこを切っているのかよく分かりませんよね」

「私の母は、裁縫が得意なのでいろいろと教えてくれるんですが、運針が母は右手、私は左手でしょう。難しいところで私が音を上げて、『ママ、やってよ』と言って針と糸を渡しても、私が縫っていたところを母が続けて縫うことはできないんですよ。結局は私が縫ったところを全部ほぐして、母が一からやり直すしかないんです。私は母の肩を揉むことで勘弁してもらうんですが、母の不機嫌も無理はありませんね」

「それじゃ、君にとって左利きは悪いことばかりなんですか」

彼女の母の苦労も分かるので笑ってそう言うと、彼女はかわいい笑顔でこう答えた。

「もちろん、悪いことばかりじゃないですよ。とってもラッキーだなと思う時もあります」

「それは、どんな時ですか」

「たとえば今です」

「今？」

「私なんか別にかわいい訳じゃないし、それで普通の女の子のように右手でスプーンを使っていたりしたら、貴方は私に声を掛けてくれなかったでしょ。

そうしたら、私はこんなに素敵な人とお友達になれなかったんですもの、左利きで本当にラッキーでしたよ」

彼女の言葉に茫然とした。私は今も昔も若い女性から「素敵な人」などと言われたことはないいし、「お友達になれてうれしい」という態度を示されたこともないのだ。

もてないことには絶対の自信を持っている私は、社交場の女性にどんなに甘い言葉をささやかれても、すべては営業用の外交辞令と聞き流して、本気で受け止めたことは一度もない。私の好きな落語の世界では、「遊女は客に惚れたと言い、客は来もせで（来る気もないのに）また来ると言う」というのが常識なのである。

しかし、その時目の前にいた女性の会話の見事さはどうであろう。言葉遣い、話の展開、その表情のどれをとっても、知的で若々しい魅力が溢れているではないか。

ほんの少し前までは、この女性の容姿について何も意識することなどなかった。

だが、改まって眺めてみれば、瞳にはいかにも頭の回転が速そうなきらめきがあり、口元は意志の強さを示すように引き締まっている。美醜を超えた、頭が良くてしっかりとした人柄がにじみ出る、実にいい顔ではないか。

現在なら早速メールアドレスを交換するところだが、あいにくその頃はケータイなどまだ影も形もない。私達はそれから三十分ほど楽しく会話しただけで別れたが、彼女の印象はずっと強く心に残っていて、いつかは小説の中に生かしたいと思っていた。

中編だった「花の散る峠」を長編に仕立て直すにあたって、私は迷うことなく、ヒロインの若菜がウイットに富んだ女性として活躍する場面を、大幅に増やすことを眼目とした。戦国時代に、信濃の国随一の剛勇を、平気で冷やかしたりからかったりできるこんな女性がいるのかと、読者を驚かせることができればまずは成功である。

あとはヒーローとヒロインが、師匠と弟子の関係から次第に相思相愛の思いを深めていく過程がいかに自然に描けているかが、小説としての評価の決め手になるだろう。

そして二〇〇六年の後半、ようやく満足な出来栄えにこぎ着けた。二〇〇九年には『哄う合戦屋』と改題し出版され、二〇一一年に文庫化もされた。さらには、こうして加筆修正のうえ、再びみなさんのお目にかかる機会を得た次第である。

本書は二〇一四年三月、双葉文庫で刊行された『翔る合戦屋』を
加筆・修正のうえ再文庫化したものです。

編集協力　株式会社アップルシード・エージェンシー

巻頭地図　ワタナベケンイチ

翔る合戦屋

二〇二四年七月一〇日　初版印刷
二〇二四年七月二〇日　初版発行

著　者　北沢秋
発行者　小野寺優
発行所　株式会社河出書房新社
〒一六二-八五四四
東京都新宿区東五軒町二-一三
電話〇三-三四〇四-八六一一（編集）
〇三-三四〇四-一二〇一（営業）
https://www.kawade.co.jp/

ロゴ・表紙デザイン　粟津潔
本文フォーマット　佐々木暁
本文組版　KAWADE DTP WORKS
印刷・製本　TOPPANクロレ株式会社

Printed in Japan　ISBN978-4-309-42106-3

天下奪回

北沢秋　41716-5

関ヶ原の戦い後、黒田長政と結城秀康が手を組み、天下獲りを狙う戦国歴史ロマン。50万部を超えたベストセラー〈合戦屋シリーズ〉の著者による最後の時代小説がついに文庫化！

羆撃ちのサムライ

井原忠政　41825-4

時は幕末。箱館戦争で敗れ、傷を負いつつも蝦夷の深い森へ逃げ延びた八郎太。だが、そこには——全てを失った男が、厳しい未開の大地で羆撃ちとなり、人として再生していく本格時代小説！

東国武将たちの戦国史

西股総生　41796-7

応仁の乱よりも50年ほど早く戦国時代に突入した東国を舞台に、単なる戦国通史としてだけではなく、戦乱を中世の「戦争」としてとらえ、「軍事」の視点で戦国武将たちの実情に迫る一冊。

天下分け目の関ヶ原合戦はなかった

乃至政彦／高橋陽介　41843-8

石田三成は西軍の首謀者ではない！家康は関ケ原で指揮をとっていない！小早川は急に寝返ったわけではない！…当時の手紙や日記から、合戦の実相が明らかに！ 400年間信じられてきた大誤解を解く本。

裏切られ信長

金子拓　41868-1

織田信長に仕えた家臣、同盟関係を結んだ大名たちは“信長の野望”を恐れ、離叛したわけではなかった。天下人の“裏切られ方”の様相を丁寧に見ると、誰も知らなかった人物像が浮上する！

史疑　徳川家康

榛葉英治　41921-3

徳川家康は、若い頃に別人の願人坊主がすり替わった、という説は根強い。その嚆矢となる説を初めて唱えたのが村岡素一郎で、その現代語訳が本著。2023ＮＨＫ大河ドラマ「どうする家康」を前に文庫化。

完全版　本能寺の変　431年目の真実

明智憲三郎　41629-8

意図的に曲げられてきた本能寺の変の真実を、明智光秀の末裔が科学的手法で解き明かすベストセラー決定版。信長自らの計画が千載一遇のチャンスとなる⁉　隠されてきた壮絶な駆け引きのすべてに迫る！

大河への道

立川志の輔　41875-9

映画「大河への道」の原作本。立川志の輔の新作落語「大河への道」からの文庫書き下ろし。伊能忠敬亡きあとの測量隊が地図を幕府に上呈するまでを描く悲喜劇の感動作！

伊能忠敬　日本を測量した男

童門冬二　41277-1

緯度一度の正確な長さを知りたい。55歳、すでに家督を譲った隠居後に、奥州・蝦夷地への測量の旅に向かう。艱難辛苦にも屈せず、初めて日本の正確な地図を作成した晩熟の男の生涯を描く歴史小説。

伊能忠敬の日本地図

渡辺一郎　41812-4

16年にわたって艱難辛苦のすえ日本全国を測量した成果の伊能図は、『大日本沿海輿地全図』として江戸幕府に献呈された。それからちょうど200年。伊能図を知るための最良の入門書。

五代友厚

織田作之助　41433-1

ＮＨＫ朝の連ドラ「あさが来た」のヒロインの縁故者、薩摩藩の異色の開明派志士の生涯を描くオダサク異色の歴史小説。後年を描く「大阪の指導者」も収録する決定版。

完全版 名君 保科正之

中村彰彦　41443-0

未曾有の災害で焦土と化した江戸を復興させた保科正之。彼が発揮した有事のリーダーシップ、膝元会津藩に遺した無私の精神、知足を旨とした暮し、武士の信念を、東日本大震災から五年の節目に振り返る。

完本　チャンバラ時代劇講座　1

橋本治　41940-4

原稿枚数1400枚に及ぶ渾身の大著が遂に文庫化！文学、メディア、芸能等の歴史を横断する、橋本治にしか書けないアクロバティックなチャンバラ映画論にして、優れた近代日本大衆史。第三講までを収録。

完本　チャンバラ時代劇講座　2

橋本治　41941-1

原稿枚数1400枚に及ぶ渾身の大著が遂に文庫化！文学、メディア、芸能等の歴史を横断する、橋本治にしか書けないアクロバティックなチャンバラ映画論にして、優れた近代日本大衆史。

オイディプスの刃

赤江瀑　41709-7

夏の陽ざかり、妖刀「青江次吉」により大迫家の当主と妻、若い研師が命を落とした。残された三人兄弟は「次吉」と母が愛したラベンダーの香りに運命を狂わされてゆく。幻影妖美の傑作刀剣ミステリ。

菊帝悲歌

塚本邦雄　41932-9

帝王のかく閑かなる怒りもて割く新月の香のたちばなを——新古今和歌集の撰者、菊御作の太刀の主、そして承久の乱の首謀者。野望と和歌に身を捧げ隠岐に果てた後鳥羽院の生涯を描く、傑作歴史長篇。

忍者月影抄

山田風太郎　41822-3

将軍の妾を衆目に晒してやろう。尾張藩主宗春の謀を阻止せんと吉宗は忍者たちに密命を下す！氷の忍者と炎の忍者の洋上対決、夢を操る忍者と鏡に入る忍者の永劫の死闘など名勝負連発、異能バトルの金字塔！

外道忍法帖

山田風太郎　41814-8

天正少年使節団の隠し財宝をめぐって、天草党の伊賀忍者15人、由比正雪配下の甲賀忍者15人、大友忍法を身につけた童貞女15人による激闘開始！怒濤の展開と凄絶なラストが胸を打つ、不朽の忍法帖！

信玄忍法帖

山田風太郎　41803-2

信玄が死んだ⁉　徳川家康は真偽を探るため、伊賀忍者九人を甲斐に潜入させる。迎え撃つは軍師山本勘介、真田昌幸に真田忍者！　忍法春水雛、煩悩鐘、陰陽転…奇々怪々な超絶忍法が炸裂する傑作忍法帖！

婆沙羅／室町少年倶楽部

山田風太郎　41770-7

百鬼夜行の南北朝動乱を婆沙羅に生き抜いた佐々木道誉、数奇な運命を辿ったクジ引き将軍義教、奇々怪々に変貌を遂げる将軍義政と花の御所に集う面々。鬼才・風太郎が描く、綺羅と狂気の室町伝奇集。

室町お伽草紙

山田風太郎　41785-1

足利将軍家の姫・香具耶を手中にした者に南蛮銃三百挺を与えよう。飯綱使いの妖女・玉藻の企みに応じるは信長、謙信、信玄、松永弾正。日吉丸、光秀、山本勘介らも絡み、痛快活劇の幕が開く！

笊ノ目万兵衛門外へ

山田風太郎　縄田一男〔編〕　41757-8

「十年に一度の傑作」と縄田一男氏が絶賛する壮絶な表題作をはじめ、「明智太閤」、「姫君何処におらすか」、「南無殺生三万人」など全く古びることがない、名作だけを選んだ驚嘆の大傑作選！

柳生十兵衛死す　上

山田風太郎　41762-2

天下無敵の剣豪・柳生十兵衛が斬殺された！　一体誰が彼を殺し得たのか？　江戸慶安と室町を舞台に二人の柳生十兵衛の活躍と最期を描く、幽玄にして驚天動地の一大伝奇。山田風太郎傑作選・室町篇第一弾！

柳生十兵衛死す　下

山田風太郎　41763-9

能の秘曲「世阿弥」にのって時空を越え、二人の柳生十兵衛は後水尾法皇と足利義満の陰謀に立ち向かう！『柳生忍法帖』『魔界転生』に続く十兵衛三部作の最終作、そして山田風太郎最後の長篇、ここに完結！

八犬伝　上

山田風太郎　41794-3

宿縁に導かれた八人の犬士が悪や妖異と戦いを繰り広げる雄渾豪壮な『南総里見八犬伝』の「虚の世界」。作者・馬琴の「実の世界」。鬼才・山田風太郎が二つの世界を交錯させながら描く、驚嘆の伝奇ロマン！

八犬伝　下

山田風太郎　41795-0

仇と同志を求め、離合集散する犬士たち。息子を失いながらも、一大決戦へと書き進める馬琴を失明が襲う——古今無比の風太郎流『南総里見八犬伝』、感動のクライマックスへ！

現代語訳 南総里見八犬伝　上

曲亭馬琴　白井喬二〔現代語訳〕　40709-8

わが国の伝奇小説中の「白眉」と称される江戸読本の代表作を、やはり伝奇小説家として名高い白井喬二が最も読みやすい名訳で忠実に再現した名著。長大な原文でしか入手できない名作を読める上下巻。

現代語訳 南総里見八犬伝　下

曲亭馬琴　白井喬二〔現代語訳〕　40710-4

全九集九十八巻、百六冊に及び、二十八年をかけて完成された日本文学史上稀に見る長篇にして、わが国最大の伝奇小説を、白井喬二が雄渾華麗な和漢混淆の原文を生かしつつ分かりやすくまとめた名抄訳。

妖櫻記　上

皆川博子　41554-3

時は室町。嘉吉の乱を発端に、南朝皇統の少年、赤松家の姫、活傀儡に異形ら、死者生者が入り乱れ織り成す傑作長篇伝奇小説、復活！

妖櫻記　下

皆川博子　41555-0

阿麻丸と桜姫は京に近江に流転し、玉琴の遺児清玄は桜姫の髑髏を求める中、後南朝の二人の宮と玉璽をめぐって吉野に火の手が上がる……！　応仁の乱前夜を舞台に当代きっての語り手が紡ぐ一大伝奇、完結篇